大方

sight

幻想故事集

张柠 著

中信出版集团 | 北京

图书在版编目（CIP）数据

幻想故事集 / 张柠著 . -- 北京 : 中信出版社，
2019.10
ISBN 978-7-5217-0775-5

Ⅰ. ①幻… Ⅱ. ①张… Ⅲ. ①中篇小说－小说集－中国－当代 ②短篇小说－小说集－中国－当代 Ⅳ. ①I247.7

中国版本图书馆 CIP 数据核字（2019）第 128960 号

幻想故事集

著　　者：张　柠
出版发行：中信出版集团股份有限公司
（北京市朝阳区惠新东街甲 4 号富盛大厦 2 座　邮编　100029）
（CITIC Publishing Group）
承 印 者：浙江新华数码印务有限公司

开　　本：880mm×1230mm　1/32　　印　　张：11.5　　字　　数：200 千字
版　　次：2019 年 10 月第 1 版　　印　　次：2019 年 10 月第 1 次印刷
广告经营许可证：京朝工商广字第 8087 号
书　　号：ISBN 978-7-5217-0775-5
定　　价：58.00 元

目录

罗镇轶事

六个乡下故事

农妇刘玉珍

我没考上大学，看书又看不进，整天百无聊赖地晃悠。我最讨厌的就是见到父亲，但偏偏总是见到他。我母亲说你们两个不像父子像冤家。我父亲是罗镇医院的名医，求他的人很多，所以他总是一副不可一世、傲视万物、扬扬自得的样子，在他儿子我的面前也是这样，没事喜欢在我面前显摆。那天他又把我叫到跟前。

父亲说：医生是最好的职业。

我心里说：你自己是医生，当然就说医生好了。

父亲说：病人半死不活地来，活蹦乱跳地走，谁也骗不了谁。

我心里说：你忘了，经常有病人睁着眼睛来，闭着眼睛走。

父亲说：不管谁当权，也不管什么朝代，都少不了医生。因为谁都怕疼，怕病，怕死，谁也逃不脱一劫。上至大首长，下至普通老百姓，都会病的。比如牙疼吧，中国有一半人患有牙病，如果你能治牙病，就有一半中国人求你，门槛都会踩塌。再比如痔疮吧，俗话说“十男九痔”，中老年男人，尤其是那些不干体力活的当官人、读书人，没有几个不长痔疮的。镇长总厉害吧？我们这一带最大的官，但他的痔疮一发作，就乖乖地到我这里来了，嬉皮笑脸地跟我说话，神气劲儿也不见了，官腔也没有了，跟我称兄道弟。当我故意不说话的时候，他就有点紧张，不自在，没话找话跟我套近乎，东一榔头西一棒，无非是想试探我对他的痔疮的态度。有一次打针的时候，他老是把屁股扭来扭去，我在他屁股上狠狠地打了一巴掌。他还嘻嘻地笑呢。你敢打镇长的屁股吗？恐怕说话也不敢跟他说吧？

我心里说：如果当上医生就能打镇长的屁股，倒是很好玩。不过，打一下镇长的老屁股又有什么意思呢？X光室的刘医生，在暗室里摸女人的屁股，差一点被开除了，他痛哭流涕求情，说上有老下有小，医院只好打发他到挂号室去收费。刘医生私下里对我说，他很冤枉，早知道这样，当时就应该多摸几下。我觉得他很下流。

父亲接着对我说：照我的看法，你这种人是不适合学医的，不光是你的悟性不够，还有你的粗心大意。赵学安那小子，就是个粗人。我真不知道他父亲为什么会让他学医，还拿了一个医专的狗屁文凭。他的手指头像鸡爪子一样僵硬，打的手术结，鸡也能抓散。

我心里说：我从来也没想过要当医生。

母亲不同意父亲的观点，她说：既然隔壁赵学安都能当医生，我们的儿子怎么就不能当呢？我们的儿子怎么说也比他强一些吧。

母亲的话，总像当头棒喝，让经常犯糊涂的父亲突然醒悟过来。父亲于是便改变主意说：是啊，凭什么我的儿子就不能当医生呢？你来跟我学医吧，不用文凭，能治病是硬道理。只要你能用心，不像赵学安那样粗心大意就行了。你如果也成了医生，那我们祖孙三代都是医生了。

他们在对话中决定了我的命运。我尽管在场，却没有发出一点响声，还不如一群飞来飞去的苍蝇。在父亲的逼迫下，我在医院里当起了一名编外学徒。父亲一边教训我，一边打着如意算盘。他说自己年纪大了，事业就这样，唯一操心的就是我。他说我还年轻，今后的日子还长着。他要我赶紧学，争取在他死之前，以他的名义开一个诊所。

我在药房里混了整整一年，认识了所有的中草药。西药我不怎么敢碰。因为它们的样子都差不多，一种是白色的药丸，大小形状略有变化，药性却不一定。还有一种是红黄两色的胶囊，外形都差不多，但肚子里的货色却天差地别，有的吃了拉肚子，有的吃了拉不出屎，有的吃了眼睛发愣，有的吃了眼珠子滴溜转。药瓶子上的标签全都是洋文。我曾经想用味觉系统来区别它们，事实证明那是徒劳的，因为它们的味道也差不多。我父亲对我说，你不要试图用“神农尝百草”的方法去对待西药，除非你想死。

我觉得自己还是学中医比较合适。跟西药比，中草药恰恰相反，看上去千差万别，叶子、花草、果实、根须、核仁，花样繁多，可是吃进肚子里的效果却差不多，总之是不会死人，最多也是阴阳失调而已。而且中草药的名字也很有诗意：半夏、生地、黄芪、七叶一枝花、半边莲。至于剂量，多一点少一点都无所谓。我的药学师傅，瘸腿药剂师石阳林，在抓中药的时候，经常连戥子也懒得拿，用手随便抓抓。这很合我的性格。多数中草药都是保健品，随便吃也没有关系。不过我要提醒你，唯有“巴豆”那种药，可不要随便吃，有一次，我用舌头舔了一下，连肠子都快要拉出来了。

西医还有一件麻烦事，就是要做手术，开膛破肚，接着还得缝回去，想想都可怕。再加上自己丢三落四的性格，万一将手术刀丢在病人的肚子里怎么办？我父亲还讲过一个笑话来恐吓我。他说，有个跟赵学安一样粗心的医生做手术，完了之后护士清点器械，发现少了一把手术剪。第二次开刀将手术剪拿出来了，护士又发现少了一支血管钳。有人建议他在病人的刀口上装一根拉链。经他这么一讲，我更不想碰西医了。

后来，我又到门诊室里实习了一年，主要是看诊，就是看医生怎样观察病人，怎样听诊，怎样问诊，怎样把脉，开什么药方。父亲要求我一边看一边记录，然后将医生的处方抄下来带回家研究。比如，看起来都是大肚子，究竟是长了瘤子还是长了儿子？我父亲只要用中间三根手指在她们手腕上一摸就知道了。我觉得把脉是一件很神奇的事情，不用开膛破肚，什么都知道。

父亲说：你就想学把脉？还早着呢。你的手指头搭在别人手腕上，还不是死木头一根？

我心里想：不学就不学，我也不稀罕。要是长了瘤子，你摸出来了也是死；要是长了儿子，你没摸出来她也会生出来。摸和不摸还不一样？

相比之下，问诊是一件让人烦恼的事情，因为你根本问不出什么。那些农妇，手里明明是抱着一岁多的孩子，医生问，孩子多大了？她们高声回答说："三岁啊，医生，伢儿三岁，满两岁，叫三岁。"我父亲故意说："那我就按三岁的药量，给你儿子开药了？"农妇竟然笑着说："好呀，好呀。"其实父亲早就在处方纸上方的年龄栏写上了一岁半。

医生问那些农妇们，哪里不舒服，她们只知道说心里，心里不舒服。

是呀，心里不舒服，谁的心里舒服呢？全是废话。

还有一个自作聪明的农民，第二次来复诊，问他的病好点没有，他说：好多了，至少好了百分之八十三。我听了觉得好笑，为什么是百分之八十三，为什么不是百分之八十二点七？我恨不得在他的药里面放点泻药。可是挑剔成性、喜欢冷嘲热讽的父亲，对农民的这些莫名其妙的回答无动于衷。对他们毫无根据的自我诊断，也显示出极大的宽容，还一边听一边点头。因为他太了解那些人的话中之话，话外之话。

有一天上午，来了一位叫刘玉珍的中年女人。父亲问她，哪儿不舒服。刘玉珍说：医生啊，这几天见了鬼，不知道是寒包住了火，还是火包住了寒。就是不舒服，给我开一点压火去寒的药吃一吃吧。

父亲说：开什么药是我的事情，我只要你把病情讲得细一点就行。

刘玉珍说：医生啊，我怕你不耐烦，就讲得简单了一点。我是替你省心呢。要说细一点，那就多了。自从前年三月做了手术之后，我这肚子里就没有舒服过，总有一股气跑来跑去，有时候在肚子里，有时候又溜到了腰眼上。到底是在什么地方，我说不出来，说不具体，等一下你摸一摸就知道了。要是等一下你摸到那股气跑到了背脊上，你也不要怪我瞎说，医生，它是跑动的。本来我还想捱一捱，但我挨不过我老公的打。你猜我老公说什么？他说：吃不下是没饿，做不得是懒。医生啊，你评评理，我什么时候偷过懒？自从嫁进他罗家门，我睡三更起五更，忙了家里忙地里。他老子死的时候，欠的那一屁股债也还清了，还要怎么样呢？不是我自己夸自己，在娘家的时候，谁不说我长得好？他们说我的皮肤就像糯米粑粑一样。罗长生也说过这个话，现在他不说了。那时候提亲的人多了，鸡蛋猪肉吃不完。我表哥柳玉林，就不敢来提亲，家里穷啊。罗长生不是先提亲，他是先耍流氓。……怀上老大我才嫁给他了。我表哥柳玉林人老实，只能干瞪眼，还生了一场病。这世道啊，先下手为强，后下手遭殃。我命苦呀。现在我哪里像四十五的人哪，医生。我给他生了四个女儿……唉，也怪我自己的肚子不争气，没有给他留下一个儿子……

我心想，这个女人太离谱了，医院又不是妇联，讲这些婆婆妈妈的事情干什么？我很想打断她。

父亲微笑着说：讲跟你的病有关的事吧。

刘玉珍接着说：我大女儿，就是那个老是痛经的女孩，你给她开的药真有用，一吃就不痛了。你知道吧？她一痛，我就急得什么活也干不了。她要是该痛的时候还没有痛，我也是急得什么活也干不了。你还记得她吧？

不记得。讲你自己吧。父亲说。

刘玉珍说：就是在讲我自己咯，医生。我大女儿长得就跟我年轻时一个样。……我是瞎了眼，怎么嫁给了罗长生。我想，我女儿一定要嫁个好丈夫。医生啊，我是把你当自己人，什么都对你讲了吧。我大女儿看中了小学老师张大海，有文化，有礼貌，人老实。就是那个被镇长赶到乡下小学去的张老师。你知道为什么吧？镇长在打我女儿的主意呐。他一双贼眼，总是在我女儿身上转来转去。当年我嫁过来的时候，他那双贼眼就在我身上转过。我对罗长生说了这件事。你猜他说什么？他说，苍蝇总是喜欢盯在狗屎上，还骂了我一顿。现在，镇长又盯上我大女儿了。就算罗长生说得对，说镇长是想让我女儿嫁给他的大儿子。他儿子蠢，就像罗长生，他儿子坏，就像镇长自己。我总不能把女儿往火坑里推吧？你猜罗长生说什么？他说，要是早嫁到镇长家，你肚子上就不会挨一刀。我说，刀也挨过了，还怕什么。罗长生说我是鸡婆眼，看不了三寸远。让我女儿嫁给镇长的儿子，我死活也不同意。他这个该死的瘟猪头就打我，没轻没重的，腰都被他打断了……

我看出来了，父亲已经有点烦躁。我希望那个女人继续说，天上地下地胡说，把父亲说得发作了才好玩呢。

那么，你到底哪里不舒服呢？父亲还是耐着性子问。

刘玉珍继续说：医生，这个镇上就你是个明白人。实话说了吧，我没有病，一点病也没有，我是跟罗长生赌气。他以为我里里外外很容易。我今天要让他知道，没有我，他饭也没得吃。他老子死得早，那时候他就像一个叫花子，经常是三顿饭并作一顿吃，说怕麻烦。自从我嫁过来之后，他的胃病也好了。今天我没有做中饭。我要让他又想起没人做饭的日子。医生，求求你，给我开一副消气药吧。我拿回去就煎上，等他回家的时候，我就躺在床上，让他饿着肚子对冷锅冷灶发脾气吧，看他还有没有劲打我。

父亲叫刘玉珍躺到观察床上去，检查了半天，然后真的给她开了药。父亲对她说，药一定要吃，每天都要吃，补药，吃完了再来。

刘玉珍惊叫起来：补药？天哪！罗长生知道我还吃补药，他不要打死我？

父亲无奈地说：要不这样吧，你回家收拾一下，到医院里住一段时间。

刘玉珍说：住院？我四个女儿一窝鸡，两块菜地三头猪，我住院了，他们怎么办？

父亲说：不要什么都放不下嘛，自己的身体也要紧。

刘玉珍想了想说：医生说得对，这一阵我也真的是有点累，手脚无力，剁猪草的时候手都抬不起来。正好我也想歇一下。

父亲说：叫你那位罗长生到我这里来一趟。

刘玉珍千恩万谢地走了。

我早就知道，当医生也不是人干的。整天闻着一股药味，看着那些血、脓、痰，听着他们鬼哭狼嚎，装出一副无所谓的样子，还要听那些女人的一大堆废话。我对脾气急躁的父亲在那些人身上表现出的耐心感到吃惊。其实我父亲耐心又能怎么样呢？医院的太平间从来就没有闲过。我早就发现，父亲不过是一个发放地狱通行证的人。

正是三伏天气。住院部里挤满了中暑的，拉肚子的，农药中毒的，被疯狗咬了的，镰刀割断了手指的，被水浸烂了脚的，蚂蟥钻进腿肚子的。

医生骂骂咧咧的声音此起彼伏：为什么才来？为什么不早点来？再不来住院，你们会拉得脱水的！你们就会破伤风的！你们就会死掉的！

农民们却笑着说，死了好，死了好，早死早转世，来世宁愿变猪变狗，也不种田，哪怕是转生做个医生也不错啊。有一位被疯狗咬了的农妇，看样子已经提前转世变狗了。围观的人只要用扇子对着她扇一下，或者端一碗水对着她洒一点水，她就嗷嗷地叫，声音跟狗叫一个样。

尽管小小的罗镇医院，病床十分紧张，有些人不得不在走廊上加一张竹床，做临时病床，但父亲还是给刘玉珍安排了一个床位。

罗长生大摇大摆地走进了罗镇医院。他光着膀子，肩上搭着一条毛巾，香烟斜叼在嘴角，一只眼睛被烟熏得乜斜着，像独眼龙。他站在通往病房的走廊上，扯着嗓门对刘玉珍说：病了？躺在医院里歇？怎么不让我也赶上这样的好事？让我也病了吧，让家里一帮小贱货，还有那些鸡呀猪呀都病了吧，一起躺到这里来歇。那就省事了。

我父亲说：罗长生，不要在这里瞎叫唤！你跟我到门诊室里去，我有话跟你说。

不要再打你老婆了。父亲劝他。

没有呀，很久没有打了。今天她自作主张跑到医院里来躺着，丢下家里一窝畜生，还有一窝人不管，我也没打她。

父亲说：是我叫她来住院的。病了就得住院，你为什么要说那么难听的话？

罗长生说：不是啊，医生，三天也难得打一次。碰到她发疯发得厉害的时候，就打得勤一点。女人就这样，一打完就特别听话，也不疯疯癫癫地乱说了，也不会晚上往娘家跑了，做起事来也细心了很多，也不会把尿素当盐用了，也不会用装敌百虫的瓶子去装酱油了……

父亲严肃地说：罗长生，我奉劝你，不要再打她了。

罗长生说：嘿嘿嘿，医生说的是。想当年，我是光棍一条，无牵无挂，又有房子又有地。我看上了她什么？看上了她不麻烦，往禾草堆里一滚就行。我这个人做事干脆，不喜欢黏黏糊糊。她刚过来的时候也很听话，什么时候什么地方都不讲究，百依百顺，还喜欢叽叽喳喳地跟我说话，从娘家村里说到婆家村里，东家长西家短，一直说到我呼噜呼噜地睡着了。我嘴上说，你不要吵，不要吵！她真的不吵了，我们还睡不着呢。可是现在，她过着过着，就变鬼，你还没有睡着，她就呼噜呼噜地睡了。开始还是扭扭捏捏，这几年可好了，干脆就不想理老子了。要打了才行。以前她不吱声，现在敢跟我吵架了。昨天半夜里，吵得那只大公鸡都叫起来了。四个女儿都爬起来，哭丧一样，我又没有死。……女儿多也有好处，死的时候热闹。我隔壁的罗矮子，自以为生了个儿子就了不起。去年他死的时候怎么样？连个哭丧的人也没有，他儿子花三十块钱一天，请了几个破锣嗓子来哭丧，还偷工减料，哭起来像母鸡下蛋一样，不知道的还以为她们在笑呢。罗矮子的儿子对她们吼叫起来，说要不是死了老子，我要把你们揍扁。女人就是欠揍。……昨天晚上我下手是重了一点。……唉，我也不知道怎么办，医生，打重了嘛，躺在床上耽误事；打轻了嘛，不管用。可是，不打也不行啊，她们会爬上你的头，嗓门大得不得了……

父亲打断他的话说：罗长生！亏你还读了中学，你读书读到狗肚子里去了。你这些话有一句是人话吗？大男子主义、封建主义、愚昧无知、自私自利，你全占了。……罗长生被父亲的气势震住了，似笑非笑地站在那里。父亲停顿了一下，接着说：罗长生，要是你保证不打她，我就让你把她接回家去。你要让她好好休息，不要干什么重活。

罗长生说：不干重活可以，医生，你都给她撑腰，我有什么办法？凭良心说，嫁给我之后，她干了什么重活？生了几个女儿，养了几头猪，菜地还是那两块。不打她？……我不敢保证……等她的病好了再说吧。

刘玉珍不知什么时候跑到门诊室来了。她说：医生啊，干活我不怕，不要说三头猪两块菜地，再加一头猪一块菜地试试看。现在当着医生的面说说，你凭什么打我？我哪一点对不住你？罗长生……你再打，我就死，死给你看……刘玉珍说着，哇哇地哭起来。

罗长生把香烟头往地上一吐说：你看你看，医生，你看烦不烦？你还叫我不要打她！

父亲说：回家去吧，回家去吧。罗长生明天再来一趟。

罗长生说：还要来啊？医生，我不打她了行不行？

罗长生领着刘玉珍回家去了。

父亲说：刘玉珍肝脏肿大，手感滞涩，有明显结节，边缘凹凸不平，我怀疑她是肝癌，而且是晚期。过两天让罗长生带她到省城医院确诊。……他们也没有钱。……即使到上海的大医院去，也没有什么更好的办法。……唉，这个劳碌命苦的女人，就要在这个世界上消失了。她的丈夫还不知道，还在凶神恶煞地对她吼叫……

罗长生知道实情之后，带上所有的积蓄，卖掉了三头猪，把家交给大女儿，就带着刘玉珍上省城去了。

三个月之后，刘玉珍就死了。

流动马戏团

流动马戏团要到罗镇来演出的消息早就传开了。我盼了一个星期，连马戏团的影子也没见着。我突然变得烦躁起来。我对我妹妹和她的好友程瑛说：你们天天在操场上等什么？等马戏团吗？你们这是守株待兔。我妹妹愣了一下就回家了。过了一会儿，她手里拿着一本成语词典回到操场上来了，恶狠狠地对我说：你才是在守株待兔呢。

操场当然不会为一个传说中的马戏团而空着。那天，兽医站的罗大德在操场上忙了一整天，将镇上所有该骗的猪都骟了一遍，操场上猪叫狗吠声响彻云霄。罗德丙老人的葬礼仪式也在操场上举行，占了整整两天时间。八十二岁的罗德丙，是吃糯米汤圆的时候噎死的。尽管他身体虚弱，双腿行动不便，但食欲却一直很旺。前天午饭之后，他突然大声对儿媳妇说，弄点实实在在的东西来吃，肚子里老是空空的。儿媳妇说，没见过那么贪吃的老人，滚烫的糯米汤圆，一进嘴巴，嚼也不嚼就往下咽，结果噎死了。听说镇长的老爹罗三坤，也快要不行了。不过罗三坤是肺气肿，一天到晚喘着粗气，像一个移动风箱，眼看就要断气似的，突然又呼啦呼啦地响了起来。看那样子一时半会儿死不了。我想，该死的，该杀的，该割的，该剐的，就赶紧吧，不要拖拖拉拉。

女人和老人，特别是孩子们，频繁地到操场上来转悠，他们伸长脖子不停地朝大路远方张望，翘首以盼，期待马戏团的到来。娘们儿凑在一堆，叽叽喳喳，不知道说什么。骟猪的罗大德，一边高声说笑，一边朝女人堆里瞟。他说：我在城里看过马戏，那些女人没有腰，没有骨头，身子软得跟黄鳝一样。孙寡妇说：黄鳝没有骨头？我怕你瞎了眼吧？黄鳝明明有一根大骨头。

镇长罗昌伟路过操场的时候说，你们整天聚在这里干什么？家里就没有事干？告诉你们吧，马戏团不会来的，你们别等了，回家去吧。孙寡妇冲镇长大声叫起来：谁说我们在等马戏团？谁说我们在等马戏团？我们随便站站不行吗？镇长不理会孙寡妇，头也不回就走过去了。大家都讪讪的，有的准备离开操场。镇长的话对小崽子们的影响并不大，他们依然像平常一样在操场上玩。他们一边玩耍一边等待，显得比大人要有耐心得多。他们以为，只要耐心地等待，总有一天会来的。

周末下午，开始下起毛毛细雨。操场上的蜻蜓越飞越低，在头顶上转来转去。阴雨天沉闷的气息，让孩子们也开始烦躁起来，他们没有耐心做完任何一个游戏，不停地换，会玩的游戏一会儿就换完了，只好又重复一遍。

大路尽头终于出现了一个黑点，朝镇子这边移来，只见一位身穿布纽扣黑色粗布衬衫的中年男子，渐渐走了过来。男子个子蛮高，方形的脸庞，操着外乡口音，他说他是河南人。河南对我而言，是一个陌生的词汇。我只知道两件与河南相关的事情，一是我父亲每天抽的大前门香烟，就是开封卷烟厂生产的；二是到我们镇上来要饭的，都是河南和安徽人。眼前这个男子，穿着和神态，都不像要饭的，那气派跟我小学校长差不多。我问他是不是开封人，他说他不是开封的，是驻马店的。他向我打听镇政府在什么地方。我问他驻马店是不是有很多马，他说，是有很多马，还有很多驴，很多骡。见过？那么会说话的猴子见过吗？我被他那会说话的猴子镇住了。他还回答了我的一些问题，语气温和，很有耐心。所以，当他点名要见镇长罗昌伟的时候，我很爽快地答应领他去镇政府。

驻马店的男子，走进镇长办公室。他们谈了一阵，还争执了几句。后来，镇长领着他到操场上来转了一下。他双手紧紧握住镇长的双手，拼命地上下摇晃，只见镇长的头被摇得像鸡啄米似的，然后使劲地把手抽了出来。他对镇长说，再见吧，然后就匆匆走了。我觉得盼望已久的事情终于要成为现实了。

第二天一早，我妹妹和程瑛又要到操场上去。她们不说去等马戏团，故意大声说：到操场上踢毽子去，那里地方大。我的邻居程瑛，不发脾气的时候的确很漂亮，一副城里人娇滴滴的样子，歌也唱得好。我妹妹因此很崇拜她，成了她的忠实随从。程瑛踢毽子的样子很好看。她穿一双白色运动鞋，她踢毽子的时候，不但用脚的内侧踢，还侧着身子用脚的外侧踢。有时候，她跳起来用放到屁股后面的脚后跟踢，毽子飞起来的时候，脚跟正好碰在她的小屁股上。

以我妹妹和程瑛为首的女孩围成了一个圆圈。她们踢起来不仅时间长、数量多，而且花样多端，每个人踢起来都没完没了。不一会儿，她们就将凑热闹的小家伙全部都吸引过去了。她们要规定新的游戏规则，以示公平。程瑛说，大家不分男女，一起玩，比赛看谁踢得多、时间长，不能踢到三十个以上的就不要上场了，只能当观众。我说好的。后来我发现，她的规则很阴险，因为我们没有一个踢过三十的。我们几个男孩子连上场的机会都没有。一口气踢三十个以上，这就意味着参与踢毽子表演的只能全是女孩子。这一招很毒。这个馊主意不是程瑛出的，而是我妹妹出的。我没有马上找她算账，先记在那里。

我和财神几次试图搅局，都被程瑛制止了。程瑛的方法很简单，她先是平静地盯着我一阵子，再慢慢地走过去，将被我扔出很远的毽子捡回来，接着踢。程瑛平静的样子不一般，跟她妈妈周老师一个德性。周老师跟我妈妈闲聊的时候也是那样。几个回合下来，我的捣乱，就成了她们表演过程中的一个小小的点缀。我们都觉得无聊又无趣。我几次想离开操场，镇子后面的小山上更好玩。但想到马戏团快要来了，只好忍住。

我决定另立山头，脚不灵可以用手啊。我和财神、大头几个走到操场的另一边，围成一个小圆圈。我把毽子抛向空中，然后双手拍一下掌，再伸出手，将掉下来的毽子托向空中，又连忙拍一下掌。这样就简单得多了。我们当然也碰到了时间分配的问题。我冷冷地对他们说，你们说怎么玩吧。他们异口同声地说，你玩你玩，等你玩腻了就给我们玩一玩吧。我们玩了一阵，发现那帮浑身是泥的小农民，依然围着程瑛她们转。于是，我开始变招了。我加快了速度，双脚走着碎步，一边拍手，一边高声唱起来，财神和大头也一起跟我帮腔：

拍拍掌，百花开，

风吹燕子过江来，

水草江边绿，
花在园里开，
一年十二月，
月月有花开。

尽管唱得有些俗气，但热闹。一时间我们这边就开始闹哄哄了。小家伙们就像苍蝇闻到了屎一样，嗡的一声就围到我们这边来了。我在中间拍手，沿着人群围着的圆圈走，一边高声喊道：站开点，站开点，脚下踏着节奏沿着圈子的边缘飞快地走着，毽子在我的手掌和空中飘上飘下。财神和大头还在重复着那低级趣味的歌。我说，换一个啊，傻瓜，换一个好听的。他们说，好听的没有，好玩的行不行？我说，好玩也可以，不傻就可以。他们想了想，接着又高声唱了起来：

半天云里响起了雷，
清水河边下起了雨。
黄牛为什么不吃草，
水牛为什么不喝水。
拴起牛来赶紧跑，
到你家里借蓑衣。

你的妈妈不在家，

只有一个小婊子。

财神和大头一边唱，一边冲程瑛那边笑。程瑛沉着从容的气派一下子就不见了。她停下来冲我们这边大骂了一阵，领着她的伙伴，还有我妹妹那个跟屁虫，就离开了操场。程瑛她们一走就没有什么意思了。我把毽子丢在地上说，你们玩吧。见我松了口，那些泥猴一样的小家伙就开始瞎起哄了：让我来，让我来。

流动马戏团如果要来，这条大路是必经之路。驻马店男子就是从这条路上走来的，后来又是沿着这条路离开。我想象着自己也是流动马戏团的一员，远远地从大路上走来，吸引了许多羡慕的目光，然后又沿着大路悄悄地走掉，不知去了什么地方，留个谜语给别人猜猜。可是上午已经过去了一大半，依然不见马戏团的影子。但我至今坚持认为，那个男子就是马戏团的，尽管我并没有从他嘴里得到证实。“你是马戏团的吗？”这个问题，我没好意思问出来。

大路穿过学校门口的大操场，经过操场南边的枫树林，一直向南伸去。小镇上农户的牛都拴在枫树林里。牛粪味长期弥漫在学校的操场上。学校和医院管“爱卫会”的医生跟村里人协商，给了他们一笔钱，请他们另找地方拴牛，他们收了钱，也答应把牛弄走，但牛至今还在枫树林里拴着。

我走进枫树林，眼睛留意着大路上的动静。大路蜿蜒伸向远方。我不知道这条往南去的大路，到底通往哪里，它就那样消失在我眼睛看不到的地方。只有在天晴的时候，能远远看到大路尽头的尖山，像一堵墙一样拦在那里。

别的山的山顶都是浑圆形的，而尖山的山顶是尖的，像一把匕首刺向天空。镇上人都说，尖山还在不停地往上生长。医院的厨师老赵说：你看你看，还在长，还在长！要是再不想办法，它就会长到天上去的，触动了天上的人，哼，那就有你们好看的了。天上的人才不管你们是谁，你们谁官大，谁脸白，谁奶大，谁屁股圆呢……有什么办法？办法当然有啦。谁有那么大的胆子呢？

我说：我不怕，我一个人晚上敢去白天死过人的手术室。我还敢到村后的坟山上去。

老赵说：光胆大还不够，还得运气好。要让尖山停下来不往上长，就要关掉一个机关。尖山上有一个山洞，机关就在那个山洞里。……所以，找到了洞口也还进不去呀，除非你碰上那个白须驼背老头，打开山洞机关的钥匙，就在他手上。他一年也难得出来一次，谁知道他哪一天出来？我总不能天天坐在那里等吧？就这样，今年拖明年，明年拖后年，一直拖到现在，大家都不打算管似的。我老了，管不了那么多啦。长吧，长吧！长到天上去了才好呢。老赵露出一副玩世不恭的样子。

天天等当然是一件很麻烦的事。何况就算等到了，能不能拿到钥匙还是个问题，谁知道白须驼背老头的脾气怎么样呢，如果像我父亲的脾气，那就很难说了。可我也不能撒手不管哪。我望着远处那座十分突兀地竖在那里的尖山，隐隐地看到尖山真的还在往上生长。我心里想，我要亲自到那里去看一看，事先不告诉任何人。如果我把这个想法说了出来，我的父亲会笑掉大牙的。当然，如果白须驼背老头自己去把机关关掉，那就再好不过了，免得我和老赵到一起就操心这件事。如果老赵真像他所说的那样，管不了那么多，那就剩我一个人了。

程瑛和我妹妹，溜到学校旁边的小卖部里去了。我知道她们又是去买吃的。每一次镇上有什么新鲜事，她们都是这样，而且出手很大方，好像准备把积蓄全部花掉似的。有时候，她们还会把平常想买没舍得买的东西一起补上。平时，想让她们拿出一个子儿来，那是千难万难的。她们喜欢为一件屁大的事情鬼鬼祟祟地忙乎很久，把一件事情弄得神秘兮兮的，还假装很平静。

一阵风吹过来，暗阴的枫树林飒飒作响。我一个人站在大路边的树林里，望着远处的尖山。云雾环绕在山腰，山尖尖像一只在高空盘旋的老鹰一样，一动不动。我一定要到尖山上去一趟，一定要设法从白须驼背老头那里弄到钥匙，一定要找到那个洞口，一定要阻止尖山继续往上生长。想着想着，一股英雄般的气概从内心涌起。

这时，我父亲正好背着药箱路过这里，他对我大声吼了起来，他说我站在这里，东张西望，无所事事，就像一个二流子，丢尽了他的颜面。他命令我立即回家，一刻也不能耽搁，否则就叫我皮肉开花。我一边假装往家里走，一边回头看看父亲。当父亲屁股上一跳一跳的咖啡色牛皮药箱渐渐远了的时候，我又折了回来。

仔细观察就会发现，尖山往上长的速度并不慢，所以不能再拖了，要去就得尽快，最好是一个人去，当然要选个好天气，我这样想，顺便走到枫树林里看牛去了。

看牛好像是一件没有什么意思的事情，但看着看着，意思就来了。你想想，它们匆匆忙忙地吞下那么多的草料，不咬也不嚼，先放到肚子里存着。这种方法，一来可以从同伴那里多抢吃一些嫩草，二来还可以少在太阳底下挨晒，等到肚子装满了，再到树荫底下躺着，慢慢地享受、独吞。我觉得，不出声的、闷葫芦似的家伙，总是比吵吵嚷嚷的要有心计。牛就是那种闷葫芦的有心计的家伙。

一头老黄牛，不停地摇着耳朵甩着尾巴赶苍蝇，它肚子里的存货正在咕噜咕噜地往嘴里跑。它的吃相不大雅观，两颚不是上下咬嚼，而是左右移动，磨得嘴角两边全是白色的唾沫和草浆，有点像饿急了的农民吃饭的样子，用父亲的话来说，是近墨者黑。我觉得并不完全是这样，农民养的狗就显得很优雅。随着生活的改善，那些狗已经不怎么愿意吃屎了。事实上父亲在说“近墨者黑”的时候，矛头是指向我的。如果我吃饭，也像老黄牛那样，吃得两边嘴角全是咀嚼出来的唾沫，父亲的手就要打上我的头了。

他们跑过来对我说：我们不玩了。我说：不玩就不要玩呗，凑到我这里来干什么？他们说：来撒泡尿行不行？说着，小鸡鸡全部掏了出来，有的对着树根冲，有的在沙土上写字。大头和财神，对着牛鼻子撒尿，还对牛说：喝酒、喝酒，不要光吃菜不喝酒。

我大叫一声：人来了！小鸡鸡们连忙收回来，有的还把没拉完的尿拉到了裤子上。人在哪里？人在哪里？财神嘀咕一句，我们也没干什么。

其实我没有看到谁，只不过瞎叫一下逗逗他们。没想到还真的招来了人。程瑛和她妈妈朝我们这边走来。

附近的孩子，只有程瑛不怕我们，即使独自一人也不怕。尽管她不会主动发起进攻，但也是时刻准备着。此刻，她跟她妈妈周老师走在一起，看也没看我们一眼。周老师还是那样，紧绷着平静的脸。

你们知道吗，刚才唱歌的时候，程瑛为什么骂人？我说，因为她妈妈经常不在家，家里就只有她一个小婊子。

哈哈，哈哈哈哈。……下次小婊子一个人在家的时候就告诉我们。我们要给她一点颜色看看。

你们知道程瑛的爸爸在哪里吗？我问。

大头说：不知道，从来都没见过。

我说：我可以告诉你们，你们要保证不说出去。周老师会咬人的，就像程瑛咬人一样。比程瑛还要厉害。

大头说：我们保证不说，我们保密。你快说吧。

我说：程瑛的爸爸叫程志鸿，是坏人，写了反动标语，现在关在牢里。我再一次警告你们，谁要是说了这件事，后果自负。周老师先是咬人，接着就骂，骂完后还会把程瑛杀了，然后再自杀……

我正说着，只见大头的嘴唇抽搐了几下，我预感到要出事。

大头突然咧开大嘴叫了起来：打倒程志鸿！打到坏人程志鸿！

周老师和程瑛同时转过身来。

程瑛的脸涨红了。

我转身就想跑。没想到大头指着我说：是他，是他喊的。

我顿时僵在那里，手脚冰凉。

程瑛正要向我扑过来，被周老师拉住了。

周老师用平静而冷漠的目光盯着我。

我扫了周老师和程瑛一眼，突然举起手也喊了一声：打倒程志鸿！

大头和财神都跟着喊了起来，像羊叫一样。

周老师拉起程瑛的手，转身就走了。

财神羡慕地说，还是大头勇敢，胆子大，否则我们都不敢。

我要找大头算账，大头却早就不见影儿了。

那个星期天的上午显得特别漫长。

来了一群农民。前面走着的是抬担架的，后面跟着几位哭啼的农妇。两根长长的竹竿子，中间横缠着粗粗的绳索，棉被平摊在绳索上，前后两个人抬着。竹竿子随着节奏，上下晃动，发出吱扭吱扭的响声，伴随着农妇的哭闹声："我不想活了！我不想活了！"我知道，农妇可能是喝了敌百虫或者乐果，要不就是喝了煤油，但喝的分量不够多，或者上吊和投水被救，总之是自杀未遂。抬担架的农民沉默而严肃，抿着嘴，咬着牙。任凭病人怎么叫唤，都不理睬。走在最前面的那个壮汉，汗珠悬在鼻尖上，也不去擦它，任凭汗珠自己滴下来。

已经过晌午了。我想，父亲大概快回来了，周老师和程瑛可能也回家去了。我正在认真考虑是否要回家的事，是不是在外面躲一躲？

这时候，远远看到大路上来了一队人马。那么长的队伍，不可能是抬病人的农民，倒像是送葬的。但是，既不见白幡飘动，又听不到锣鼓和唢呐，也没有号哭的声音。一二十辆大板车和独轮推车，一溜儿从南边走来了，后面卷起了一股尘烟。一男一女两个中年人坐在马背上，女的一张弥勒佛脸，笑嘻嘻的，男的就是昨天下午我见过的那个人。中间一辆大板车上坐着五六个孩子，像是兄妹，还有几只猴子混在中间。他们一路说说笑笑，很开心。其中有一个小女孩长得有点像程瑛，但眉目比程瑛要舒展一些，不像程瑛，眉毛老是皱着，嘴巴老是嘟着，好像我欠她什么似的。

小女孩穿着一双程瑛那样的白色运动鞋，下身一条蓝色灯笼裤，红色的汗衫，两根牛角辫很夸张地竖在头上，手里还抱着一只猴子，脖子上用红线挂着一个口哨。

小女孩右嘴角上方长着一颗小黑痣，十分醒目，嗓门也特别响亮，目光镇定自若，一副老江湖气派。

车队在操场中央停了下来。我们呼啦一声就将车队围住了。

小黑痣镇静地站起来，叫她的哥哥和姐姐们先不要动，自己猛地向上一跳，又轻轻地落在地上，像一片枫叶飘在地上一样，猴子还稳稳地抱在手里。

小黑痣把猴子丢在地上。那猴子正准备跑开，小黑痣吹响了脖子上的口哨：嘟嘟、嘟嘟，猴子就乖乖地回到了她的脚边。

在中年男子的指挥下，车夫们有的卸车，有的将尖尖的木桩往地上钉。不一会儿，竖起的木桩在操场中央围起了一个大圆圈，上面围上了比大人还要高出一截的帆布墙，把我们隔在外面。

我和伙伴们像狗一样，绕着帆布墙打转转。我发现了一个可以钻进去的小布门帘。我正准备往里面钻，被一个小伙子挡住了。小伙子用带外乡口音的普通话喊叫：不要钻，不要钻，晚上来看，晚上来看。

我还试图往里面拱，希望他放弃阻拦我的念头。这时候，小黑痣走过来了，她用普通话呵斥：有什么好看的？有什么好看的？那么着急想看？

小黑痣的目光在我们的脸上挨个儿地扫了一圈，然后指着我说，你，进来吧，就你一个，其他人都回家去，晚上再来。

我跟着小黑痣走进去，心跳得像打鼓一样，正好碰上一匹马扑哧一声打了个响鼻，吓了我一跳。小黑痣说，不用害怕，不要惹它就行。

我简直不敢相信，这就是我天天在这里玩的操场？

我像是走进了另外一个世界，一个远离了我父亲、厨师老赵、财神和大头他们的另一个世界。围起的帆布墙，使这里变得有点昏暗。一些人正在中间搭一个高大的架子，往架子上盖帆布。挨着外面那层的帆布墙的边缘，已经竖起了几个小帐篷，还铺上了地毯。小黑痣的父亲和兄弟们，正在忙着往里面搬木箱。几只猴子在里面钻来钻去。小黑痣一直在悠闲地嚼着东西，嚼着嚼着还吹出一个大白泡来。

我东张西望地看了好一阵。小黑痣说，你怎么不回家吃饭?

我说我早就吃了。说完，我的肚子就咕噜咕噜地叫唤起来。小黑痣嚼东西嚼得很响，大概没有听见我肚子的叫唤声。

那你就在这里随便玩玩吧，我没有时间陪你了。她说。

马戏团的人忙乎了整整一个下午。我一直在那里东奔西跑，这里摸摸那里摸摸。他们还把晚上要演的一些节目先预演了一遍。

小黑痣上场的时候，先微笑着，朝我这边亮一个相。她的父亲和母亲，站在两边保护她。小黑痣比我想象的还要厉害。她会打旋子，走钢丝，钻火圈，钻小木桶。她能躺在垫子上用脚同时转动两把伞。她敢在两丈高的凳子上倒立。倒立我也会，不过我是靠在墙边上。她蹬着独轮车满场飞跑。而我呢，两个轮子的车都骑不了。小黑痣翻的跟斗是空心跟斗，就是手脚不着地的，翻过去之后人是站在地上的。我翻跟斗是头先着地，然后用背在地上滚。小黑痣真是太有才了，简直让我佩服得五体投地。

天色渐渐暗了下来。我的脸大概也饿得暗下来了，但我一点也不觉得。这时候，帆布墙外吵吵嚷嚷地来了很多人。小黑痣走过来对我说，你先回去吃晚饭。晚上还是从这个小门进来，我让你坐在最前面一排看表演。小黑痣把那只穿着红线的哨子，从脖子上取下来送给我。她说，晚上到这个小帆布门口，你“嘟嘟”“嘟嘟”“嘟嘟”吹三下，我就出来接你。

我溜出马戏团的营地，一出来就看到父亲在人群中张望。远远就能听到孙寡妇的大嗓门，她正在跟我母亲说着什么。母亲和妹妹还是坐在那个老地方。每一次我们家的人和程瑛母女都坐在一起，但这次我没有看到程瑛和周老师。她们一定是另外找了地方吧。

我父亲还在东张西望地找我。他四只眼还不如别人的两只眼。大头见到我，转身就跑得不见踪影。他跑个屁，我根本没有心思去理他。我低着头，从人群中钻了出去，顺着小巷一溜烟跑回了家。

我先到程瑛家的窗户下站了一会儿。她的房间里一点动静都没有。

我走进医院的厨房。老赵还在，一个人坐在暗里咳嗽。他从锅里的热水中端给我一碗饭，问我到哪里去了。我没搭理他。老赵又说我不在家的时候这里很热闹，说家里人都在找我，说周老师哭了，程瑛也哭了，说我父母吵架了，那只老猫不见了，说他的腰疼又发作了，哮喘也同时发了，说这里要闹鬼了……他的话像猴子钻火圈一样在我耳朵里钻来钻去。我三下两下把一碗饭吞了。

我又到程瑛家的窗户下站了一会儿。她的房间里还是没有什么动静。

回到家里，我把书包里的书丢在地上，找了几件换洗的衣服塞进去，带上了我的全部积蓄，十二块零七毛钱。我还想带上我那支“上海牌”的口琴，可是到处找都找不到，我把家里翻了个底朝天，好不容易找到了我心爱的口琴。这时候，隐隐约约传来了马戏团开台演出的锣鼓声，我顾不上收拾，匆忙朝操场赶去。

路过老赵的门前时，我想对他说，让他转告我的父母，我要出远门去了，不是去尖山上，而是要去更远更远的地方，我要周游世界。老赵打开门，问我干什么，他咳得半天都没有缓过来，我怀疑他马上就要断气了。我没有时间等他，转身就跑到医院大门口，但想想还是要跟他说一声，倒回来的时候，他那一阵咳嗽还在进行中。我等不及，便往操场方向跑去。

我来到下午跟小黑痣约定的那个小帆布门边，拿起小哨子，“嘟嘟”“嘟嘟”“嘟嘟”吹了三下，等了一阵，没有动静。我接着又吹了一次，还是没有动静。我知道自己来晚了，小黑痣可能正在表演呢。

我带着我的小书包，远远地坐在枫树林边的草地上，等待演出的结束。我听到了小黑痣报节目的声音，我听到了乐队的吹奏声，我听到了大家喝彩的声音，最刺耳的叫声大概是大头的吧。我不想揍他，他就是自己管不住自己的嘴巴，我想对大头说，见到我不用跑了。我从裤兜里掏出被我捏得滚烫的口琴，吹了一支《小桃红》。我想象着自己在给小黑痣的表演伴奏。

夜深了，马戏团的表演还在进行。枫树叶子被风吹得沙沙作响。枫树林里的黄牛咀嚼草料的声音缓慢而有节奏，像催眠曲一样。

第二天清晨，我被鸟鸣唤醒了。我睁开眼睛一看，操场上空空如也，跟平常一样死寂无声。马戏团不见踪影。小黑痣也不见踪影。一切都像往常一样。枫树林里过夜的黄牛还在反刍。

我揉了一下眼睛，站起身来，掏出我心爱的口琴，吹了一个音阶。接着又摸出小黑痣送给我的口哨，“嘟嘟”“嘟嘟”“嘟嘟”吹了三下。猴子没有听见。小黑痣也没听见。

太阳还没出来。小镇在昏睡。远处的尖山也在昏睡。

马戏团来时走过的大路，蜿蜒伸向远方。

我背起书包，朝着马戏团来的那个方向赶去，一边走，一边哭起来。

妇产科医生杨红

那天下午，罗镇医院妇产科医生杨红正在值班，一位孕妇突然捧着肚子冲进诊室。只见她一条裤腿卷起，一条裤腿拖着，满脚泥浆，看样子刚刚还在田里干活。她一边跑一边喊叫：医生啊，快点啊，要下了，要下了！杨红抬起眼说：要快点的是你，不是我。你赶快把裤子脱了。孕妇闻声抬头一看，发现医生是一个男人，转身就跑。值班护士一把将孕妇拉住。这时，孩子已经哇的一声掉在裤裆里了。

杨红叫护士帮忙，将孕妇抬到了产床上。杨红一边忙着，一边严厉地对孕妇说：跑什么跑，你不要命了？有什么大惊小怪的？我见得多了。你以为我稀罕哪？在医学院的时候我就开始看，都差不多，我看烦了。

杨红的这几句话，很快就在小镇上传开了。女人们凑在镇口的老樟树下，叽叽喳喳地议论起来。

就是那个总是戴着口罩说普通话的杨医生？怪不得他看我们的时候，全是白眼珠子。

听说他的那个家伙没有用呢，活该，谁叫他瞎看。

谁知道他有没有用呢？你又没有试过。

太监也没有用，心里还不照样邪乎得很。

就是没用的人才想看呐。

听说他在大学里的时候，每天都要看一个女人，几年下来，还不看了成百上千？

他还好意思说“都差不多”。他是看花眼了吧。

是呀是呀，戴着一副酒瓶底一样的眼镜，看个屁。

他还说看多了心里烦，他骗鬼哟。你去看病的时候，他就喜欢问这问那，追着下面问。

对呀，你不说他就不开药。

孙寡妇说：哟，那张小白脸，唇红齿白，干干净净，还有点羞答答的样子，真看不出呀，没想到他肚子里还那么多的鬼怪。我倒要见识见识。

孙寡妇风风火火地来到医院，往杨红面前一坐，说，看病。

哪里不舒服？杨红问着，鼻翼在口罩底下飞速地扇动了几下。

腰疼。头晕。孙寡妇粗声粗气地回答。

长痛还是短痛？怎么个晕法？杨红似乎隐约闻到了一股糜烂的气息。

长痛。天旋地转，头重脚轻。孙寡妇故意夸大其词。

月经正常不正常？杨红问了一些妇产科问诊时的套话。至于病人怎么回答，他好像并不在意。

……正常。孙寡妇忍了一下，还是回答了，心想，看他还问什么。

夫妻生活情况怎么样？杨红与其说在问诊，还不如说在拖延时间。

孙寡妇一听急了，说：杨医生，我孤身一人，你问这话不合适吧？老大姐说话不客气了。你怎么爱打破砂锅问到底？人家张医生问是问，不是你这个问法。你就不能看看舌头，把把脉？哪怕用听诊器到处听一听也行。

杨红愣了一下，扯下口罩说：孙娇莲，张医生有张医生的方法，我有我的方法。你是找我看病还是找张医生看病？躺到床上去，脱掉裤子。

孙寡妇说：什么？脱裤子？看个病就要脱裤子？你从哪里学来的？城里女人喜欢脱，我们这里的女人不喜欢脱。除了我那个死鬼，老娘还没有在别人面前脱过裤子呢。不要说脱裤子，就是你那些脏话我也不乐意听！

杨红有点恼火，对孙寡妇说：脏？有病不及时治疗，糜烂了才脏呢。到我这里来看病，就是这样。你要不想脱就走，去找张医生吧。

孙寡妇站起来就往外走，还一边骂骂咧咧：你才有病呢。年纪轻轻的，怎么跟老光棍一样，老光棍还知道嬉皮笑脸小恩小惠呢，你，说话嘴还蛮硬的。

杨红心想，走吧走吧，迟早还要到我这里来的。越拖你越倒霉。

孙寡妇一边往老樟树下的女人堆里走，一边远远地就大叫起来：哇，真的是呀，要不是我跑得快，裤子都要被他扯下来。

从此以后，镇上的女人一见到杨红，就夹着尾巴逃跑了。开始是年轻的女子跑，后来，中年妇女和老太太也跟着跑起来了。

杨红不大清楚她们究竟跑什么，也没有兴趣去琢磨。杨红想，如果把她们的想法和行为都弄明白了，我就不是杨医生，而是算命打卦的杨半仙了。除了上班之外，他跟镇上的女人基本上没有什么接触，也没有想结识她们的愿望。村镇上的妇女并不是他想象的那样朴实，神神鬼鬼的想法很多，有时简直不可理喻。

小镇上所有看病的女人都避开妇产科医生杨红。这似乎成了无形的集体抗议活动，并产生了一种强大的钳制力，钳制着另一部分悄悄地打杨红主意的年轻女子。所以，直到35岁的时候，杨红还是单身一人。在这个镇上，

35岁就是老光棍了。越没人理就越老，越老越没有人理。这是一个恶性循环的圈套。

对此，只有杨红一人浑然不觉。他依然有条不紊地生活，就像刚毕业分配来到这个小镇上的时候一样，每天早晨起床后，他就提着两个水瓶，从三楼摇摇晃晃的木板楼梯上走下来，铁壳水瓶是装开水的，放到厨房里；塑料壳水瓶是装尿的，放在厕所门边，然后去跑步。他白天上班，黄昏散步，晚上看看电视、读读书，生活过得像手表一样有节奏。杨红还有一个爱好，就是陪院长的老婆闲扯。院长老婆对院长说，你们那个小杨，挺懂事的，不像那些嚼舌根的人说的。她发誓一定要解决杨红的老大难问题。

医院那幢四层的青砖楼房，在小镇的东头。杨红住在三楼。一离开自己的宿舍，在通往二楼的楼梯上，他就要戴上口罩。他觉得，这座医院简直是被各种臭分子包围着，空气里充满了腐朽的气息，细菌像蝗虫一样在空气中飞翔。二楼住院部是细菌的老巢，那里散发出一股消毒剂掩盖不住的腥臭味。一楼门诊部是各种外来细菌的集散地。护士长天天都指挥护士们，往医院每一个角落里喷洒消毒杀菌的药水。但是，除了死掉的之外，剩下的细菌对那些消毒剂已经习惯了。杨红曾经建议停止喷洒消毒剂，让那些习惯了的细菌突然改变生理节奏，然后死去。护士长因此把他狠狠地骂了一顿，说那是一个异想天开的馊主意。

走出医院的大门，就是一个大池塘，里面养着鱼，经常有人往里面浇大粪，附近生猪屠宰场的秽水也往里面流。镇科技站的技术员说，这叫做“生态平衡”：大粪养鱼，鱼养人，人拉大粪。池塘边的那条铺满猪粪狗屎的小路通往镇上的商业区。在街道上和商场里，女人们（杨红医生的治疗对象）在街上飘来飘去，伴随着她们浓烈的体味。还有那些口腔里钻出来的酸腐味、隔夜的汗味、狐臭味。总之，杨红找不到任何不戴口罩的理由。

杨红整天戴着口罩，独往独来。他自己没什么特别的感觉，院长的老婆却觉得他有问题，仿佛是口罩将他与女人和世界隔离开来了。她让院长找杨红好好地谈一谈。院长说：小杨啊，光认真工作还不够，要广泛接触群众。整天戴着口罩干什么？要让你的鼻子慢慢地习惯周围的环境。不要简单地对待那些气味，比如腐烂的稻草味或者大粪味，仔细地品味一下，你就能闻到那些味道背后有一种谷子的香味，这才叫跟人民群众打成一片，才能更好地为人民服务嘛。院长的老婆也在到处为杨红奔走、辩解，说杨红年轻有为。说他不是对女人没有兴趣，而是不好意思跟女人接触。35岁的城里人没有对象，也不是什么新鲜事。

姑娘们的母亲说：这个年龄倒不是太大的问题。真的病了也没有办法，只好让他看了。但是把女儿嫁给他，他今天看我的女儿，明天看你的女儿，后天又看他的媳妇，总不是什么好事。谁知道他心里想什么？吃着碗里的，看着锅里的，到时候倒霉的是自己的女儿。

整个罗镇，只有谭丽华从来不参与对杨红的议论。她有她的想法。

副镇长谭天龙的女儿谭丽华，是镇广播站的播音员兼记者，都28岁了，还没有处对象。她人很聪明，却没考上大学。她长得很漂亮，但打扮和作派过于先锋，镇上人嫌她做作。她的普通话说得不错，没有什么乡音。很多人都说：谭丽华，你说普通话跟城里人一样，根本听不出你是这个镇上人。谭丽华因此有点骄傲。她经常用普通话跟镇上人说话。跟她聊天的人忍不住提醒她，要她说家乡话。她说：我也想说啊，就是不习惯，有点拗口。

谭丽华说，乡下土话难听还是小事，关键是不适用于表达情感。如果用家乡的土话来朗诵一首抒情诗，那不知道有多难听。她偷偷地用家乡土话读了一句莱蒙托夫的诗："在淡蓝色的海面，有一片孤帆闪耀着白光。"自己羞得脸都红了。更重要的是，家乡土话里面竟然没有"爱"字。他们不叫"爱人"，叫"我屋里的"，好像是在说锄头或板凳。他们不说"谈恋爱"，说"他们俩那个了"。他们只知道说“喜欢”，猪长得肥“喜欢”，狗跑得快“喜欢”，南瓜长得大“喜欢”，碰到年轻女子也是说“喜欢”。谭丽华心想，谁对我说“喜欢”两个字，我就不客气。她甚至偷偷地想，谁用普通话说“我爱你”，我就嫁给他。

镇武装部干事高明宏的胆子比较大。有一次，他愣头愣脑地冲进了广播室，试图用普通话对谭丽华说：“我爱你！”三个字急速地冲出来，就像端着冲锋枪朝谭丽华扫了一梭子，结果说成了“我挨你”，被谭丽华撵了出去。高明宏说，我他妈的武警学校毕业，普通话也说得不差，怎么配不上她？不就是没有生在城里吗？

在多年漫长的等待中，谭丽华将镇上所有年轻人的自尊都毁了。只有杨红在她面前永远保持着一副不卑不亢的样子，甚至是冷淡的态度。开始她以为杨红在城里一定有女朋友。她的同学曹小红在医院当护士。曹小红说，来看他的女人只有一个，就是他妈妈。他对别的女人没有兴趣。谭丽华心里想，这种人只对妈妈感兴趣，除非有一个人能取代他妈妈。她恨不得自己变成杨红的妈妈。

谭丽华多次都打算放弃自尊，主动出击。但那些老娘们的议论太难听了。谭丽华原本不想理睬那些议论，可心里还是七上八下，举棋不定。每天清早放完第一次广播，推开窗户，谭丽华就能看到杨红身影。杨红戴着口罩，穿着印有“医学院”字样的红色背心，伸着脖子，鸵鸟一样从广播站的窗前跑过。小街上的青石板，发出一阵咚咚咚的回声。那声音整天都在她的耳边震动，在她心上震动，使她心神不宁。

听说隔壁的黄竹镇，有一个瞎子算命很准，谭丽华就去了。

瞎子问了谭丽华的生辰八字之后，清了清嗓子，眨巴了一下眼窟窿说：命苦的人哪！污水沟里一枝花，自来难遇知心人；好心没有好报，热脸碰冷屁股；远离闹市遭人怨，似水柔情谁人知。

几句话说得谭丽华眼泪都流出来了。

瞎子咳了一口痰，啪的一声射向远方，接着说：好鞍配不上好马，寂寞空房无人问；好马配不上好鞍，时运空转过家门。二十八上转了运。

瞎子说到这里停了下来，伸手对着谭丽华说：要转运啦，再加五十块钱，不加也行，那我就不管了，你自己去转。谭丽华连忙掏出五十块钱放到瞎子手上。

瞎子接着说：你且听端详。二十八上转了运，卧虎出山，猛龙过江，逢山过山，逢水过水，西方不亮东方亮。知己也是一个跟你一样的苦命人哪，你的心思就是他的心思，他的心思也是你的心思。响鼓不用重敲，我就不多说了。

谭丽华想，瞎子果然厉害，句句入理，字字珠玑，说的就是我的身世，好像也暗指了杨红。她暗自决定，要在合适的时候去拜访杨红。

一天上午，谭丽华走进镇医院妇产科诊室的时候，三四个乡下妇女坐在那里候诊。在简易屏风后面，杨红正站在小床边给一个女人检查身体。谭丽华在长椅上坐下来等候。一会儿，妇女主任李桂芝从屏风后面走出来，提着裤子，皮带咬在嘴里，呜呜呜地跟谭丽华打招呼。

杨红一边脱下橡胶手套，一边往洗手池走。他转过脸对谭丽华说：你怎么来了？哪里不舒服？

谭丽华说：没有没有，我很舒服。

很舒服？都是这样说，实际情况比你们说的要糟糕得多。杨红说着，走近谭丽华，鼻翼在口罩底下扇动了几下，但好像什么也没有闻到。他说，要不要给你检查一下？杨红说这些话的时候是脱口而出，或者说是出于一种职业习惯，他没有想到谭丽华还是个未婚女子。

谭丽华听了很不高兴。按往常的脾气她早就一走了之，但想想还是忍住了。她说：不不不，我是来采访的。

杨红说：采访？那你应该找院长。

谭丽华说：想写一篇关于妇女健康方面的广播稿，院长那里已经去过了，还想找这方面的专家了解一些情况。她让杨红先看完等在那里的几个病人。

处理完几个病人之后，杨红和谭丽华一起往自己的宿舍里去。在通往三楼宿舍狭窄陡峭的楼梯上，杨红刚刚取下口罩，就闻到谭丽华身上飘来一股浓烈的香水味。杨红的鼻子突然紧张地抽搐起来，连连打了几个喷嚏。

你感冒了？走在前面的谭丽华转过身来问。

是是是，有点伤风。杨红说着，连忙抬起刚刚用酒精擦过的手，捏住了还在抽搐的鼻子，好像想把香水味挡在鼻子外面。

第一次闻到，准确地说是第一次注意到香水气息，是医学院的时候。杨红是妇产科班三十六个人中唯一的男性。在女性的包围之中，他常常感到窘迫万分。他的眼睛在三十五双犀利的眼睛逼视下，基本上不能发挥什么作用，只有鼻子还能自由支配。开始，他被坐在旁边的汤小舒身上飘来的香水味迷住了。那细如游丝的香味，钻进了他的鼻子，沿着鼻腔钻进了他的大脑，再通过中枢神经钻进了他的心里，渗透到他的全身。他一阵哆嗦，隐隐地听到了自己的心跳。后来，他渐渐地能分辨出三十五种不同的香味。那些香味诡秘而又狡猾，而且飘忽不定，有的躲在洗发水后面，有的躲在洗面奶后面；有的躲在护肤脂后面，有的躲在汗味后面，有的躲在狐臭后面，有的若即若离飘忽不定，有的直往鼻子里钻。汤小舒就是属于后面那一种。女同学为什么要用香水呢？香水背后有什么秘密呢？他一度被这个问题纠缠得神经衰弱，彻夜不眠。这使得他视力越来越差，嗅觉却越来越灵敏。

转眼间学生生涯就要结束了。那是初夏的一个晚上，杨红正在阶梯教室里看书。汤小舒走过来，坐在杨红旁边，恶狠狠地说：大笨蛋，你是不是想等我来求你？说完，在他的鼻子周围放了一股香味，然后转身就走。香味就像一根线牵着他，线头在汤小舒手上。

他似乎找到了一个模棱两可的答案。所谓香水，说得好听一点，就是人类肉体气息的精华。它将人体最低级的气息与最高贵的气息，将生长的和死亡的气息天衣无缝地糅合在一起，产生一种极端诱人的力量，一种隐约的罪恶感就隐藏在那种力量之中。实际上，香味就是女人的腋窝气味和下体气味的高度抽象、凝练和集中，就像热力高度集中之后就变成了TNT炸药一样。反过来看也一样，正因为它是高度抽象、凝练和集中的，它就能够让人忘记一般的低级的腋窝气味和下体气味。问题在于，一般的女人体味和高度凝练的女人体味（也就是香水味），究竟哪一种是真实的呢？直到汤小舒一脚把他踹了，他也没有弄明白。

谭丽华正在楼梯上走着，她的花裙子被一阵风吹起，白色的内裤像一道耀眼的白光在他眼前划过。杨红感到一阵晕眩。这是一种久违的感觉，骚动而又窘迫，弄乱了杨红的步伐。杨红想起了第一次走进手术室的情景。那是他第一次面对赤身裸体的、活生生的女人。当时他心里一阵慌乱，正准备退到后排，指导医生递给他一把剃须刀说，将阴毛剃掉，先用酒精清洗，然后用碘酒消毒。十几个女同学审视的目光唰地一下就盯住了他的脸。

无数次医学实践，培植了杨红对香水的敌意。杨红渐渐发现，女人的香味并不如他想象的那么神秘，它是一种假象。香味会迅速在酒精中分解、挥发。但是，一般的人体味，包括腋窝味、下体味、狐臭味、肉体的腐烂味，却很难溶于酒精，而且显得顽固不化，她的那种顽固气息还会穿过酒精直奔你的鼻子。尤其是参加工作之后，每天接触那些下体有病变的女性，她们的体味就像梅雨季节黏湿的空气一样，挥之不去，粘在人的手指上、鼻尖上。每一次在水龙头下反复地冲洗自己的双手的时候，杨红就感到十分绝望。原以为酒精是香水气息的克星，现在他发现了酒精的克星。他认为，五花八门的消毒剂，在人的体味面前的无能为力，是化学工业界的人的无能。

杨红，当初你为什么选择妇产科这种职业呢？在三楼的走道上，谭丽华就开始采访了。

问这些干什么？不是我选择了它，而是它选择了我。人还没有进校就分专业，他们搞错了，以为杨红是女的，就把我分到了妇产科专业。杨红开门后，请谭丽华坐下，然后提起铁皮水瓶给她倒了一杯水，顺便将塑料壳的水瓶塞到床底下去了。

你对自己的专业有什么看法呢？谭丽华坐下来接着问。

外科累。牙科脏。眼科麻烦。精神病科令人恐惧。内科好一点，但内科班人满为患。开始认为妇产科不错，主要是感到新鲜。后来我才发现……

谭丽华打断杨红的话说：请你等一等，刚才你谈到“新鲜”，能不能解释一下？

有什么好解释的？你突然发现一头没有鼻子的大象，新鲜不新鲜？

你说话真逗。那么，你是怎么看待你的治疗对象的呢？

在我眼里，眼睛、牙齿、骨头、肌肉、血管、神经、内脏、生殖器、脚指甲盖都一样，都是人体整体的一部分。身体的某一部分的功能必须正常运转，并与整体功能协调一致。我的工作就是让女性生殖系统的功能正常运转，不要影响其他部分的功能。如果有局部溃疡，也就是糜烂，它的影响就不是局部的，会影响到整个人体功能。

据说，我们罗镇的妇女健康普查结果很糟。你有什么看法？谭丽华问，屁股在椅子上来回扭动了一下。

说到这个，我就要多说几句了。不是罗镇，而是所有的镇，特别是乡村，妇女卫生状况糟糕透了。爱国卫生运动搞了这么多年，政府投入那么大，效果还是不甚理想。所以我才这么忙。刚来的时候，我曾经下决心要在几年内改变这种状况。现在看来我是痴心妄想，情况不但没有好转，反而越来越糟。别看她们一个个涂脂抹粉，洒香水，打扮得漂漂亮亮，这是一个动人的假象。已婚妇女很多人都不同程度有毛病，宫颈糜烂、阴道滴虫、子宫下垂、阴道炎、子宫肌瘤，有些甚至还有性病。外阴瘙痒症这种轻微的症状，就更加普遍了。除了妇女个人的责任之外，防疫系统的公共卫生管理部门，当然还包括她们的丈夫，要负一定的责任。卫生条件太差，性卫生常识几乎是零。……

这种情况我知道一些。谭丽华继续正襟危坐地说。

你知道什么？这些年情况更复杂了。人口流动太大。已经发现好些个淋病、梅毒了。前几天，有一对夫妇来看病。先是男的来。他说，他在外面打工时染上了病，妻子还不知道，好在一回家妻子就病了。他要我给他用些好药，争取在妻子病好之前治好他，还叫我替他保密。第二天，妻子来了，说是痛经。实际上是二期梅毒症状。她说是丈夫不在家的时候染上的，要我赶快帮她治好。她说她正在装病，但也不能装得太久了，好在丈夫在外面打了两年工，学到了修养，脾气变得温和了许多。要是以前，早就露马脚了。她也让我替她保密。我看看他们的住址，竟然是一样的。我心想，你们俩谁也别瞒谁了……你看，我天天就是在收拾这些烂摊子。你天天在广播里说的，跟我天天看到的不一样。

你是不是有一点夸张？谭丽华说。

不信？那你等一等，我到办公室里去拿一份调查报告来。

调查报告也是对你的调查对象而言的。杨医生，谢谢你，今天的采访就到这里吧，有事再来找你。谭丽华说着就告辞了。

谭丽华走后，杨红在她坐过的凳子上仔细闻了一阵，竟然什么也没有闻出来。他几乎怀疑自己是不是真的感冒了。

后来谭丽华又来过几次。有时候在凳子上留下药皂的气味，有时候又留下酒精的气味。这些经常变化的气味，把杨红弄糊涂了。不久前，杨红还透过酒精的气味闻出了汤小舒的气味。他的心里一阵颤动。他试图在空气中透过肉体的气味，去捕捉那种曾经在汤小舒身上散发出来的气息。

镇上那些喜欢闲言碎语的女人，突然惊奇地发现，妇产科医生杨红不戴口罩了。不但散步的时候，连上班的时候也不戴了，就让鼻子敞在空气里。更奇怪的是，杨红突然向院长提出要到内科去的要求。女人来看病的时候，他扭扭捏捏，满脸通红。

接连有几天，谭丽华都在广播里念自己写的那篇名为《无私的奉献》的广播稿，把杨红夸得有点离谱。谭丽华的声音在杨红的耳朵里，变成了一种诱人的气息。杨红听着听着，鼻尖在不停地抖动。有一天，播音员突然换成一个男的。杨红一打听，谭丽华在家里休病假。

那天晚上，杨红正在读书，忽然听到有人敲门。他认为一定是谭丽华来了。打开门一看，发现是谭丽华的母亲，镇中学退休教师刘玫。

丽华病了，你知道吗？刘玫站在门槛边说。

听说了。怎么没有到医院来看看？

你把她毁了！

你说什么？

我说什么？你听了就会明白的。每一次到你这里来的时候，她都精心打扮，想让自己显得更漂亮、更诱人。我知道，她是顶着巨大的压力来找你，说明她知道你的价值，而你一点也不知道她的价值。她是一个自尊的孩子，之所以一直没有谈朋友，是因为她不肯将就。可是你却在不停地对她说，女人都是肮脏的，腐烂的，是一个假象。你这是什么话？你每天接触的都是病人，并不等于所有的女人都有病嘛。丽华是连男朋友都没谈过的闺女，你跟她说那些干什么？

对不起，凭我的鼻子起誓，我正在修正自己的一些看法，尤其是对谭丽华的看法。我还正在想什么时候回去找她呢。

你的起誓已经晚了。开始我发现她在用药皂。后来她又买了酒精，甚至碘酒。她不肯躺在床上。她要一直待在卫生间里，不停地洗呀洗呀。我哭着劝她也没有用。

杨红愧疚地说：真的很抱歉，刘老师。我开始以为她真的来采访，就说得比较客观，也比较严重一点。我没有其他意思。

她的喇叭说话可以不负责任。你是医生，你的话也能不负责任？你毁了她的自尊和自信，也毁了她的希望！

您先别急，请进来坐一会儿吧。杨红说着，拿起了塑料水瓶给刘玫倒了一杯水。

刘玫在杨红的桌边坐下，看了看杯子说：你是灯光不知脚下暗。整天说别人脏，你看看你的水杯，你闻闻这开水，一股臊味。这些我不管。我只想你帮我去劝劝丽华。你知道你在她心里的位置。

杨红来到谭丽华家的时候，谭丽华刚刚从卫生间出来。见到杨红，谭丽华慌忙走进自己的房间去了。杨红让谭丽华快躺到床上去，给她作了检查。谭丽华被碘酒烧伤了，已经有局部溃疡。透过碘酒的气味，杨红再一次闻到了汤小舒那诱人的气息。

后来，他们俩结婚了。在小镇的人看来，杨红已经改邪归正（鼻子）。而谭丽华却变得那么奇怪，整天在水龙头边洗手、洗衣，一会儿就钻进卫生间淋浴去了；从头洗到脚，从里洗到外，整天洗个不停。谭丽华的这个习惯一直保留到今天。

嚎叫

后来我才知道，为什么父亲越打我，我越感到舒服。

当我父亲没有心思，没有空闲，也没有精力打我的时候，我突然感到自己像一个被遗弃在路边的孤儿。每当我产生这种感觉时，鼻子总是一阵阵发酸。我甚至想低声下气地对瘸腿药剂师石阳林说：石医生请你打我一顿吧。

从前跟我关系暧昧的药剂师，此刻见到我，沉着脸慌忙躲开了。我发现他髋骨的一边好像长了角，尖尖的，把裤子和上衣下摆顶起了一个小帐篷，走得快的时候越发明显。

我和瘸腿药剂师像一对冤家，相互折磨，彼此依赖。除了在碾药的时候，他还显示出一点气派之外，我基本上是瞧不起他的。这一点他比谁都清楚。他能站在离地面一两尺高的药碾子轴上，来回滚动一个上午，有时还在上面打瞌睡。药碾子由一个碾槽和一个碾轮组成。碾槽的形状像半只橄榄。大铁饼一样的碾轮上横伸出两根轴。必须先在铁轴上放两块鞋子大小的木板，然后，再踩在木板上，才能让碾轮在碾槽中滚动起来。随着碾轮前后上下的圆弧运动，药剂师石阳林的瘸腿一点也不明显，反而像是在自由舞蹈。

每到这个时候，我就显得十分被动。因为在父亲眼里，瘸腿药剂师在药碾子上来回摇晃，就是在上班、在劳动，不容打搅；而在我眼里，他是在玩耍、在表演、在炫耀他的本领、在捉弄我。最要命的是他的表情，真是讨厌而又迷人！我想，如果我也能学会这一招，那他就完了。为了学会这一招，我吃了不少苦头，但我一次也没有成功过。

不知道什么原因，有一阵父亲经常不在家，大概隔了一个多月没有打我，我便周身不自在。用父亲的话说，骨头在发胀，皮在发痒了，看样子要我帮你松松筋骨挠挠痒吧。父亲的这些话，并不是吓唬吓唬我的，而是一出热闹动人的苦肉剧的序幕，略带抒情的语调背后，潜藏着一个巨大的伏笔。父亲是君子一言，驷马难追。我根本没有工夫逃跑，而是抓紧时间将所有的力量都调到骨头上和皮表面，惊恐而又激动地等待着那一刻的来临。

在父亲打我的时候，我一定会伴随着打的节奏大声嚎叫。否则，舒畅和激动的感觉就要大打折扣了。我想，父亲的感受大概跟我差不多，我越嚎叫，他越激动，出手的频率就越快，力度也就越大。他同样伴随着打的节奏，还有我嚎叫的节奏，不停地喊叫：我打死你、打死你、打死你……现在回想起来，我们父子俩配合得真是天衣无缝。

那时候，我父亲几乎是三五年就要换一个地方，从一个乡镇医院调到另一个乡镇医院，职务不变，永远是副院长。据说因为他不是党员。父亲频繁地换地方的根本原因我不大清楚，只知道他总是把他的部下骂得灰溜溜的。“老子叫你回家种田”这句话，是他的杀手锏。事实证明，他的这句话没有任何权威性，只不过当时叫喊着发泄发泄，吓唬吓唬胆小的。护士曹小红一听到这句话就大哭起来，哭到我母亲一边劝她一边埋怨我父亲为止。但父亲从来没有对瘸腿药剂师说过这句话，倒不仅仅是瘸腿不宜从事农业劳动，而是他那该死的滚药碾子的技术，把我父亲都镇住了。父亲说：一个人总要有点真功夫。站在药碾子上滚动几下就叫真功夫？这点花招就博得了挑剔成性的父亲的赏识？我认为，瘸腿药剂师肯定还有什么秘密武器，甚至邪门歪术。

父亲经常在饭桌上对我母亲，或许也是对我们兄妹说：那帮家伙真蠢笨哪，还懒惰……老子凭本事吃饭，怕个屌。魏德明（正院长兼支书）不就是想压住我吗？他还用正职来吊我的胃口，说他到卫生局要求调离，建议给我提正职。这是在给我脖子上套绳索。老子不要！当年在中医学院的时候，他连考试都是抄我的呐。父亲说这些话的时候，露出了对魏德明的蔑视，说着说着，两边的咬肌就突了起来。后来，在背地里说话的时候，比如跟我妹妹或其他伙伴说话的时候，还有跟瘸腿药剂师说话的时候，我也学着父亲那样，将咬肌咬得突起来，效果很好。

在谈到魏德明的时候，父亲有时会突然笑起来，说：你们没有发现魏德明说话时候的特点？他将“生地”念成“风地”，将“人参”念成“人分”，将“死了”念成“夫了”，牙齿漏风。我们趁机大笑起来。这时候，父亲显得特别宽容。我常常被他这种说话的风度迷住。我将能按那种发音方法发音的词汇收集起来，专门用夹带那些词汇的句子去找小伙伴对话。如果对话中有一句话没有夹带那种发音，我就揍他。

刚到一个新的地方，我的嚎叫声总会惊动所有的邻居。他们都过来劝阻我父亲。父亲铁青着脸冲他们喊起来：滚——。我觉得我父亲喊出了我的心声，因为他们分散了我们父子的注意力。邻居们好像不忍心滚似的，一个个都站在边上观看、感叹，说我如何如何可怜。年轻的、肥腰大屁股的护士曹小红还流下了眼泪。我的那些小伙伴们却都在窃窃地笑。他们才是我的知己呢。只有他们才能体会到我的感受，才能分享我此刻的快乐。瘸腿药剂师只能算半个知己。尽管他也在窃窃地笑，但他的笑里有许多令人讨厌的成分。

当父亲双手发软两腿打抖的时候，他就会突然停下来，踱着方步走进书房，读他的《伤寒论》去了。他用一种跟平常不同的、陌生的声调读着。那不是读，几乎就是唱；不是一般唱歌的那种唱，又不像病人的呻吟，更接近农妇哭丧快要结束时的声音，将叙述夹杂在怪腔怪调的哼哼中。在哼哼的时候，他不像是我的父亲，倒像是我的爷爷。

父亲在书房里发出一种古老的音调。那声音在嗓子眼那里转来转去，正要冲出来的时候，就被父亲压了下去，但快要闭音的时候，突然又尖叫着向嗓子眼外面冲。那声音真是死也死不了，活也活不成，产生一种抓住你的悬念。有一次，我偶尔从中央人民广播电台里听到了那种久违的声音。那是北京大学古典文献专业的一位教授，在给听众读《尚书·尧典》。他用的就是我父亲读《伤寒论》时的那种音调。此后我再也没听到过那种声音了。

我父亲到书房里去哼哼的时候，就是苦肉剧谢幕的标志，但不是戛然而止，而是慢慢地消失，就像舞台上的大幕缓缓地拉上一样，要有个过程。因此，我不好马上站起来就跑，那样父亲一定不高兴的，他会在下一次打我的时候提起这件事情，并当作他加大打击力度的证据。因此，我总是顺着那种自然的节奏，让嚎叫的声音渐渐地降低，然后再抽泣一阵，呜咽一阵，最后不知不觉地消失。等父亲的声调突然向上拉起的时候，我就悄悄地溜走。

在我呜咽的时候，瘸腿药剂师总是将那张略微有点变形的丑脸，卡在取药窗口，冲我撇嘴、吐舌头、用手假装擦眼泪。我为什么经常打破药房的窗玻璃，将中药抽屉里分门别类的药搞乱，把称药的戥子杆折断，将放在药碾子轴上踏脚用的木板扔到水塘里去？父亲恐怕至死也没弄明白。那是我和瘸腿药剂师之间的秘密。为了保守这个秘密，我和瘸腿药剂师都付出过代价。

教数学的何老师，也就是我的班主任，听说我经常挨打，就教给我一个避免挨打办法：当你父亲来打你的时候，你千万不要嚎叫，而应该低头沉默，他打一下你就数一，他打两下你就数二，我保证，不会有第三下的。这种试图改变父亲肉体节奏的办法，或许真的能有效地中止挨打，但我一次也没用过。又不是上数学课，我想，并认为何老师完全是在说外行话。所以，我依然大声嚎叫。

有时候，父亲好像突然傻了似的。他温柔地对我微笑，还嘘寒问暖的，弄得我很不舒服。他笑着对他的同事说："这个鬼东西，打瘸了腿还能爬树哩。"这时，我就会望着药剂师诡秘地笑，这样一笑，就变成父亲在骂他了，用不着我开口。父亲说这些话的时候，意味着他把打我的事情忘了。更多的时候，如果他要打我，事先一声不吭，突然就打起来，像恶狗咬人事先不吠一样。

父亲对我一笑，我就不喜欢他。我心里想：老家伙，看样子要我来提醒提醒你吧！这个想法就像是苦肉剧序幕前面的锣鼓声。这个想法一出现，我就激动得浑身哆嗦，手脚发痒，坐立不安；我就想学瘸腿走路；我就想将装药的玻璃瓶举起来往地上摔，嘣、嘣、嘣，摔它个满地开花；我就想捏护士小曹那肥嘟嘟的屁股；我就想把死老鼠放到彭婶的灶台上；我就想到外面去打架。这时候，除了我父亲，谁碰上我都要倒霉。

有一天，简陋的镇医院大厅里拉起了一道白色的帷幕。所有人都在手忙脚乱，来来往往像穿梭一样，但都咬着牙绷着脸，表情酷似我父亲。女人们比手划脚、一惊一诧地在议论："两天两晚呐，还没有下来，她丈夫还不肯送来呢。"她丈夫，可能就是门口那个满腿是泥的汉子，正在嗞嗞地吸旱烟。从帷幕背后传来了杀猪一样的嚎叫声，一个农妇在大声叫喊，娘呀——爹呀——。妇产科医生杨红休假去了，董丽萍，也就是我母亲，上阵了。她对我说，到厨房里去跟彭婶玩，不要到这个厅里来。

这怎么可能呢？这样热闹的机会太少了，我决不会轻易放过的！

当我母亲在白色帷幕后面忙乎的时候，我溜进了大厅，悄悄撩起了白色帷幕的一角。我一边探头探脑地往里瞧，心里一边默默地呼唤我父亲：老家伙，快来吧，快来揍我吧。看了好一阵，谁也不理我，只有瘸腿药剂师的眼睛，在取药窗后面眨巴眨巴的。吸旱烟的汉子吸一口烟，看看我，吸一口，又看看我，眼神很怪。我有什么好看的呢？

我见到白色帷幕里面有一张带轮子的铁床，比家里的床要高出很多。一位农妇像脱了毛的猪一样躺在上面，竖起两条白色的大腿，长发拖下来悬在半空，双手抓住铁床一头的栏杆，正在大声嚎叫。我母亲戴着白帽子和口罩，穿着裙子一样的白大褂，带乳黄色橡胶手套的手，正在那个猪一样嚎叫的农妇肚皮上不停地摆弄。父亲站在边上当助手。护士小曹也在那里瞎忙着。她一会儿给我母亲董丽萍递些什么过去，一会儿又翘起大屁股到床底下去移那个白色搪瓷提桶。她笨手笨脚，以致那位农妇的血都流到地上去了。

厨房里那个古老的消毒器还在那里哧哧哧哧地喷气。负责烧饭、洗涤和消毒的彭婶走过来拉我，说小孩子看了会烂眼睛的。我吓了一跳，正准备跟她离开。但当我看到她抬起手在眼睛上抹眼泪的时候，我恼火地将她推到一边，转身又撩起了白帷幕的一角。每一次我在嚎叫或者呜咽的时候，瘸腿药剂师就是这样学我抹眼泪的。我想，彭婶怎么也来这一套。

农妇又大声嚎叫起来了。那嚎叫声尖锐又浑厚，撕心裂肺，好像要穿透屋顶似的。在嚎叫的间歇，她的嘴唇里还发出一种啊卟、卟卟卟卟……的奇怪声音。满腿是泥的汉子依然在抽旱烟，脸色沉着而镇定，一副处之泰然的气派。我从来没有听到过这种嚎叫声。且不说我吧，小伙伴魏江的声音算是可以的了，但与这位农妇的相比，他的所谓嚎叫，只能算是母猫叫夜。在那位农妇的嚎叫面前，我感到十分惭愧。突然，我的嘴巴一开一合地张了几下，一股嚎叫的欲望涌了上来。父亲回过头狠狠地瞪了我一眼，又转过身去了。父亲没有工夫理我，我嚎叫的欲望夭折在中途。不要着急，机会总是有的。

远处传来一阵呜呜呜的叫声。一辆白色的画有红十字的车，吱的一声停在医院门前那棵银杏树下的太平间门前。什么太平间，说得好听，不就是一个破土地庙吗？里面停尸的机会并不多，乡下人死了，绝大多数是马上就抬回家，半夜里死的，最多也只等到天亮。倒是来烧香的人比死尸多。老银杏树巨大的阴影覆盖在土地庙上，使它显得更加诡谲，既可怕又迷人。我觉得，烧香兼停尸的土地庙就是瘸腿药剂师的地盘。关于银杏树和土地庙的故事以后再说吧，现在没有工夫了。因为城里的救护车来了。我几乎是第一个迎了上去。

车屁股上的门哗的一声打开了，从里面钻出了一群人。他们没有工夫寒暄，直奔白色帷幕后面去了。这些人的装扮跟董丽萍一样，也穿着白大褂，戴着白口罩和白帽子，除了眼睛什么也看不见。董丽萍的鼻子和嘴巴我太熟悉了，不大好看，所以我不感兴趣，遮着就遮着吧。这些城里人的鼻子和嘴巴是什么样子呢？尤其是那位声音很脆、眼睛特别勾魂的护士，她的鼻子一定是笔直笔直的吧，她的嘴唇一定是微微翘起而且泛红的吧，她的笑脸一定是很迷人的吧。既然这样，那还用口罩遮住干什么呢？

他们忙了一阵之后，就派人用担架将呼天抢地嚎叫着的农妇，抬到救护车上去了。那汉子蛮有把握地将旱烟袋在墙上使劲地磕了几下，然后站起来也上了救护车。我一直站在大厅边上，等待着那位眼睛迷人的护士出来。父亲和母亲在跟城里来的医生聊天，看上去他们像老熟人。但他们没有把我介绍给那些城里来的医生。这时，所有的人都将口罩取下来了，没有超出我的预料，一个个龇牙咧嘴的，不取口罩还好一点。只有那位眼睛漂亮的护士，还戴着口罩。我死死地盯住她，心想，看你还能戴多久，除非你不吃饭。

一会儿，父亲吩咐彭婶开饭。眼睛漂亮的护士却突然不见了。我假装随便转转的样子，到门诊室、药房、注射室找了一遍，也不见她的影子。我感到有些蹊跷。不是上茅厕了吧。我往医院那个男女公用的茅厕走去，还故意将鞋子在沙土上擦得很响。如果有人的话就会有咳嗽声回应，但那边静悄悄的没有任何动静。我走过去一看，茅厕里一个鬼也没有。

彭婶说，快来吃饭吧，今天你母亲没有时间管你了。我无聊地跟着彭婶走进了厨房。我心里咯噔了一下。那是她吗？我以为自己看花了眼。我甚至怀疑又是瘸腿药剂师在玩什么鬼花招。但毫无疑问，坐在厨房吃饭的就是她。她赶紧低下了头。可是我已经看到了。她让我失望极了——她的嘴巴是歪的，上面还有高低不平的疤痕，像是被火烧伤的。

我心里一阵隐隐作痛，我甚至想哭。后来，我有点恼火了，好像受了什么人的欺骗和捉弄似的。进而，我决计报复，要将这个秘密公之于众。我将彭婶的手一摔，激动万分地走到大厅里，高声地对董丽萍说：妈，她的嘴巴是歪的，在厨房里。说完，我感到浑身上下都轻松起来。母亲连忙抓住我的手用力一拽，横蛮地把我拉到房间里去了。

救护车鸣了一下喇叭就开走了。我冲出大门，跟着救护车拼命地跑了一段。双脚不敌四轮哪，我看着那辆白色的车在不断缩小，渐渐化作一股烟尘。农妇的嚎叫声也在渐渐消失。她就那样像烟尘一样飘到城里去了。

在往回走的时候，我才想起了提醒父亲揍我的事。我想，他大概忙傻了吧。

我正在想着，远远就看到我父亲站在那里，老树桩一样。他已经作好了一切准备：咬肌高高突起，铁青着脸，手里拿着一根很粗的竹棍。苦肉剧终于又要开演了。董丽萍大叫一声：快跑！这种大惊小怪的喊叫让我烦躁。我镇静了一下，没有理她，然后停住脚步，跟我父亲僵硬地对峙了一阵。父亲突然一步一个脚印地朝我走来，用十分低沉而有力的声音说：脱掉衣服！从前只是脱裤子，这次连上衣也要脱，可见情况异常。接着"啊——"的一声，我和父亲几乎同时大声嚎叫起来。苦肉剧直接进入了高潮。父亲手上的竹棍没几下就打裂了，所以，打一下还顺带夹一下，一箭双雕。我的嚎叫声就变成了"啊——啊，哎哟——哟"。急促的节奏中，还伴随着瘸腿药剂师捣药的声音。

这一次父亲打我，总的来说还是跟以前差不多，不可能有什么新的花样，只不过下手更重一点、时间拉得更长一点而已。我的嚎叫当然也不可能有什么新花样。我很清楚，这一次嚎叫尽管还没有达到那位难产农妇的水平，但纵向比较，的确是上了一个新的台阶。

有一点必须要提到，那就是我母亲有了变化。从前父亲和我在嚎叫的时候，她总是在一旁加油呐喊，像今天的足球迷似的。这一次她没有，她站在一边大声啼哭，护士小曹和彭婶站在母亲的两边扶着她，三个女人脸上都挂着泪珠。女人的眼泪就像润滑油，就像兴奋剂，就像加速器，我和父亲的嚎叫声更加激越高昂了。多年之后，妻子问我背脊左下方一大片暗褐色的花斑是怎么回事。我说是胎记。妻子嘀咕说，没见过这么奇怪的胎记。

在我的记忆中，那好像是我最后一次嚎叫。它就像一个胎记，永远镌刻在我的肉体上。每当我想起那次激动人心的嚎叫，心里总是充满了既惊恐又依恋的情感。嚎叫时代的结束，不是一件轻松的事情。很难说清谁为此付出了代价。

最后一次嚎叫之后，父亲突然很久没有打我了。开始我琢磨，总要让父亲休息一下吧，大人容易疲劳。何况两幕苦肉剧之间也要有个歇台的时候。但是，都一个多月了。这可是一个前所未有的大间歇。我不知道发生了什么事。更重要的是，我不知道父亲对我的态度发生了什么变化。不管怎么说，打我也算是一种特殊的亲近方式。父亲突然对我冷冷的，视而不见，那算怎么回事呢？我几乎丧失了跟瘸腿药剂师较劲儿的兴趣，只是默默地看着他。他好像也没有什么兴趣，总是悄悄地避开我。有一瞬间，我曾经产生过向药剂师屈服的念头，并想对他说：你打我一顿吧。他没有给我这个机会。

有一次，我盯着取药窗，希望瘸腿药剂师会将那张丑脸卡在那里逗我。他没有理睬。我又故意将他晾在那里的甘草和陈皮弄到地上。他依然不理睬。后来他站起来，将窗户上的木板轻轻地拉上了。以前他总是故意将窗户拉得哗啦一声，气得我用木棍拼命地戳窗板。这一次他却轻手轻脚地，很有礼貌地，好像不愿惊动我似的。瘸腿药剂师做梦也没有想到，正是他这种彬彬有礼的举动，在我心头布下了阴影，使我产生了畏惧的感觉。

还有更严重的问题：父亲和母亲突然不见了。这在以前也是经常有的，但一到晚上他们就回来了，背着药箱，手里还提着鸡蛋、香油或者花生、蚕豆。这一次，一连几个晚上我都没有见到他们。彭婶，这位从农村招聘来的临时工，每天都仔细地安排着我的吃住。对我总是冒犯她这一点，她好像不在乎。她说，母亲下乡去了，要住些日子。她没有提到我父亲。

我说："我父亲呢?"彭婶说："游家岭村的很多人都病了。他们要你母亲把那些病人全部治好，一个也不能死……生死由命，谁说得准呢……唉!""我父亲呢?"我又问。彭婶没有回答，只顾忙自己的去了。我想，与其这样干熬下去，还不如自己亲自出马去找。

当我把这个决定说出来的时候，彭婶说，大人又不是你的橡皮球，要找就能找到的？橡皮球有时还找不到呢。在你不想见到橡皮球的时候，橡皮球总是会自己蹦出来的，是吧。彭婶贴切的比喻成功地阻止了我。

我看着那颗老银杏树。我想，父亲不会躲在树下的土地庙太平间里吧。但土地庙的两个窗户，就像两只巨兽的眼睛，远远地瞪着我。有一次父亲心情很好的时候，我们一起来这里玩过。当我说我怕里面的庙神时，父亲却对着那红脸黑须的庙神，很有节奏地大骂起来："抠你的眼，扭你的头，掐你的喉，割你的舌，开你的肚，折你的腿，剁你的脚。"还要我跟他一起骂。父亲不过是想给我壮壮胆。当时彭婶正在附近。她吓得转身就跑掉了。

我慢慢地走到银杏树下。银杏树的果子要到每年中秋节前后才能吃。到那时候，土黄色的果实就会自动地掉到树底下的草丛里。掉下来的时候，厚厚的果皮上有一层毛茸茸的白粉。但只要过一夜，果皮就会变得臭不可闻。你一定要挑最臭的捡。因为皮儿越臭的，果肉就越香。

离中秋节还远着呢。银杏树叶子正散发出一股苦涩的清香。树下这条简易公路是通往城里的。路面全是粗糙的砾石。路边的衰草，在寒风里无精打采地摇晃着。黄昏时分，远处走来了一群人。走在正中的就是我父亲。我不得不佩服彭婶。失踪了的父亲真的像皮球一样自己蹦出来了！

父亲戴着一顶纸糊的圆锥形帽子，胸前挂着一块木板，没戴眼镜，而是用黑墨水在眼睛上画了两个圈圈，就像今天的万圣节化装舞会上的人。他走到我身边的时候，停了下来，用和善的眼光注视着我。若在平时，我会厌恶这种表情的，这一次我没有。我突然发现父亲并不像我想象的那样凶狠、那样无畏。父亲闪烁的目光掩饰不了他的无助。此刻，即使我对他说：打我一顿吧，他也无能为力。

我没有一丝嚎叫的欲望。我突然感到浑身无力，四肢发软，一下子靠在了银杏树的树干上，鼻子一阵发酸。我的父亲就站在我面前，但我觉得自己像被遗弃在路边的孤儿。

黄昏的风吹得我瑟缩发抖。父亲伸出那只经常打我的手来，大概想帮我拉拉衣领，或者梳梳头发。突然，父亲的手又飞快地缩了回去。站在他身后的一个汉子，举起了一杆黑乎乎的破枪，用枪托在父亲背上猛地击打了一下。同时，汉子嘴里还发出了一声浑浊的、恶狗狂吠一般的嚎叫："呀——"

在别人的嚎叫声中，我的嚎叫时代结束了。

唿哨和平珍

1

每次回罗镇，都因它的急剧变化而惊叹。走在喧闹的镇中央，原来那个童年游戏之地不见了，记忆中巨大的操场也好像缩水了，取而代之的是一个水泥铺就的街心花园，中间竖着一块巨大的石头，上面镌刻着本地书法家书写的“罗镇文化公园”几个字。公园周边被商业店铺所环绕。来自周边四乡八村的人，在狭小的街道上，赶着猪和羊大声吆喝，扛着扁担和箩筐横着走。被扁担敲了脑袋的人会抱歉地说对不起，自己的脑袋不小心碰了扁担头。扁担头会很生气地说，走路要看路，你的头转来转去干什么？把眼睛都转晕了。镇西丁字街一带，是罗镇的老中心，老街尽管有些破败，但气势还在那里。镇东是新建的中心，兴旺发达，露出暴发户嚣张的风格。

黄昏，熟悉的唿哨声像风一样，在小镇的街巷里穿梭。巨变的罗镇唯一没变的，似乎只有这唿哨声。这唿哨是有来历的，据说罗镇最早学会打唿哨的，是在朱元璋兵营里当兵的人。那时候，朱元璋还是元代末年的一位江湖豪杰。兵营中朱氏风格的唿哨，曾经在浩瀚的湖面，在水上的兵营里，在高大的四桅战船上，在芦苇荡的深处，四处呼啸。唿哨与那些在湖面翱翔的湖鸥、大雁、白鹤的声音汇成一片。它是江湖，是自由，是揭竿而起的前哨，也是心中的歌声。它是罗镇人的骄傲，是本镇人心目中的“非物质文化遗产”，一直传承至今。但那位最早学会打唿哨的人，到底姓罗还是姓邵，一直是有争议的。不过有一点很明显，集中在镇西丁字街邵姓的唿哨声，是最正宗的，尖锐嘹亮且花样繁多，深沉迷人又令人心惊。而原来住在罗镇边缘，如今集聚在镇东新区的罗姓，大多数人都不会打唿哨，有一些年轻人也试图学丁字街的邵氏青年打唿哨，结果声音像放屁一样难听。

在最近的三四十年里，罗姓尽管人丁越来越兴旺，嘴巴也越来越会说，吃得也越来越多，但他们始终没有学会打唿哨。丁字街的邵姓说，你们就别学了，唿哨跟你们无关。跟你们有关的是别的。当说“别的”这个词的时候，邵姓人会哈哈大笑起来，罗姓人则会大发雷霆，恨不得跟邵姓人决斗。因为这个“别的”，指的是一桩跟道德相关的千古谜案。

这桩千古疑案，出现在罗村和邵村还是两个独立村庄的年代。今天的罗镇，是由罗邵两村合并而成的。两村原本相隔一里多路，房子建着建着，就渐渐挨到一起，因建镇初期第一位镇长姓罗，所以两村合并后的镇子就叫罗镇。离村庄几里路就是大湖，湖边有一古建筑遗址，叫“望夫亭”，如今尽管已成断垣残壁，但还是市级文物保护对象。这个湖边古亭，据说是当年朱元璋为夫人建造的，供观战之用。朱元璋要让夫人站在亭子顶层，看自己如何将老友兼情敌陈友谅揍扁的。朱夫人晓通兵法，精研八卦。每当丈夫出征之前，她总要占上一卦。凡是遇上不吉的卦像，她就要叫丈夫挂起免战牌。朱元璋跟夫人约定，倘若凯旋，便让嘀哨队吹响嘹亮的凯旋嘀哨，举旗而归。倘若战败，便让嘀哨队吹响低沉的战败嘀哨，拖枪而回。

一个吉日黄昏，朱夫人独自登上“望夫亭”，盼望凯旋的丈夫，但她远远看到的，却是丈夫的兵士们旗枪倒拖、队伍散乱。嘀哨队吹响了战败的嘀哨，低沉幽怨，混乱中夹杂着悲伤和凄凉。朱夫人大惊失色，心想，这怎么可能？卦象大吉，怎么可能吃败仗？难道自己失算了？事后大家才知道，是打胜仗的朱元璋跟夫人开玩笑。朱夫人哪里知道这些，站在亭楼顶层，见状气急，晕倒在湖里。

第二天凌晨，夫人的尸体漂到罗村附近湖岸边的草滩上，被一位早起过路的农夫发现了，他见湖边躺着一位如花似玉的美人儿，邪念顿生，扒光衣服。有人甚至说，朱夫人当时并没有断气，是那个过路的人把奄奄一息的朱夫人活活地折腾死了。

朱元璋大为恼怒，下令一定要将奸尸者捉拿归案。罗村人提供线索，说邵村的篾匠邵德丙，那天清晨从湖边来，神色慌张，行迹可疑。但侦察人员到邵村去侦查，发现篾匠邵德丙双腿残疾，依赖双拐行走，平时很少出门，只能坐在家里编竹篮，做竹椅。邵村的人反击说，一定是罗村的人干的，他们村穷，光棍也多。密探被两边人的虚假情报弄得团团转，最后是查无实据，不了了之，留下了一桩千古疑案。

如今，这个传说依然在罗镇流行。讲故事的人想攻击谁，奸尸者就姓什么。攻击姓邵的，奸尸者就姓邵，攻击姓罗的，奸尸者就姓罗。奸尸者究竟姓甚名谁，并没有固定确凿的说法，反正谁也不想认这个账。谁来承担道德责任？道德审判指向哪一个族群？不同的时代，不同的局势，便有不同的说法。看起来他们好像是信口开河，综合分析就发现了规律，谁最穷困潦倒，恶名就会落到谁的头上。

罗镇曾经是中心区政府所在地。尽管以农业人口为主，但商业也很发达，是方圆几十里的商业中心。丁字街原本位于罗镇中心，随着镇东的开发，它成了偏西的一条老街。街上铺着清一色的青石板地面，两边都是木板门面的商店和青砖碧瓦的院子。别看它只有两百米长，却是罗镇的象征。1949年之前，镇上最时髦的机构都设在丁字街：德盛钱庄、月新酒楼、美美影相店、邵记典当铺等等。镇公所也设在这里，占着全镇最大的大院——邵家大院。1949年之后，这里的所有房产都归人民政府所有。人们在这条街上建了最豪华的商场、饭店、宾馆。老镇公所办公的院子，邵家大院，就成了区政府或镇政府的办公处。直到七十年代末，罗镇周边人说起到丁字街去，就好像说去"王府井"和"南京路"一样。丁字街是邵姓人的地盘。这样一个高雅之处的高雅居民，怎么会做出奸尸那种下贱的事情来呢？这种龌龊之事，只有那些穷鬼、脏鬼才会干呢。于是，在某个特定的时段里，从"望夫亭"上掉下来的那位美貌的夫人的尸体，就是被某位罗姓人糟蹋的。

罗姓人不服，但很少辩解，咬牙强忍着，等待时机。风水轮流转，二十世纪末的那一二十年，罗姓人随着镇东新区的开发富了起来，那个道德恶名，顺理成章就要落到丁字街邵姓人身上，因为丁字街没落了。闪闪发光的青石板失去了昔日的光泽。街道两边的木板店面渐渐被虫蛀空了，大的建筑也陆续被拆除，整条街露出了一副颓败的模样。相反，罗姓集中的镇东区，成了新的开发区，突然兴旺发达起来，一幢幢新楼拔地而起，有权有钱的人趋之若鹜。留在丁字街的人，除了无职无权无钱之外，更主要的是，他们都是些懒惰的、游手好闲的家伙。不过，丁字街的地皮尽管越来越不值钱，但也足以养活这群留下来的遗民。廉价的地皮和出租门面，引来了新居民。所谓新居民，是指那些周边乡村发了点小财的农民。他们没有财力在镇东买房盖房，就在丁字街租一间小屋定居下来。他们在这里开发廊、开小酒店、开小录像厅，使得这条从前充满政治色彩的街道，如今是充满了色情味道。发了一点小财的农民，习惯于过一种毫无约束、不守规则、绝对自由的生活。垃圾随手乱丢，小孩遍地遗矢，说话嗓门儿放到最大音量，录像室整天放暴力武打片。说丁字街是垃圾街、色情街、噪音街，怎么说都行，就怕你的词汇不够，想象力不够。一条这样垃圾成堆、苍蝇成群、臭气熏天的街道，由一群这样的游手好闲之徒主宰着，什么龌龊事干不出来呢？这样一来，历史传说中的反面角色，就跟丁字街的邵姓人扯上了关系。邵姓居民不乐意，发誓要报复那些造谣惑众的罗姓人。

丁字街的邵姓人，靠盘剥刚刚搬到镇上生活的农民过日子，尽管谈不上富裕，却也过得清闲。丁字街的游手好闲之徒，经常到镇东头去闹事。他们依然保留着当年昌盛时期的少爷气派：能说会道、工于心计、心狠手辣、不怕祸大。这些年境况渐渐好起来的镇东罗姓，则是一副暴发户嘴脸，显得笨嘴笨舌、底气不足，自然斗不过丁字街的少爷们，常常是明里暗里吃亏。更主要的是，他们没有丁字街人的那些闲工夫，闹着闹着就作罢。丁字街邵姓，表面上赢了，趾高气扬，内心总憋着一口气，出不来、理不顺。久而久之，他们好像集体染上了一种疾病：脸色灰暗、心存怨恨、目光呆滞、不愿动弹，喜欢坐在街边上发楞。邵姓人试图把那个“奸尸者”的道德审判，指向镇东的罗姓。无奈丁字街气焰越来越不盛，街道越来越颓败，门面越来越破旧，经济越来越萧条。最令人心寒的是，长得漂亮一些的女孩，都扬言要嫁到镇东去，做罗家的媳妇儿。丁字街的邵姓，勉强还维系着昔日的精神优越感，他们靠的也就是仅剩一口底气了，这底气伴随着他们的唿哨声，在罗镇上空飘荡。黄昏时刻，“呼——，呼——，呼——”的唿哨声此起彼伏。丁字街的遗少们都有这一招。他们用大拇指和食指连接在一起，做成一个圆圈，放到舌头底下，再将舌尖微微向上卷起来，使劲一吹，就发出尖锐的唿哨声。

镇东的经济倒是越来越发达，新鲜事物应有尽有。唯独听不到丁字街的那种倒是高水平的唿哨声。开始学打唿哨的人，发出的呼哨声，既沙哑又短促。丁字街的老手一吹，尖锐、浑圆、悠长，并且能传到更远的地方。那些刚刚辍学的少年们是经常要遭到老手们的训斥的：想跟我们混？先学会打唿哨再来吧。邵姓人唯一的精神支柱，就是至今独霸着唿哨的发明权和传承权，丁字街的浪荡子，唿哨吹得越来越漂亮。罗姓年轻人，穿得光鲜，大把花钱，但打起唿哨来依然像放屁一样难听。

2

丁字街那边，整天聚集着一些无所事事的年轻人。他们吊儿郎当，不务正业，在街边鬼混。只有打唿哨这件事，他们依然做得很好，认真且专业。他们有自己独特的打唿哨方法。约朋友出来帮忙发什么声音，跟女孩子约会发什么声音，哪些唿哨呼唤哪些人，事先都有约定，都有自身的密码系统。老一辈听不懂，他们便拒绝那种尖锐刺耳、扰人心怀的唿哨，怀念高亢激昂或低徊幽怨的老唿哨，那里面有胜利和失败的气概。他们感叹世道变了，风水变了，读书人少了，二流子多了，唿哨声也堕落了，里面听不出好的东西，全是坏东西，是欲望，是诱惑，是偷鸡摸狗，是强盗。

丁字街的年轻人不这么想，他们不在乎胜利和失败，不在乎贫富和兴衰。他们只喜欢打唿哨这件事本身。他们的唿哨花样繁多，欢乐、怪诞、刺激。他们染着黄头发，斜叼香烟，穿黑色人造革短夹克，脚蹬高帮登山猪皮靴，骑着电动摩托，一条腿踩在地上支着摩托，一只手放进嘴巴，打出尖锐的唿哨。不一会儿，就有一位穿超短裙，脚蹬齐腿根儿高帮的靴子，穿紧身T恤，露着肚脐眼儿，带着假睫毛，脸画得花猫似的女孩，从屋子里奔出来，坐到了摩托后面。摩托啪啪啪地响着，一溜烟地消失在尘埃之中。

黄昏时分，唿哨声四起，女儿们无心吃饭，母亲们心烦意乱，父亲们眼睛冒火。邵德坤老人为求耳根清净，干脆用棉花把耳朵塞起来。棉花只能塞住老年人的耳朵，塞不住年轻人的嘴巴，也拦不住女儿们的听觉神经。唿哨声声在罗镇上空飘荡，响彻云霄，迷住了不少女孩子的心。

小罗湾村来的罗平珍，也被唿哨声迷住了。无论你唿哨声多么杂乱无章，都瞒不过罗平珍的耳朵。平珍能在混乱的唿哨声中，分辨出哪一声是谁吹的，哪一声是冲她来的。第一次听到那一阵高、一阵低、中间拐了几个弯的唿哨声时，罗平珍的脸都红了。对于她来说，那唿哨声既是呼喊和邀请，又是挑逗和诱惑，逗得她情不自禁。她突然觉得自己的秘密一下子暴露在光天化日之下了。周围的人都习以为常，并不在意。人们并不觉得那些怪腔怪调的唿哨声有什么特别的含义，不过是那些小流氓们闷得发慌的消遣罢了。

对唿哨声的适应，伴随着罗平珍对罗镇生活的适应。平珍是小罗湾村人，那里是罗镇罗姓人的老巢，离罗镇15里路，有着比罗镇要大得多的罗氏祠堂。平珍在村小学附设的初中班毕业后，没考上高中，在家里混着。与周围村民相比，她从小就过着优越的生活。父亲是村长，家里吃穿不愁，什么电器都有，还盖了楼房。她感到美中不足的，就是买衣服不方便，还有下雨天到处都是泥巴和粪便，连皮鞋都不能穿。涂点口红化点妆，还要遭人家的白眼。尤其是那些中年妇女，更是尖刻，怎么难听怎么说。你笑她们就说你是猪婆叫春。你哭她们就说你是哭丧。你说话她们就说你勾引男人。你沉默她们就说你想男人。要是能过镇上人的生活多好啊！平珍怀着这样的梦想。当她向父亲提出，想到罗镇去开一家服装店时，父亲立即就答应了。父亲打算为她在镇东新区繁华地段租一个店面。

平珍说，不要！我要在丁字街开店。爹啊，你不懂，镇东那些人尽管有钱，但不舍得花钱买衣服。丁字街的人尽管钱不多，但舍得花钱买衣服。父亲觉得平珍有见识，就为她在丁字街最热闹的地段，租了个带小阁楼的店面，做她的店铺兼住处。父亲并没有让她赚钱的意思，他只想满足一下宝贝女儿的心愿，让她去过城镇生活。父亲说，平珍对服装有研究，审美眼光全村第一，有这样的兴趣和特长，说不定能做出点成绩来呐。

平珍就这样成了丁字街的居民。她终于可以不管刮风下雨都穿高跟鞋了，终于可以随便穿着打扮涂口红了，终于用不着因别人在劳作自己在玩耍而感到内疚了。终于可以喜怒哀乐随心所欲了，终于可以想说就说，不想说就闭嘴了。

平珍要做的第一件事，就是不让别人看出她是乡下来的。她模仿丁字街的时尚，涂口红，抹胭脂，带假睫毛，穿超短人造革皮裙和紧身T恤，肚脐眼儿长期露在外面。有时候穿高到大腿根部的人造革长筒靴，有时候光脚丫子穿人字拖，脚趾涂绿色指甲油，跳舞滑冰唱粤语歌。吃的方面比较简单，但学会了喝减肥茶。村里人到镇上购物时见到她，回去就骂她是妖精，她骂村里人是乡巴佬。后来她干脆就懒得回乡下了。父亲特地赶到镇上来，语重心长地对她说：平珍啊，生活小节问题我不管你，把握分寸就行，生活作风问题一定要严肃啊！

平珍尽管读书不多，但“生活作风”这个词还是懂的。可是仔细一想，这个“生活作风”问题，跟自己有什么相干的呢？每天都坐在小店里，活菩萨似的，想“作风”也“作风”不起来呀。想起在村里的那些日子，那真是风光啊！小伙子们就像狗一样在附近转来转去，自己还懒得瞧一眼呢。现在，自己不过是众多小店主中的普通一员，还是个低人一等的外来户。想起这些，平珍心里不舒服，她似乎感到有一种无形的东西在拒绝自己。每到黄昏的时候，落寞和惆怅涌上心头。

开放映厅的小老板不错，平珍暗暗地想。他的录像厅，晚上会放一些很过瘾的香港片子，白天骑着摩托四处溜达。有一天，那开放映厅的，穿一条蓝棉绸灯笼裤，黑色T恤胸前有闪光面料的奥特曼，留着时髦的“郭富城头”，带着墨镜，摩托停在胯下，把两根手指头放在口里使劲一吹，“呼——”的一声，悠长而又尖锐的唿哨声，招来了一群哥们，就像战场上的将军一样威风。就是从那天开始，那唿哨声就留在了平珍心里。她感到纳闷的是，“灯笼裤”对她好像视而不见，不像村里的小伙子那样盯着她不放。难道是自己不够洋气？不够漂亮？难道他看出了我是乡下来的？

日子再也不像刚刚到镇上时那样新鲜了。平珍觉得无聊，整天都魂不守舍，常常将店门关掉，四处溜达。隔壁开皮具店的邵玉琴对罗平珍说：乡下人就是靠老天爷过日子，坐享其成，守株待兔。我们这里人讲究主动出击，电视里说，这个叫“实现自我”，叫“做回自己”。光学镇上人的打扮是不够的，既然要在这里混下去，就要学会这里的思维方式。平珍心想，主动出击？是不是自己往男人身上黏？真是羞死人咯！但转念一想，也是个好办法，以前怎么就想不到？她恨自己死脑子，乡气十足，不活络。

平珍决定主动出击了！结果，“灯笼裤”那家伙很爽快地就答应当天晚上来找她。这个结果使平珍感到十分意外，甚至吃惊。不过，平珍拒绝他直接到店里来找，说被左右邻居看到了不好意思。“灯笼裤”有些不耐烦地说：行行行，不去你店里也行，晚上8点钟你到湖湾边去吧，我在那里等你。平珍说，我一个人去不行，我怕，你来邀我吧。“又不能让你的邻居看见，又要去邀你，你真不怕事多啊。”平珍说：是呀，你就想一个好办法咯。“灯笼裤”说：好吧，你就听我打唿哨吧。吹了三次你还不出来，我就要直接到你店里去了。

幸福就这样迅速地、轻而易举地与唿哨声连在一起了。第一次听到那一声悠长、一声急促的唿哨，她有点心惊肉跳。那天晚上，平珍第一次像电视里的人那样，依偎在男人身边，沿着湖湾上的堤坝漫步。从那时开始，平珍学会了从众多唿哨中，分辨“灯笼裤”的唿哨。只要一听见“灯笼裤”的唿哨，她的心就蹦蹦地跳。远处传来很多唿哨声，邵玉琴就会故意问：平珍啊，哪个唿哨是叫你的啊？问得平珍脸都红了。没过多久，“灯笼裤”就提出来要跟平珍上床，遭到平珍的拒绝。平珍义正辞严地说：我们才认识几天啊？你要是真心喜欢我，就挑一担礼物下乡去，到我爹那里提亲，订婚后一年才能谈结婚的事。“灯笼裤”这回真的火了，他生气地说：“罗平珍啊，按你那种搞法，公鸡都生下蛋来了啊。”说完，“灯笼裤”便扬长而去。

连续十几天，罗平珍都没有听到“灯笼裤”的嗯哨声。她每天都竖起耳朵，生怕漏掉了任何一声嗯哨。她希望“灯笼裤”只是在赌气，过几天就会回心转意的。她甚至想，如果“灯笼裤”回来，他提什么要求都行。要是在村里，我早就叫他们滚远些啊。可是，当罗平珍再见到“灯笼裤”的时候，他却挽着另一个姑娘，大摇大摆地在丁字街上走着。平珍被这突如其来的事气昏了。她先是偷偷地哭了一场，然后又自我安慰：好在没有上当受骗，那人是个骗子，让那个女人去自找苦吃吧。

隔壁的邵玉琴又开始教育罗平珍了：唉，我怎么说你才好啊！你尽玩乡下那套繁琐的把戏。我跟你说，只有勇于献身的人，才能得到幸福。那个女人认识“灯笼裤”不到三天就跟他上床了。如今要抓住男人的心，靠什么爱呀、情呀、礼节啊、说媒啊，那是屁用都没有的，那是很老土的。要靠什么呢？要靠勇于献身的精神，献得越快，男人就落网得越快。你呀你呀，还是个死脑子。

就在平珍对邵玉琴的话将信将疑的时候，街西头理发店小老板“邵和尚”闯进了她的视野。“邵和尚”是绰号，他的本名叫邵德益，喜欢理光头，就有了“邵和尚”的美名。邵和尚的唿哨的确比不上“灯笼裤”，但也不是一般人可以比的。平珍决定，这一次再不搞什么爱呀情呀的那一套，而是采取了邵玉琴所说的“主动出击”和“勇于献身”的办法，并且打算双管齐下，先把“邵和尚”抓到手再说。先结婚后恋爱，也不是不可以考虑，自己的父母也是先结婚后恋爱的嘛。

用唿哨约会的方式还是要保留的，这是平珍喜欢的方式，也是村里那些笨蛋不会的方式。如果说“主动出击”和“勇于献身”太急功近利的话，那么，唿哨约会就成了他们那缺乏诗意的幽会过程中，最后的浪漫仪式。“邵和尚”沉默寡言，为人也比“灯笼裤”要厚道些，不那样薄情寡义。跟“灯笼裤”相比，“邵和尚”的唿哨声花样不多，略显低沉，开始听有些单调，听多了就可以发现，有更多值得回忆的东西。每当平珍听到“邵和尚”的唿哨声时，内心感到的是安宁和充实，而不像从前那样心惊肉跳、坐立不安。

平珍沉浸在灵与肉的双重喜悦之中。然而，没有多久，“邵和尚”的唿哨声却突然消失了。邵玉琴说，全镇人都知道啊，就你不知道啊，“邵和尚”进班房了。“邵和尚”的理发店里有色情服务，赶上“扫黄打非”，被派出所抄了，“邵和尚”以“组织卖淫罪”被判劳改一年。平珍一听，如晴天霹雳。她伤心地哭了一场。平珍突然发现，这么多年来，罗镇并没有容纳她，反而处处在跟她作对，时时在拒绝她。在这里，怎么做都是她的错。她玩的每一个游戏，不但没有给她带来快乐，反而给了她无尽的痛苦。她对这里的一切都厌倦了。如果不是怕村里人笑话，她真想回去。

那天晚上，在昏暗的灯光下，平珍第一次在邵玉琴面前哭了。邵玉琴说很抱歉，尽管为你出了一些点子，但没有见到好的结果，这是自己没有料到的。邵玉琴对平珍说，看到你现在这么痛苦，我心里过意不去，再教你一个绝招吧，就是忘掉他们，让他们统统都滚一边去，你怎么开心怎么玩就行了，我试过，很管用的。平珍并不相信邵玉琴，但平珍离不开邵玉琴。平珍决定抛弃幻想，在这个不接纳她的小城里，实实在在地生存下来，并要把“灯笼裤”和“邵和尚”统统忘掉。可是，平珍越是提醒自己要忘掉过去，越是对那些往事没齿难忘。她白天强打精神，晚上偷偷地哭泣。一个生动活泼的村姑，变成了一个多愁善感的女子。这种情况一直维系到平珍认识了邵德龙。

3

平珍献身的第二个男人，是瘸腿邵德龙。

丁字街家电维修店老板邵德龙的瘸腿，容易让人试图将他跟那桩“道德案”直接联想到一起。可是邵德龙却对那个世代相传、有损祖先声誉的传说置若罔闻。他每天都忙着店里的生意，勤勤恳恳，不说废话。从前他只修收音机，后来又修冰箱、空调、电视机、电冰箱，如今他开始修手机和电脑，还在镇东开了一家分店，并承包了全镇所有的机关企事业单位的局域网安装。双腿残疾是先天的，聪明脑袋也是先天的，这是上天给邵德龙的一份恩典和弥补。邵德龙发了财，却因双腿残疾而一直没有娶上妻子。他在祖传宅基地上盖了一幢两层的楼房。瘸腿邵德龙很清楚，在罗镇这个鱼龙混杂的地方，谁弱谁就遭殃，他们就爱糟蹋谁，恶名就会落到谁的头上。所以他什么也不管，只顾拼命地赚钱。

据说邵德龙近期正在镇东政府大院后面看地皮。他要把丁字街那幢两层的楼房，租给乡下来的暴发户开酒店。又有人说，那个租户就是邵德龙的情人。对于这件事，丁字街的老居民心情十分复杂。一方面，他们希望邵德龙发财发得越大越好，为邵姓争面子。另一方面他们又有些失落，瘸腿邵德龙居然也想逃跑，把丁字街这个烂摊子留给自己。想到这里，他们恼火起来了。尽管心里有些发虚，嘴上还是很硬的，他们在背后议论说：“他一瘸腿都能泡上妞，真是见了鬼。”“狗改不了吃屎。”“你瘸腿就是把楼房盖到天上去，也是那个奸尸人的孙子的孙子的孙子。”

然而，镇东罗姓人怎么想，丁字街的人怎么说，瘸腿邵德龙一概不理，依然保持着一副忙碌而又充实的样子。整天骑着他那辆四轮电动小面，在街上跑来跑去，把丁字街的垃圾碾得四处乱飞。每当他开着电动车飞速而过的时候，那些在路边游手好闲的少年，就会冲他打唿哨，不知道是喝彩还是讥笑。瘸腿邵德龙冲他们一律微笑点头。他不考据这哨声的内涵，只是喜欢听这种声音，显得很热闹。

邵德龙究竟是什么时候开始打平珍主意的，则无法考证，但他勾搭上那个乡下来的女子则是事实。刚开始的时候，每次路过平珍的服装店门前时，邵德龙会故意放慢速度。有时候也会停下车来，摸出一包香烟，掏出一个带响声的打火机，铛的一声把烟点着，使劲地吸一口，往空气中一吹，或者吹几个眼圈。开始，平珍没有注意他。时间长了，平珍被邵德龙那些小花招吸引住了。有一天，邵德龙对平珍说，县里的电影院有大片看，我晚上带你去县里看电影吧？平珍看了瘸腿一眼，发现他除了腿部之外，其他地方都很好，高高的鼻梁很好看，还是自己都梦寐以求的双眼皮儿。一高兴，就答应了。邵德龙用四轮电动小面包载着平珍，跑了三十里路去县城看电影。回来他们俩就好上了。

邵德龙不会打唿哨，也不能陪平珍到湖湾边散步，但给她许多实实在在的好处。邵德龙还许诺，等他镇东头的新楼房建起来了，丁字街这栋两层楼就“租”给平珍开酒店。邵德龙对平珍说：“就凭你，整天卖些胸罩裤衩，袜子发卡，下辈子你也买不起房子，成不了罗镇人。你要是能开一家酒楼，很快就能回本。如果你有钱，你是什么地方人，镇上人还是村里人，那又有什么屁关系呢？钱就是大爷，镇上人和乡下人都认它，也服它。”平珍觉得，邵德龙的腿不大稳，思想却很稳，听他说话，平珍心里感到踏实。至于今后的日子会怎样，这是十分愚蠢的问题，她不愿意为此费心。平珍好像一夜之间变得成熟起来了，突然悟出了人生道理。平珍突然教训邵玉琴道：“如果你每一天都过不好，老是去想明天怎么好，去想今后怎么好，这有什么意思呢？你到死都过不好。”

邵玉琴说：“对了，这才像丁字街的人说的话啊！”

平珍受到邵德龙的感染，变得务实起来。父亲来看望她的时候，发现平珍变得稳重了许多，心里高兴。平珍没有跟父亲说什么，打算把她跟邵德龙的事情变成永远的秘密。平珍整天忙碌而又充实，而且也越来越像这里的老居民了，总是保持着一种什么都不在乎的样子。但有一点她还是很在乎的，那就是再也不愿听到唿哨声。偶尔从丁字街口传来一阵唿哨，总是让她黯然神伤。但想到邵德龙在镇东头的楼房快要建起来了，她心里又稍稍舒展了一些。她想用丁字街那幢两层的楼房来开酒店，赚了钱也可以到镇东头去买房子。看看丁字街这个地方日渐没落的样子，也不是久留之地。但平珍内心深处并不想到镇东去，她喜欢丁字街的那种范儿，那种情绪，那种风格。

在丁字街的老居民眼里，镇东罗姓不过是农民暴发户而已。丁字街的人欣赏着自己身上的懒散劲儿，对那种拼死拼活奋斗的方式，感到厌倦和蔑视。所以，老居民中有一个“浪荡子”阶层。他们得过且过，挥霍无度与穷困潦倒奇妙地结合在一起。他们对所谓的成功者，尤其是暴发户，不怎么瞧得上眼，显示出一种没落贵族的傲慢。这种派头，乡下人是怎么学也学不来的。就像镇东罗姓，他们本质上都是农民，成功的农民，改变了身份的农民。他们的文化是一种在各种名目掩盖下的实用主义、功利主义的文化；是一种刻苦奋斗的、外表朴实而内心深处狡猾的农民文化。老居民当然也狡猾，但不朴实。他们的狡猾是挂在脸上的，是流露在眼神里的。同时，他们还缺少农民那种刻苦奋斗的精神和实用主义的传统，从而显得华而不实。罗镇东头那种实用主义盛行的文化，恰恰就是奋斗和狡猾得有点笨拙的农民文化崛起。

村姑平珍，凭着女孩子特有的敏感，感觉到罗镇东头就是一个新的、现代化了的小罗家湾村，是她曾经逃离的地方。所以她不打算搬到镇东头去，她打算跟没落的丁字街相伴终生。尽管丁字街在她记忆中并不都是愉快，有很多伤心和痛苦，但她依然迷上了这条小街，迷上了居民身上的那种悠闲劲儿和颓废劲儿。那是小罗家湾村人，还有罗镇东头的罗姓人，永远也无法理解的颓废劲儿。它钻进了令人心惊肉跳的唿哨声，钻进了平珍的耳朵和心里。

邵德龙在镇东的那栋楼房一直都没有建起来，他还驾着四轮电动车在丁字街上来回穿梭。平珍的小服装店也在丁字街的老地方开着，不同之处在于，开店关店的时间变得很有规律，早九晚五像镇政府机关一样。有人说，平珍不让邵德龙到镇东头去，邵德龙把镇东那幢半成品楼房转让出去了，他们秘密同居在丁字街。也有人说，平珍并不爱瘸腿邵德龙，而是贪图他的财产，瘸腿邵德龙迟早会被平珍抛弃的。

人们的议论变成了现实。有一天，平珍的服装店突然人去店空。瘸腿邵德龙还开着他那辆米黄色的四轮电动车，在丁字街和镇东之间来回奔波，问他平珍去什么地方了，他不搭理，加大油门飞奔起来，摩托车屁股后面发出“噗噗噗”的响声。

夏天的一天，皮具店店主邵玉琴，去省城的服饰批发市场打货，突然听到有人在打唿哨。顺着声音望去，一位光头男子将摩托停在胯下，一条腿撑在地面，右手指放在舌头底下使劲地吹。那人正是几年不见的“邵和尚”。循着“邵和尚”的目光望去，从对面的一个小店里，走出一位女子。她穿着碎花连衣裙，带着墨镜，披肩长发乌黑笔直，做过负离子。那人正是罗平珍。平珍朝“邵和尚”招了一下手，穿过带透明大棚顶的市场，走近“邵和尚”摩托，脚尖轻轻一踮，坐到了“邵和尚”的摩托后面。她左手从腋下伸过去，绕到了男子前面，抱住他的腰。“邵和尚”扭动把手，摩托“呜”的一声飙出老远。

那唿哨声是平珍着迷的。那坐摩托的姿势也是平珍着迷的。不同之处在于，如今这些动作，那么天衣无缝、不着痕迹、水到渠成。那几个动作，跟那位带墨镜，穿碎花连衣裙的女子之间，自然而然得跟没有发生过一样。

民歌手二喜

他叫张松生，二喜是他的小名儿。二喜的嗓子好，那是出了名的。据县文工团的专家说，二喜能轻松地唱出降B调的高音C。那是什么意思？专家解释说，就是意大利歌唱家帕瓦罗蒂唱这个音的时候，还要收起小腹、紧缩臀部肌肉。二喜用不着收腹，脖子一扯就上去了。二喜当然不知道自己的优势，他只是喜欢唱，整天唱，插秧的时候、挑粪的时候、割稻子的时候，他都在哼哼唧唧地唱。也就是说，除了睡觉之外，他的嗓子一直在工作。

村里上了年纪的男人嫌他吵，说苍蝇成堆已经够烦人了，你还苍蝇一样整天嗡嗡嗡。村长张麻子更是劈头盖脸地骂，说再唱就要撕他的嘴巴。而小媳妇们和姑娘们都喜欢跟他在一起，说干活儿的时候听他哼哼，心里踏实。碰到在地头休息的时候，娘们儿就怂恿张二喜，叫他放开喉咙唱，他不是很放得开。娘们儿就说：二喜，别怕，唱！二喜真的脖子一扯就唱开了。

唱了几首“乐而不淫”的情歌之后，娘们儿就让二喜唱《二姑娘思春》，接下来还要听《十八摸》，把姑娘们全吓跑了。二喜在唱《十八摸》的时候，摸的顺序永远也对不上号，有时候先摸肚子后摸脸蛋；有时候摸完头发就摸到脚趾头上去了，完全没有规则。一些大胆的娘们儿，听着听着就骂开了：二喜，你傻不傻啊？摸了脚的手，再去摸脸，你老婆不嫌脏啊？

有一天上午，罗镇副镇长和镇文化站站长，突然出现在村里，他们通知村长张麻子，说要见见张松生同志，说县里让张松生到省城去参加唱歌比赛。这消息把村长吓坏了：什么什么？让二喜到省里去唱歌？莫把省里的大领导吓死了啊！二喜得到这个消息，也吓得不轻，好几天都是四肢冰凉，嗓子眼儿僵住，说话时喉咙都张不开，声音在嗓子眼里面滚动着，就是出不来。他说他要到村长那儿去，求张麻子到镇上去辞掉这件事。二喜老婆很生气，骂道：“平时叫你不要唱，你偏要唱。现在让你唱，还是到省里去唱，你又哑巴了。你中了什么邪呢？鬼掐了喉咙吧？”

县文化馆的老赵，奉命组织了本县的农民歌手代表队，发誓要在“全省金穗杯乡土歌手民歌大赛”中一举夺魁。作为队员之一的张松生，也就是张二喜，先是被叫到了镇上，接受了罗镇党委书记的接见。听了一番教导，要他为全镇争光云云，接着是到县里集中培训一个月。

县文化馆的老赵在动员大会上，提出几个要求：第一,一定要用方言唱，千万不要用大家都听不懂的普通话唱；第二,一定要唱真正的乡间民歌，不要电视里的那种猫叫一样的声音，要发自肺腑的声音；第三，要积极健康的歌声，表现新一代中国农民的精神风貌。

试唱的时候，一帮艺术指导坐在台下。二喜一直躲在旁边不敢吱声，不断地往后挨时间，说让别人先唱。直到最后，他还是不敢出场。老赵说，怕什么？平时在家怎么唱，到县里就怎么唱，到省里还要那样唱。你可是种子选手哟。

二喜鼓起勇气走上了舞台，唱完《小桃红》，嘴唇还在不停地发抖。老赵说不行，太低俗，换一个。二喜又唱了一首《打猪草》，也被否决。再换一个！二喜被迫不断地换歌，唱着唱着，就放开了，竟然一发而不可收。二喜在台上一边踱步一边唱，唱了《借蓑衣》又唱《数鸡婆》，接着还唱起了《二姑娘思春》。二喜的保留曲目是《妹妹你夜里别闩门》："蛤蟆水里咕咕叫/公鸡天光才打鸣/哥哥我夜夜睡不着/妹妹哟——夜里别闩门。"老赵在台下脸色发青，大叫一声："你，二喜，张松生，你给我下来！"二喜从来没有见过这种阵势，吓得双腿发软。

老赵说，张松生同志，你的艺术才能就全花在这上面？怎么越唱越无聊，越唱越下流呢？你知道不知道这是到省里去比赛啊？你就不能唱一点健康的？你能不能唱一点纯艺术的，哪怕是没有什么明确意思的？民间艺术源远流长、丰富多彩，你的脑子里怎么全是些哥呀妹呀的玩意儿，还有睡觉啊，天亮啊。低级趣味！

二喜嘀咕着说，我以为你们领导都喜欢“哥哥妹妹”的，所以准备了那些。要是知道你喜欢没意思的，那我多的是，就怕唱出来没文化。老赵说，谁敢说民间没文化？你大胆地唱就行了。二喜说，那我就唱《一只麻雀儿只脚》啦，我可从来不愿意唱这首歌，像没事干的老娘们儿一个人在家哼的，唱给细崽听的。

老赵说，你先别管“意思”问题，唱来听听。二喜只好唱了一遍。

老赵听完之后，皱起眉头想了半天，说的确是少了一点味道，少了一点意思，如果能做一些改进，还是不错的。二喜，你晚上也想一想，怎样改一改才更完美。

按照二喜的艺术个性，他是不想唱的，回家去算了。他正准备发牛脾气，但转念一想，这样回去让人笑话，老婆听到闲言闲语，那会骂得狗都不敢进门的。

那天晚上，二喜辗转反侧，不能入眠。

睡了一觉，二喜的牛脾气不但没有收敛，反而更突出了。第二天排练的时候，他靠在墙边啃指甲、抠鼻孔，谁都叫不动。老赵说，叫你想一想、改一改，你不听是吧？二喜不理，继续靠墙壁站在那里啃指甲、抠鼻孔。老赵说，不管你改得怎么样，你总得唱出来给我听听吧。二喜说，我没有改，你要我唱还是昨天那样的。二喜又按照头一天的歌词唱了一遍，一字未改。

老赵气得大骂起来，骂得唾沫星子乱飞。老赵说：麻雀，麻雀，你就知道麻雀，麻雀两只脚有什么好唱的？一只麻雀两只脚，两只麻雀当然就是四只脚了，你这不废话嘛？你这样唱下去，三天三夜也唱不完。你还可以唱一头母猪四条腿，两头母猪八条腿呢。一点艺术想象力都没有。我要你唱蜈蚣的脚，看你怎么唱！

二喜涨红着脸说：赵老师，是你让我唱"没有意思"的歌，现在又成我的错了。怪不得我的老婆说，干部的脾气都像狗脸，说变就变。

老赵说：好了好了，不要跟我讨论我的脾气问题。我帮你想好了一些歌词，加在前面，不要一上来就说麻雀几条腿的事。

老赵将自己编的歌词告诉二喜，让放在前面唱。二喜说，我的个娘啊，你自己去唱吧，我唱不出口。老赵说，什么叫唱不出口？这是艺术，这叫做"赋比兴"，你懂不懂？我要提醒你，你是为了全县人民的荣誉来唱歌的，不是在地头休息时跟娘们儿调笑。话题涉及到了政治，二喜不敢再争了。但在唱前面那几句老赵编出来的歌词时，二喜说浑身起鸡皮疙瘩，一溜烟似的就带过去了，因此效果不甚理想。

进省城参赛之前，照例要彩排，也就是演给审查节目的领导看。县委分管文化的刘书记就坐在小礼堂的前排。二喜在老赵的反复批评、恐吓、劝说、鼓励下，信心大增。他迈着方步上了台，先是压低嗓门儿唱了起来，那种数来宝的风格，有一点美国黑人说唱音乐的味道，节奏由慢到快，一边唱还一边跺脚，不知从哪里学来的：妹妹你后院荡秋千呀/一荡荡到彩云边呀/天上的彩云不说话呀/地上的麻雀叫喳喳呀（前面这些词儿是老赵改编的，后面的歌词，才是二喜的民歌的原样）/一只麻雀两只脚嘎/两只麻雀四只脚/四只麻雀八只脚嘎/八只麻雀十六只脚……

二喜唱到这里，突然停了下来。刘书记以为他唱完了，便站起来带头鼓掌，大家都跟着拼命鼓掌。其实还没有唱完，华彩乐章还没出来呢。老赵想过去制止大家鼓掌，但已经来不及了。在休止了四个音节之后，二喜突然又高声唱了起来，弄得刘书记有点尴尬。那高出两个八度的慢板花腔男高音，在小礼堂回荡：

花园里花儿开——

接着又停顿了四个音节，大家面面相觑。二喜突然将右脚一跺，来了个雕塑般的造型，用数来宝的风格，念出了最后一句歌词："一朵腊梅花"，然后用假嗓子一声吆喝："哟嗬——嗬！"把刘书记吓了一跳，老赵也惊呆了。刘书记心想，这下该唱完了吧。但有了刚才的教训，他便不敢轻举妄动，举起的手又放下了。二喜的造型还停在那里，正等着大家鼓掌。大家见刘书记没有动静，也不敢造次。老赵急忙跑过来，在刘书记的耳边说："刘书记，这下唱完了，这下唱完了。"接着，礼堂又传出了一片掌声。

刘书记站起来，走到二喜跟前，握着二喜的手说：唱得不错嘛，民间真是大有人在啊。前面几句很有味道，后面几句也不错，只是节奏把握得不是很好，让人容易误会。如果没有前后两个部分，中间那些就没有什么意思了，对不对？当然，如果没有中间的部分，前后两部分也没有什么意思，你说对不对，张松生同志？

刘书记的话，把二喜脸都气歪了。他终于明白，干部们说不要什么"意思"，那是假的，他们要的就是那个"意思"。事后开总结会。老赵说，张松生同志临场发挥，有创造性，效果很好。希望比赛时继续发扬光大。

二喜心里想，一首民歌都被他们搞成什么样子了，前面一部分是老赵瞎编出来的，后面一部分是自己临时瞎编的。中间那些才是民歌呀，但他们不喜欢。这叫什么民歌比赛？这叫胡说比赛。想起老赵的歌词那种酸溜溜的味道，二喜脸都红了。

二喜老婆走了三十多里路赶到县城来看他。

老婆说：这么久也没一个口信带回家，我以为你被城里的狐狸精迷住了。如果你要是自己把不住自己的话，这就跟我走，回村里去种地。

二喜说：好好好，你来得正好。我不想唱了。等一下见到老赵，你就说孩子病了。我跟你一起回去算了，真的。

老婆说：怎么啦？找打啊？牛脾气又发了是不是？你以为我稀罕你去唱什么鬼歌呀？你是在为我挣脸面，知道不知道？村里人说你二喜腰里没有三斤力，就知道一天到晚扯着嗓子鬼叫。现在你要到省里去鬼叫了，叫给他们看一看。你还不想去？除了这一点，你能拿什么来给我撑脸面？你怎么突然不想去了？你又是碰到鬼了吧？

二喜不想多做解释，但还是屈从了老婆的意见。老婆的脸面还是要顾的。就为了老婆那张胖乎乎的脸，二喜也只好去唱了。但二喜也趁机提了一个条件，说这次唱完歌之后回家，以后老婆不得再干涉他唱歌的事情。老婆说，话不能说死了，不干涉可以，但你要是唱歌勾引女人，看我怎么收拾你。

就在二喜跟老婆讨价还价的时候，老赵跟县委宣传部的同志发生了激烈的争执。宣传部要将二喜的节目拿掉，增加一个女声表演唱《我们县里新事儿多》。老赵说，真正的民间歌手就剩张松生一个了，还要拿掉，那算什么乡土歌手比赛？那些县文工团、县师范唱歌专业送来的节目，粗看上去好像是民歌，实际上全是我们编造出来的，没有生活，所以也不能感动观众。

宣传部门的人没有办法，只好给了老赵一个面子。作为县委宣传部前任老宣传干事，老赵倚老卖老，保住了二喜这个名额。条件是，将原来的歌名《一只麻雀几只脚》，改成《妹妹你后院荡秋千》。他们认为这个名字才有民间生活气息。二喜的牛脾气又上来了，坚决不同意改名，否则他就回家去。老赵无奈，只好说暂时不讨论这个问题。

几个来自其他村子的民歌手都回去了，只剩二喜一个人。混在那些女孩子中间，二喜浑身不自在。那些女孩子根本就不是民间歌手，她们是县领导派来的嗓子。她们都喜欢拿二喜开涮，嘻嘻哈哈地说：二喜啊，两只母猪几只脚呀？毛毛虫几条腿呀？八条蜈蚣几条腿呀？二喜不理她们，心里想：看你们疯疯癫癫的，到时候唱砸了，你们哭去吧。

到省城的那天，正赶上下雪。女孩子们要冒雪去逛街，二喜也想跟她们去玩，因为没到过大城市，想看看。

女孩子不想带他玩，就说，二喜，你穿得这么少，万一感冒了，嗓子哑了，你怎么唱歌呀？赶快钻进被窝里捂着，保护嗓子要紧呐。这一招十分毒辣，二喜一听，吓得赶紧钻到被窝里去了，心里有点矛盾。

老赵对二喜说，也没什么好逛的，保护嗓子倒是要紧的事情。老赵拿出一包冰糖给二喜，说冰糖润嗓子，比赛之前，你就含着冰糖块，有好处。

比赛在省群众艺术馆礼堂里进行。据说还来了省里的大领导。二喜觉得领导越大越懂事，还来听他唱歌。唱给村长张麻子听，简直是对牛弹琴。

各县的民间歌手都一个个出场了。二喜坐在后台，嘴巴里含着冰糖，十分安静的样子，但手心一直在冒冷汗，双脚冰凉，身子微微哆嗦。

突然，他听到报幕员清脆的声音：下面请听民歌《姑娘你后院荡秋千》，演唱者：某某县罗镇农民张松生。二喜脑子里“嗡——”的一声。他肺都气炸了。老赵不是答应不改歌名吗？为什么临时变卦？为什么事先不征得我同意？干部真狠！老赵急匆匆地跑过来说，快上去呀二喜，就是《一只麻雀几只脚》那首歌，改了名，忘记告诉你。快快快，快去呀！

二喜急忙上了台。乐队奏完了过门，该他唱了。这时候他才发现，那块用于保护嗓子的冰糖还在嘴巴里，吞又吞不进，吐又不敢吐，卡在那里。

只见老赵在台下急得手之舞之，发了疯似的。二喜突然想起了老赵经常说的那些话。他急中生智，将老赵的话当作道白加在前面："万恶的四人帮，丧心病狂糟蹋民间艺术，他们的黑手，就是要卡住民间的喉咙……"。

说到这里，二喜用双手卡住自己的嗓子，顺便将冰糖从嘴里接了出来，继续说：民间的喉咙是卡不住的，让我唱起来吧……

二喜唱完了。台下响起了阵阵掌声。二喜唱得的确不错，他得了第三名。

在总结表彰大会上，老赵说：张松生同志值得表扬。他之所以能够取得好成绩，跟他平时刻苦训练有关。他时刻想着唱歌，为保护嗓子，上台之前嘴巴里还含着冰糖。好在他有急智有办法，终于取得了成功！张松生同志，二喜，唱得好！你为全县几十万人民挣了面子！回家之前，二喜去跟老赵道别。老赵说：二喜，好好练嗓子，下一届民间歌手歌唱大赛，我还要调你来唱，你要继续为全县人民挣面子。

回到罗镇的时候，罗镇小学仪仗队在路边夹道欢迎。镇委张书记紧紧握住二喜的手说：二喜同志，辛苦了，听县里的同志说，由于你刻苦训练，才有了好成绩。据说你的嗓子都差点唱破了。要多保重啊。谢谢你为罗镇十几万人挣了面子。

二喜说：张书记啊，十几万人，有麻面，有歪面，有疤面，有长面短面四方面。如果我唱歌真的能挣面子的话，别人的面子我不管，我们村长张麻子的面，我想管一管。如果能把张麻子面上的麻子坑儿唱没了，别说唱破嗓子，就是唱死了我也不在乎。

幻想故事集

八个城市梦幻

身世

安达对这家南方最大的图书馆了如指掌。多年来，每逢周五下午，他都在文学阅览室的书架前徘徊，读着书脊上的书名。偶尔也翻阅一下目录，或读一些有趣的章节。经常与新书的书脊相对凝视，跟故事里的人物眉来眼去。小说人物的抒情和叙事之音，压倒了图书馆外嘈杂的市声。幻想的时光缓缓地流逝，安达的心充实而宁静。

他的目光忽然停在一本旧书的书脊上。这本被人翻破了的书，名字竟然叫《安达平淡无味的身世》。安达大吃一惊，连忙抽出这本书，拂去上面的灰尘，急切地翻阅起来。书的第一段是这么写的："安达1965年8月26日子夜，生于H省D县一家乡村医院。父母皆为医生。出生时难产。剖腹手术由他父亲操刀。"凭着职业敏感，安达知道这是一种典型的新闻体叙述。短短的一段话，具备了时间、地点、人物、事件、结局这新闻五要素。不像是文学虚构故事。这个安达是我吗？他带着疑惑嘀咕了一句，接着往下读。

“安达的母亲作为一名妇产科医生，长年累月奔波在乡间，为农村妇女治病。晚上还要参加各种批斗会和学习班。所以，只好把九个月的安达寄放在乡下奶奶家。这年秋天，他患上了麻疹。奶奶将他关在一间密不透风的房间里，不停地给他喂糖开水。从此，给他留下了一个哮喘病的后遗症，以至于他终身服药。……九岁时，安达离开了奶奶，开始与父母和比他小两岁的妹妹在一起生活。与妹妹的争吵直到他离开家去上大学时才算告一段落。”

读到这里，安达脸色苍白，两腿发软。他来到阅览大厅最后一排的角落坐下。端着这本书愣住了。小三十二开本，原装封面和封底早已破落。现在的封皮是图书馆的人用牛皮纸重新制作的。书后的版权页也不完全。作者和出版社的名字也不见了，只有几行阿拉伯数字，其中可见“1959年8月第1次印刷”的字样。安达来到服务台，要求工作人员帮他查寻这本书的作者和出版社的有关信息。值班的女孩懒洋洋地在电脑上敲了一阵，屏幕上出现的是一片空白。她说，这是前不久清理书库时发现的旧书，原书登记卡不见了。现在的登记卡是新编的，所以无法查到从前登记的有关资料。

安达无可奈何地回到座位上，神情恍惚地翻阅着这本奇怪的书。全书共三十三章。每一章的标题依次叫：“一岁的安达”“两岁的安达”“三岁的安达”……所记之事，都是一些鸡毛蒜皮、平淡无味的琐事。连那只小松鼠的事情都记录在案。

遥远的场景从安达的记忆深层缓缓地流出：从二楼安达的卧室窗口，可以看到镇医院门前那棵巨大的银杏树，枝叶遮天蔽日。平时，银杏树枝叶葱郁苍翠，每到中秋节前后，成熟的银杏果实便开始由青绿变成金黄，果皮开始腐烂而散发出诱人的臭味，秋风一吹，柔软金黄的果实掉落在树底下的茅草和荆棘丛中。这时候才是安达和小伙伴们，还有黄鼠狼和松鼠最活跃的时候。银杏树上有很多雀巢、啄木鸟窝，树底下还有蛇洞、黄鼠狼和松鼠的巢穴。一根长长的枝丫伸到了安达的窗台。那只十分漂亮的灰色小松鼠，沿着那根枝丫跑进了安达的卧室。安达采取了“关门打狗”“瓮中捉鳖”的战术，逮住了松鼠，把它关在一只装盘尼西林针剂的硬纸箱里养着。小家伙日子过得清淡，每天只喝些冷水，吃点饼干。那天黄昏，安达正在饭桌上听父亲吹牛，只听见卧室里咣当一声，是装水的碟子掉在地板上的声音。等安达赶到的时候，医院那只大黑猫赶紧逃跑，小松鼠趴在地板上，背脊上一排牙印……

在“九岁的安达”一章中是这样写的：“安达一边哭，

一边把小松鼠装进一只药盒子里，把它埋在医院门前那棵大银杏树底下，也就是小松鼠的家边上。……由于伤心得不想吃饭，他遭到了父亲的严厉斥责。”

安达一下子就沉浸到了对童年往事的回忆之中去了。他暂时忘记了最初的惊悸和恐惧，也不去想作者是谁的问题了。在“十岁的安达”一章中，记述了小华的死：“住在银杏树下的伙房里的小华病死了。她是医院厨师的小女儿。前几天，她还答应过安达，等到除夕夜，带安达去看银杏树开花。现在她提前死了。安达撩起窗帘的一角，盯着厨房里忽明忽暗的灯。小华的妈妈从乡下赶来，一边忙着将小华搬放在一张竹床上，一边急剧地啜泣。后来，哭声渐渐地消失在通往乡下的小路上。”在“十二岁的安达”一章里，记述了他第一次学抽烟的经历。的确，那是在一个高年级同学的鼓励下，晚上躲在学校的厕所里干的。从此，他开始经常从父亲的烟盒里偷香烟。事情的败露是因为妹妹在他的口袋角里发现烟屑。父亲罚他跪了两个小时。

最令安达感到耻辱的，从来都没有向别人提起过的两件事，竟然清清楚楚地写进了“十五岁的安达”一章中。第一件事是这样记述的：“那天家里来了客人。安达只能将移动行军床支在客厅里。半夜醒来，他发现内裤上一片粘湿。安达在性梦里的激动渐渐消失之后，感到一种深深的罪恶和一种刻骨铭心的恐惧和焦虑。”第二件事的叙述：“在学校里，每天都与他形影不离的彭小虎突然不理他了。开始几天，出于一种傲慢，他尽力克制自己，装作满不在乎。三天后的一个晚上，他才终于克制不住了，便走到隔壁宿舍里彭小虎的铺前，来回地走着，一边用眼睛瞟彭小虎，一边还口中念念有词。更可怕的是，他发现彭小虎的目光中充满着鄙视的神情。尽管如此，在一个礼拜天的下午，他还是找到了个借口，去了彭小虎的村子一趟，为的是想见彭小虎一面。安达心中的这一隐痛，直到他考入大学，有了异性朋友之后才慢慢消失。”

读到这里，安达倒抽了一口冷气，同时，心中十分愤怒。他认为，这种全知全能的叙述视角，在文学手法中简直是幼稚，这种新闻叙述方法，西方十九世纪中叶就开始丢弃。并且，作者有什么理由猜测到主人公内心的隐秘呢？安达心中被一种十分复杂的情绪笼罩着：恐惧、愤怒、惊讶、羞耻……在把书页翻得哗哗作响的同时，安达还不停地扭动着屁股、咽口水、挠头、用拳头轻轻地捶桌子。直到对座一位女读者抛来责备的目光，他才被迫安静下来。对于描写大学生活的那几章，安达还是比较满意的。但美中不足的是，作者的大量笔墨没有放到对他现在的女友的描述上，而是详尽地叙述了那次神不知鬼不觉的失恋经历。安达认为这种做法是给他心灵施加压力，给他今后的道路上投下了阴影。他决心再一次忘掉它。参加工作后的那几年，是安达最不愿意回忆的。而书中恰恰又在不厌其烦地披露。比如，去几所大学求职遭到拒绝的经历。比如，换了几个单位，依然是清贫如水。比如，事业不如意，论文无处发表，晋级遇到了阻力，完稿的一本书找不到出版社自己又无钱出。比如，做发财梦，将自己仅有的两万块钱存款投进股票，结果赔了。……

人们都说，对往事的回忆，是困苦中的人赖以生存下去的一种力量。有个外国学者，名字叫马尔库塞，他说回忆是一种解放的力量。德国人弗洛伊德认为，回忆可以治好神经病。安达不这样看。安达认为自己的往事都是一些苦涩的回忆。他不愿意回忆。如果说这些年来他在生活中有了什么收获的话，那就是他培养了一种很强的对抗回忆的能力。他喜欢遗忘，他认为遗忘才是生存下去的力量。在这一点上，安达是德国哲学家尼采的同道。因此，他对《安达平淡无味的身世》这本书，还有这本书的作者，尤其是这本书开始深恶痛绝。因为这本书不但勾起了他苦涩的回忆，还破坏了他与新书书脊相互凝视的宁静，以及在书架中游走的陶醉。

安达恶作剧般地将书翻到“三十二岁的安达”这一章，为的是想马上证明这本书的错误和荒谬。但是，他马上读到了这样的叙述："安达在他三十二岁生日的第二天下午，坐在南方图书馆的文学阅览室里，读《安达平淡无奇的身世》。他在惊奇和愤怒中，忘记了他在此刻应该干的事情。"安达抬腕看表，时间是五点整。昨天晚上女友为他举办了小型烛光生日晚会。两人一起吃了蛋糕。临别的时候，女友嘱咐他，今天下午四点在华歌影院门口见面，电影是最新香港打斗片《毒窟奇遇》。尽管安达对这一类片子不感兴趣，但女友说要轻松轻松，他也没反对。女友是低他三届的校友。难得的是，在这个铜臭味十足的社会里，她并不曾对安达过于清贫的生活有过多的埋怨，但对他这种静如止水的生活方式是极为不满的。

此时此刻，安达知道，在他的反复无常、充满险情的爱情道路上，又多了一道栅栏。安达捧着《安达平淡无味的身世》这本破旧发黄的奇书，不知所措。他也没有勇气继续往下读了。尤其是后面一章。谁也不能预料自己往后的命运。可是一旦有人在预言你的未来，就像瞎子算命测字一样，那的确是一件令人吃惊又惶恐的事。所以，安达还是忍不住要好奇地往下读。

最后一章是"三十三岁的安达"，叙述语言似乎发生了明显的变化，一改前面那些力求客观的叙事风格，语句中充满了一种悲怆的气氛，读得安达气都接不上来。该书最后一段是这样写的："自从一年前图书馆那次失约以后，女友对安达的态度冷淡了许多。她似乎对他们俩之间了无生趣的爱情，不抱太多希望。但她到底还是没有离开他。每当她下决心离开他时，就想起了他那双在大学里陪伴了她一年多的眼睛。那是一双像小狗的眼睛一样湿润的眼睛，尽管没有什么力度，但却充满了诗意的温柔和同情，甚至还带有一点儿神秘。她知道，在这个现实里，这种能给她慰藉的眼睛是不多的。”读到这里，安达的那双小眼睛更加湿润了。

安达揉了揉眼睛继续往下读：“冬天，他们一起到北方去度蜜月。佳木斯远郊有一座森林公园。冬天进入旅游旺季。安达和女友乘坐一辆由八条西伯利亚拉橇狗拖着的大雪橇，从山顶上飞速地往下冲。在半山腰拐弯的地方，一条雄狗将一条母狗惹火了，在半山坡上咬作一团。后来，雪橇连狗带人一起滚到了右边那条深深的峡谷。”（全书到此结束）

这真是笑话。安达想。苏州、杭州、桂林、肇庆、张家界、九寨沟，哪里不好旅游？我干吗非要去北方呢？干吗要去那个什么佳木斯呢？不可能！我不可能去北方度蜜月。南方气候宜人，交通便利，我干吗要去北方呢？不可能！不，不……，女友的舅舅不是在北方工作吗？安达不禁打了一个寒战。千万不能让她去北方！一定要想方设法打消她这个念头！安达回过神来，发现自己好端端地坐在图书馆阅览厅的椅子上，不由得心中一阵欣慰。

安达突然萌生了新的想法：出书、炒股、晋级……都见鬼去吧。从此小心生活。首先不能去北方（可恶的西伯利亚拉撬狗）；其二是走路时多加小心；其三没事就来翻翻《安达平淡无味的身世》这本书。安达站起来，把《安达平淡无味的身世》这本几十年前第一次印刷的，如今颜色深黄纸质老化的书放回书架的原处，对值班的小姐点了个头，急步走出图书馆大门，找他的女友去了。

鸟语

为撰写《词语的奥秘——对鸟语的诗学解读》一文，安达吃了不少苦头，也得到了许多乐趣。小时候读童话，对那些能与鸟儿絮絮叨叨地私语闲聊的小姑娘，安达是心神往之。自己为什么对鸟语一无所知？这个疑问曾经长时间纠缠着他。长大以后忙于俗务，就渐渐淡忘了这件事。大学中文系毕业之后，他成了省社科院文学所的一位青年学者。他把“鸟语诗学”作为自己近期的主攻方向。史料告诉他，懂鸟语不是妄想，历史上懂鸟语者也不在少数，中国历史上的名人就有孔子的弟子公冶长，还有汉代高僧安世高。安达坚信，鸟语作为一种符号，它的声音系统与意义系统之间，一定有可以识读的关系。为此，他日思夜想，殚精竭虑。

那天深夜，安达起床在日记本上写下了两行诗句：“凶残的失眠将我从忘却中拖出/黑暗世界孤独而又焦虑的旁观者啊！”然后重新躺到床上，在忘却与记忆的边界上，躺成一个半梦半醒的姿势。突然，他听到一种陌生而又亲切的声音，但记不得是否听过这种声音，也分不清声音是梦中的还是房间某个角落里传来的。惊醒之后，他发现鸟笼里那只小画眉，像平常一样在啾啾叫唤，还生气地踢翻了那个装食的小碟子。安达走近鸟笼，将小碟子摆正，加入了一小撮粟米，再往小水罐里添加了一些凉水。当他重新进入半梦半醒的状态的时候，即他的头颅与脚踵处于同一水平线上，并且，脑子里产生了一种似乎是失重的感觉时，那陌生的声音又飘然而至。安达突然感到自己置身于一种从未有过的欢喜之中。

安达断定，这正是那只画眉鸟发出的声音。他猛地翻身跃起，将书架上所有的百科全书和词书摆在地板上，查阅“鸟语”条目。词书上说：“有一部分人在某些特定的状态下，是可能听懂鸟语的。”词书中对这种“特定状态”的解释是：一、身体虚弱或咳嗽时；二、半梦半醒的失眠状态时；三、倒立或做金鸡独立状时；其中特别强调了“可能性”的问题。词书中还指出，一旦脱离了这些“特定状态”，你就可能忘掉你听懂的东西。有一些倾听和解读能力很强的人，往往适用“意念控制法”来保持记忆。这种“意念控制法”的一项基本要求，就是将事物看成是倒过来的。比如，把树叶和树枝看成是向下的，树干看成是向上生长的，就像倒立的人所见的世界一样。

安达知道，鸟语是不能一句一句地单独翻译的。它是一个隐喻的系统。必须将它用符号记录下来，进行系统地整理，才能有一些眉目。为了记录，安达决定选择第三项要求：倒立或金鸡独立（其他的两种状态下是无法记录的）。在此后的日子里，安达一有空就在鸟笼前面倒立着，两只脚的脚尖靠在墙上，一只手匆匆地在笔记本上记录。在倒立的过程中，安达想起了一句瑜伽格言："头足倒立是保证灵魂重新归于平静的道路。"

所以，尽管每天的倒立折磨得他头昏脑胀，但安达感到，他的心情十分宁静，两只耳朵的通道也出奇的空旷。他那长期悬在空中的百会穴，此刻正贴近地面在聆听；而长期被阻塞在地面的涌泉穴，此刻正悬在空中。鸟语的信息正潮水般地涌向涌泉穴，经他的手又记在了纸上。在迫不得已时（比如太累的时候），安达也间或采用婴儿躺在摇篮里的姿势；两条腿高高举在半空中。

在这一过程中，安达遇到两个最大的困难。第一是对鸟语聆听者个人生活方面极度严格的要求。其中特别提到了个人卫生的问题。比如，对脚的清洁的要求。因为在这里，最低处的脚取代了头的位置，"低脚"变成了"高足"。安达被迫每天三次用热水净脚。在这以前，他是很少做的，即使是每天一次也难保证。第二个困难是，当结束记录而站立之后，为了保持对鸟语的记忆，往往要求用“意念控制法”来思考或行为，但经常被隔壁史学所的陈坤和经济所的赵明搅了。陈坤要找他讨论今天的各种事件，将来进入历史时如何记录的问题。赵明要找他谈股票行情，还不时地嘲笑安达那次亏本的炒股旧事。安达心里十分着急。他认为陈坤和赵明的行为，是在诱惑他将那调节“涌泉”和“百会”两个穴位的丹田之气，集中到嘴唇等外表器官上。所以，每次与赵明和陈坤长谈之后，安达总是不能集中注意力，弄得心慌意乱，两耳闭塞。他决定，每天下班之后，先到陈坤和赵明的房间里小聊一阵，消耗掉他们聊天的欲望，然后再回房间闭门不出。

还有一些小麻烦是安达自己造成的，根本原因是他缺乏足够的定力，太容易激动。在一次文学所内部的学术交流例会上，安达急切地表达了他最新研究成果的主要观点，他还狂妄地大声宣称，自己听懂了鸟语。结果，会议室里响起了几分钟的哄笑声。安达以为同事们听出了他研究中的破绽，心中暗自自责。应该把几处疑问解决之后再公之于众！他为自己的草率冲动而窘迫不安，解嘲地笑了一下就沉默不语了。散会之后，他独自一人，在省社科院的林荫道上缓步走着，所长远远地喊住了他，关切地询问他的身体状况，并反复叮嘱要劳逸结合，不要把身体弄垮了。安达正想与所长寒暄几句，远远地看见所里几位女同事，正在对其他研究所的人说些什么，还用手指往这边指点。一阵笑声结束，安达急忙对所长说了声“再见”，就抽身走了。

面对厚厚的三大本观摩笔记，尤其是几处用红笔标了疑问号的地方，安达陷入了沉思。他原以为找到了一种关键的东西，能将这些零星材料串起来。可是有几个地方还是解释不通。安达一边继续观察和记录，一边到南方图书馆查阅生物学、动物学、神学、哲学和文艺学资料。他深切地感受到这些工作与聆听鸟语时的感觉相比，真的是苦不堪言。但他似乎不愿独自享用他的成果。他还妄想最终编写一本《鸟语词典》，供那些耳道阻塞的人查阅。每每想到这些，他那很少激动的脸上，会泛起一片红晕，喉咙中还伴有一种咕咕的响声。

更令安达激动的是，最近他的意念控制能力达到了前所未有的强度。他秘密走访了一位住在远郊的瑜伽高师。老头子仔细观察了安达的双脚之后，满意地点了点头说："我们不一定要到印度哲学中去寻找瑜伽的根基，中国也有。知道‘泰’卦（☷☰）的卦象吗？上坤下乾，上阴下阳，像一只倒挂在屋梁上的蝙蝠，也就是你天天倒立训练脚上头下的姿势。这是人真正应该具有的姿势。人类那愚蠢无明的头颅，如今谦卑地降到了地面，而卑微的双足被洗净，抬到了空中。明白了吗？继续练吧。”

安达说：“请问先生，那玄之又玄的道怎么理解？”老头子说：“你看，你的头又倒回来了。受了一些几何学和逻辑学教育，就爱刨根问底。道为体，德为用。谈道只能谈玄，谈德才落到了实处。我刚才对你谈了许多关于德的知识，你不停地点头，其实你并没有明白。德就是道的走法，也就是足的位置，是心对道的全部经验。倒立或者沉思的时候，不要太执着事物本身，还要让心走到正道上来。使你头颅的弱点、缺陷暴露无遗。摆正你的姿态吧。”老头子说完，便开始闭目养神。

自从那次学术交流会之后，安达成了文学所众人关注的中心，经常有些同事借故来找他聊天，并在他的房间里四处窥视。但这些探秘和窥视，已经不能搅乱安达的意念了。安达对窥探采取了十分宽容的态度。别人掀起窗帘的一角窥探他的时候，他不也在掀起鸟笼罩布窥视那只小鸟吗？安达认为，在对他物的窥视中，人们可能会不断地发现自己的存在。当然，窥视的姿态和心态是不能不讲究的。

陈坤躲在窗口窥探安达时，发现安达正在面对鸟笼倒立着，便忍不住笑出了声音。安达开门问陈坤，发生了什么事。陈坤支支吾吾地说是来送东西，顺手给了安达一个装满材料的大信封，说是资料馆的人托他转交的，接着，便侧身挤进了安达的房间，在鸟笼前停了下来。陈坤说："安达，这会儿画眉鸟在说什么？"安达十分耐心地解释说："鸟的每一叫声，一般都不可能单独翻译。每一个叫声，如果翻译成世俗的功用语言，那就是一部巨大的诗学著作。但是，如果你认真地聆听和观察就可以发现，它每叫一声，就配有一个独特的姿势。这样，它就是从各个不同的角度，用不同的声音和姿势，对同一件事情进行言说……"陈坤两眼茫然，只好干笑几声就走了。

安达打开陈坤送来的信封，里面是自己不久前花了两个晚上填写的一份材料。有一些还是他通过电脑操作整理出来的。这份资料都是供"信息高速公路"办公室使用的。市政府的文件上说，"信息高速公路"入网，也要优先考虑知识分子。所以，科研单位和高校工作人员就成了第一批入网对象。所长正色说，每个人都要按表格上的要求认真填写。比如个人爱好、购物习惯、血压和脉搏状况。思维模式和情感方式那些软指标栏目，大家也要认真对待，尽量不要让假信息进入了信息网络。现在，安达精心填写的这份资料退了回来，上面还注明了理由："电脑拒绝接受本资料的任何信息。"据说全院上交的三百份资料中，安达是唯一被退的。安达突然感到一阵晕眩，进而感到迷惘。在稠人广众之中，安达突然意识到自己十分孤单。他长长地舒了一口气，然后沉浸到啾啾鸟语中去了。

陈坤对安达说："入了网真不错啊，我想买什么东西，正在犹豫，就有人送上门来了。前些天，我还收到了一份通知，要我注意两个问题：一是说我的胃近日可能会有病变，要我赶快去医院检查；二是说我目前正在着手的一个研究课题，并不是当前史学界研究趋势中的最佳选题，要我注意研究方案的修正。……进了网真不错啊……"陈坤还劝安达进网，说可能会对他的鸟语研究有帮助。

安达的注意力并没有集中到陈坤喋喋不休的声音上，而是注意到他的双脚和他走路的姿势上。安达惊奇地发现，陈坤一边得意忘形地谈着，一边走着一种奇怪的步子。只见他右脚往左踩，左脚往右踩。随着这种步子，他行走的路线，与林荫道路面由水泥匠镶嵌的白色瓷砖图案完全吻合。陈坤每踏一步，安达心里就一阵抽紧……

又是一个长长的失眠之夜，画眉鸟用金鸡独立的姿势站立在鸟笼里打盹。安达起床在笔记本上记下自己刚刚想起的诗句：

百舌鸟和猫头鹰祥和的啼鸣
是空旷的耳朵飞翔的翅膀
骨骼间抒情的气息
穿梭在漂浮的云彩间

蓝眼睛

南方一家热衷于爆炸性新闻的小报，最近几天频繁地登载关于“扫黄打非”的消息。前几天，头版的右下角又刊登了这样一条新闻：“5 月 7 日下午，兼营不正当业务的红蚱蜢美容厅遭到了警方的查封。老板和几名女服务员被当场收审，警方同时拘留了几位正在从事不正当消费的人士，其中有某机关的处长谭某，个体户刘某某，作家安某……”

对这种司空见惯的消息，我一向不大留心，只是“安某”的出现，才引起了我的注意。我想，“安某”一定是我的朋友、小说家安达了。令我狐疑的是，生活态度严谨迂执、很少出门的安达，怎么会出现在这种场合呢？

那天晚上，电话响个不停。朋友圈里都在传播和议论这件事。据青年画家程树青说，扫黄稽查队里有一位警察，是诗歌爱好者，与作家圈的交往比较多。他认出了安达。他站在安达身边，故意大声喊叫："看热闹的，过路的，赶快离开，不要影响我们执行公务！"安达却无动于衷。他只好走到安达面前说："你是过路的吗？"安达说："不不不，我是来洗头的。"那位警察哭笑不得。本来干警察这一行，也帮不上作家朋友们什么忙，这个机会也不能轻易放掉呀。他又说："你是第一次来吧？"安达说："不不不，我经常来，是包月的。"气得那位警察拽住他的衣领就往警车上扔。

这些传闻尽管绘声绘色，我依然是将信将疑。因为文学界的人说话总是爱"典型化"，语气动听而夸张。他们喜欢将发生在好几个人身上的事情集中到一个人身上，将不同时间的几件事情当成一件事情说，假的都变成真的了。但作为好友，我总得当面问问他才踏实。

半个月之后，我去看安达。他住在文人画家音乐家集中的文昌路。那条被绿荫笼罩着的幽静的街道，从前是不让机动车行走的，只准步行，生怕响声打断了作家和艺术家们的思路。如今，商人的叫卖声掩盖了文人的吟唱声，整条街都变成了世界名画赝品、假古董商的天下，人声鼎沸，生气勃勃，商机无限。难怪安达的小说越写越少了。他被叫卖声打断了思路。

那是一栋陈旧的法式老楼，据说解放前是欧美同学会的房产，刚落成不久就解放了。八十年代初，政府在报纸上登过一则启事，叫他们派代表带房契来领回这栋楼房。据说，那些留学回来的老头子开会商议过几次，但没有一个人敢出这个头，最后不了了之。怪不得经常有一些拄着拐杖的老人在附近转悠。

安达住在二楼一个小单元里。尽管十分拥挤，书籍都堆到了走廊上，但房子的高度比现在火柴盒似的单元要高得多。正南面还有一个巨大的半圆形落地玻璃窗。安达的书桌就摆在玻璃窗下面。窗外是省立图书馆的假山、草地和水池。

安达一见到我，就递过一沓稿纸，说："我知道你来干什么。不用多问了，你看看这篇小说吧。我现在不写什么实验小说了。这篇小说带有纪实性，它能回答你想知道的问题。我并不想用这篇小说来澄清或辩解什么。这篇东西实际上是一篇祈祷文、忏悔词，或者说一个梦。"

我想了一大堆安慰他的话："忏悔什么？你不过是偶尔为之罢了。何况上帝说过：谁心里动了淫邪的念头，谁就犯了淫邪的罪。因此，谁也没有审判别人的资格。所以，你也就用不着忏悔了。我不是来打听什么，只是随便坐坐。"这些话到了嘴边又噎了回来。我只好坐到沙发上读他的小说。

在安静的居室里，我总能从乱麻一样的往事中，抽出一个又一个完整的故事。但是，只要一出门，我的身体就遗失在喧嚣的尘世之中。在这座混乱嘈杂的大都市里，我的记忆力坏得出奇。我永远记不住朋友家的方位、楼层、门牌。每次登门造访，我都是凭着身体在空气中的感觉，下意识地走进了朋友的家。可是，那些朋友从来就没有因我准确无误地走进他的家门而高兴过，总是对我的到来一惊一乍，好像我到他们家去坐坐，要像国王出访一样事先须安排日程似的。后来，一些朋友搬进了新居。我发现，没有准确无误的科学头脑，是找不到他们狐狸洞一样的新居的，光凭经验和感觉已经不行了。

比如，要去朋友温南的家，我必须在两道电子防盗门上——一道是小区的大门，一道是小区内部他们单位那栋楼的门——输入他家的栋号、楼层号和单元号，等待他给出开门信号，我才能走进去。还有，我实在受不了他家那只老母猫的亲热劲儿，在你腿上情人一样磨蹭。由于温南夫妇爱猫胜过爱我，因此，我还不能对那只老母猫的亲热有什么明显的厌恶表情。后来，朋友见面的地点不是在茶楼就是在我家。慢慢地，我也就越来越懒得出门了。只有附近那家红蚱蜢美容厅，我是经常要光顾的。美容厅的老板成了我的朋友，给我包月，八折优惠。除了距离近、价格便宜之外，还因为那里的理发小姐都年轻漂亮，服务态度也很周全。

最近一段时间，我变得更加多愁善感、优柔寡断、心神不宁。这一点遭到了朋友中几位青年思想家的批评和嘲笑。他们说我心中永远只是在想着自己的“小我”，对包括人民在内的“大我”，对社会分配的不公、对苦难、对启蒙和拯救漠不关心。这种冷漠的态度，只能证明我的多愁善感是假的。我好几次都试图张嘴申辩，我想说他们的批判和拯救的激情是假的，但想好的话就是出不来。我只好采取最后一招：疏远他们。

我从前就有多愁善感、遇事不能决断、爱脸红的毛病，这并不是成了小说家以后的事。有一次，一位著名的评论家对我说："不是写小说导致了你的‘性格缺陷’，而是这种‘性格缺陷’成就了你的小说。”他用手掌挡住嘴巴悄悄地对我说："这样很好。不要轻信别人。要坚持住！”

中学的时候，同学们就明里暗里都叫我“娘娘”。成年之后，我在大家的帮助下也改了一些，但始终没有根治。我在“多愁善感”前面添加了“更加”这个词汇。那是因为这个毛病最近表现得更加明显了。我心里很不安。我不想要这种能成就小说的“性格缺陷”。我想，应该向冯阳周求助，便特地约他到珠江边的向日葵酒吧喝酒。他的专业是人格心理学，但他不喜欢我叫他心理学家，说那种称呼太狭隘。他正在运用自己的专业知识，从事当代思潮研究和社会批评，还写过一些文学批评文章。

每一个人首先应该成为一个知识分子，冯阳周用手抹掉嘴角的啤酒泡沫说，你们作家也一样，否则你就不是一位真正的作家。

难道没有接受过高等教育的人也能成为知识分子吗？我问。

这跟受教育的年数和学历没有什么关系。如今，最像知识分子的人，就是工人阶级。这是一个立场问题。

那么，我应该忠实于自己的感觉，还是表达自己的立场呢？我问。

冯阳周自信地说：感觉固然重要，但不要停留在一些表面的感觉和经验的碎片上，要找到问题的本质和根源……

我害怕“本质”“根源”这种宏大的词汇。我最关心的，是与我此时此刻的生存和命运相关的“本质”和“根源”，此外我一点兴趣也没有。我不知道自己最近碰上了什么倒霉的“本质”和“根源”。我最近连续十几天，都在想同一个女人。三十多年来，我第一次被“女人”这个意念控制住了。从前弥漫着发霉的书籍味、香烟味和脚臭味的小房子，如今被虚幻的女人气息和洗头水味占据了。我最崇拜的一位伟大作家巴史拉乌说过：“任何一个连续十分钟想同一个女人的人，决不是一个男子汉！”

但有什么办法呢？“娘娘”的名声倒无所谓，习惯了。我是说，我有什么办法能够摆脱她呢？红蚱蜢美容厅那个新来的蓝眼红唇翘屁股的小妞，整天在我眼前飘来飘去。

第一次见到她，我就看出她是一个刚进城不久的乡下姑娘。而且，她的化妆暴露了她是一个很过火的乡下姑娘：过浓的颜料，将眼睑染得蓝幽幽，上面躺着两条粗黑的、蚕虫一样的眉毛，使眼睛成了一个蓝色的洞穴；嘴唇涂成了桃红色，像吃过带血的食物一样。对这一切我并不太在意，只要她好好洗头就行。在给我洗头的时候，她故意让我注意她的超短裙，还一边洗头一边用大腿蹭我。我一阵哆嗦，兴奋和惧怕交织在一起。平常洗完头之后，我还会躺下来享受掏耳和按摩脸部的快乐。这一次，我急着要溜号。蓝眼睛却盯住我不放。她追到门口，用一种很有把握的口气悄悄地对我说：“今天晚上八点钟，在东郊公园正门左边的老榕树下见。”说完又去给另一位男人洗头去了。

与一位干不正当业务的人像情人一样幽会，就像给一条杂种沙皮狗穿上真丝连衣裙一样滑稽。她当时的那种口气令我十分反感，好像老熟客似的。再说，谁知道她是不是设下了什么圈套呢！不久前的一个夜晚，在流花公园里，一位轻信的男子就被小姐的老乡抢了。我决心不去赴约。那天晚上，我的心情十分浮躁，不能静心读书写作。蓝眼睛像一只肥鸟的翅膀在我眼前扑腾。

对于一个单身男子来说，女人就像一面镜子，照出了他形影相吊的可怜的肉体。接连好几天我都沉浸在对蓝眼睛的遐想之中。在虚幻的想象中，我一次又一次跟蓝眼睛幽会。蓝眼睛则显得特别顺从，说起话来还轻声细语。叫她干啥就干啥，我想象自己一点也不优柔寡断，一点也不“娘娘”，相反，就像君王，像凯旋的战士。

好奇心促使我对蓝眼睛展开了侦察工作。有几次，我躲在红蚱蜢美容院对面街边的大树背后，远远地监视蓝眼睛。当我看到她在给别的男人洗发过程中，又试图重演我第一次遇上她时的把戏的时候，我咬牙切齿、怒火中烧。回到家里，我花了整整两晚的时间，设计了一个有三种行动方案的惩罚计划。经过反复的修改，这些方案依然不够完美，其中有一个还漏洞百出。我深深地感到，一个人的能力是那么有限！我把这份惩罚计划装进卷宗袋里，准备先让黄石川审查一下。他是我的文友，公安专科学校的刑侦学讲师。

折腾了好些日子，我渐渐地对这件事有点厌恶了，就好像一件梦寐以求的新衬衫，在想象中我日日穿，夜夜穿，穿旧了，穿破了，以至于我再也没有买它的兴趣了。

从根本上看，想象能刺激语言，但不能刺激身体；你的想象越丰富多彩，肉体枯萎的速度就越快。一种疲惫而又无聊的情绪向我疯狂地袭来。我甚至相信冥冥中伸出了一只手，在向我索要想象中无偿占有所必须付出的代价。我心里惊恐不安，有一种莫名其妙的危机感。

这就是我为什么请很久不来往的冯阳周喝酒的原因。实话说，我对那次与冯阳周的约会十分失望。本来想找他咨询一些心理学的问题，尤其是克服心理障碍的方法。但他对我这位坐在他面前的大活人一点兴趣也没有，就像我对他那些僵死的理论没有兴趣一样。我把内心的惊恐和不安，原封不动地带回家了。

出门的时候，我再也没有从前那种悠闲劲儿了。我甚至不敢从红蚱蜢门前经过，而是不惜穿过两座又长又高的立交桥绕道而行。真是冤家路窄。那一次在立交桥下，我偏偏就碰上了蓝眼睛。她好像是特地站在那里等我似的。我心里狂跳起来，躲开已经来不及了，只好硬着头皮迎上去。我想告诉她，我是作家，好让她知道应该对我保持足够的尊重。

“不用解释了。这些天你一定想好了许多借口。今天晚上八点，在东郊公园正门左边的老榕树下见。”说完，她转身就走了。

她为什么缠住我？难道我显出了有钱人的样子？难

道她独具慧眼地发现了我身上的男子汉气质？我已经预感到，这个人是很难摆脱的。难道我完全丧失了表达不同意见的勇气？我只能像罪人一样任凭她发落？说不定她已经知道我在家里都干了些什么呐。俗话说得好哇：要想人不知，除非己莫为。算了，就把这次赴约，当做前些日子针对她的无耻想象的代价吧。

小路两旁的灌木在昏黄的灯光下摇曳。一对对情侣像鬼影一样移动。我为人不能控制自己的梦境而感到悲哀。不知道是环境的影响，还是我的准时赴约，使她的情绪高涨起来。她像情侣一样挨近我坐下，接着就自动进入了一种回忆的状态。她清了一下嗓子说：

从前，我在乡下的时候……

我一听就知道这是一个故事的开头。大部分人都这样，说话像讲故事，不是直截了当，而是远远道来，每一件事都要从盘古时代开始讲。据说这是农业文明的后遗症。我打断她说：

我的职业就是编故事。所以，我不喜欢听别人讲那种远远道来的冗长故事。希望你能尽快进入主题，不要把我逼走了。她被我弄得有点尴尬，急忙接住我的话头说：

这些天你在家里干什么？

我在家里练瑜伽。我顺口就撒了个谎。

瑜伽？就是电视里每天上午体育节目中播的那种？

不一样。我这种瑜伽主要是调节人体内部的阴阳不调。

接着，我就开始胡说八道了，什么人体奥秘、身体潜能、第二空间等等，气氛顿时活跃起来了。她听得十分认真，就像文学青年在听我作“如何编故事”的报告一样。这种场面我见得多了。此刻，我忘了她是红蚱蜢美容厅的服务员，我在想象中把她当成一位狂热的文学爱好者，高中毕业没考上大学，正在偷偷写诗的那种。我站起来，在她面前一边说一边踱步。

我胡诌出来的一串串语言，像是一部配有五百马力机器的汽车，高速行驶起来，完全把我控制住了。我干瘦矮小的躯体在空气中颤抖不已。我突然变成了一位威力无比的勇士，语言就是我的长矛。我的语言像一位老奸巨猾的色鬼，一位凶残的罪犯，巫师喷出的烟雾，魔术师的催眠术，菜园子张青的蒙汗药，在蓝眼睛的身边布下了一个巨大的八卦阵。而她的躯体就像一只小麻雀，正在钻进一张无形的大网。

我刚停下来想歇口气，蓝眼睛就用一种温柔而又强硬的口吻对我说：我要去看看你练哪种瑜伽。如果可以的话，我也练练。

我很爽快就答应了她，并把我的住址也告诉了她。我的话和我的回答意味着什么，我没有多想。我还沉浸在演说的激情之中。语言的马达在高速地旋转，躯体成了语言的随从。我的语言还在空中虚晃着招数。我不知道我自己，已经离开了赴约的初衷。我不知道是自己正在引诱蓝眼睛，还是正在被蓝眼睛一步一步引向深渊的边缘。

几天之后的一个傍晚，蓝眼睛真的来了。她的行为，表现出一种农民式的心血来潮和盲目自信：事先没有约定，也不打个电话，径直就来了。好像我天天在家等她似的。她在楼梯上就叫喊起来。我打开门，叫她别咋呼，赶紧进来。我说：你事先也不打个招呼，如果我出门去了呢。她穿着一件很短的紧身上衣，肚脐眼露在外面；下身是一条弹力牛仔裤，眼睛当然还是蓝的。她对我的问题不予回答，扭动着屁股，老熟人一样走进了我的房间，在沙发上坐下来。我想弄点情调，比如放点音乐，冲杯咖啡。蓝眼睛说：不必麻烦了，我又不是来做客的，你开始练功吧。

我早就预感到自己胡编的瑜伽功有施展身手的时候。几天前，我到南方图书馆泡了整整一上午，在一本叫《大悲空智金刚大教王经》的书上，查到了一种密宗功法的基本步骤。我想，不懂没关系，糊弄人还是够的。但到了见真功夫的时候，我又磨蹭起来，房间里充满了尴尬。

那天晚上你说得那么好，你不是在骗我吧？蓝眼睛有点不耐烦了。

一股热血往脑子里一涌。我突然盘腿坐到地板上，脱掉衣服，露出了瘦骨嶙峋的鸡胸和干巴的大腿。蓝眼睛见了哈哈大笑起来。“笑什么！要练就赶快，跟着我一起。”我大声呵斥起来。她竟然飞快地脱去了衣服，盘腿坐在了我的对面。我叮嘱她，先将两眼微闭，但要看得见，然后进入一种迷糊的梦境状态，还必须完全重复我的话和动作。我将双手合十，她也将双手合十。我开始念练功口诀，她也跟着念：

俺嘛呢叭咪吽

俺嘛呢叭咪吽

我是瑜伽男你是瑜伽女

我是瑜伽女你是瑜伽男

（她还知道改词！像二重唱演员一样）

来什么吃什么不用费思量

来什么吃什么不用费思量

我是金刚大士曼陀罗、是菩提心

我是金刚大士曼陀罗、是菩提心

轮子、刀子、骷髅

轮子、刀子、骷髅

拥抱我的瑜伽女和大欢乐

拥抱我的瑜伽男和大欢乐

想象世界与现实世界的区别，就在于有没有行动。如果每一个词，每一个念头，都化作行动，那是很可怕的。经文说，这个瑜伽的要点在于通过语言来默察一个人的内心，用隐喻的语言对“道”进行描述。后面的解释越来越玄乎。此刻，我不顾功法要求，睁开微闭的双眼来看蓝眼睛。只见她满脸是汗，双唇微张，两眼冒火，呼吸短促。“道”是什么我不大明白，“默察内心”这种说法倒是很准确。此刻我内心已经是旌旗摇曳……

我在一种柔韧的液体中颤抖、挣扎。我在一种轻盈的气体中飘动、飞扬。我从深渊升向天堂。我从天堂堕入深渊。痛苦和欢乐在我的血液里汹涌地交织着。一股寒流突然袭来，我沿着一条幽暗的隧道惊慌地逃窜，带着不祥的预感。在这个欢愉和罪恶的夜晚，我耳鸣症又发作了。

我不准备对我们之间后来的交往进行详细的讲述。反正她是隔三岔五地到我这里来练功，练得眼睛越发蓝了。有一点必须交代的是，我一直用一种含混的语调在讲述我与蓝眼睛之间的故事。这并不是有意为之。因为我至今弄不明白，究竟是我在一步一步地勾引她，还是她在勾引我。或许有一种超出我的理解之外的诱惑力在主宰着我们。

问题在于，那些充满情色描述的经文在反复强调，这是一种语言和想象行为，是一种禅定的思维方式，而不应沉溺到操作之中。可是经文中又说，最高的福乐，是以身体为基础的，要记住那瞬间的福乐感受，要把它转移到一切有情众生身上。这种矛盾修辞的方式，真的超出了我的理解力。我越想越糊涂。但我的身体却异常清楚。它时时记住“拥抱瑜伽女”。有时它又提醒我：离开她！于是，我就对她大叫大吼，暴跳如雷，甚至将她驱逐出门。

又一次，蓝眼睛突然拦在我从办公室回家的中途，哭丧着脸对我说：

我梦见满天星星。星星像鬼眼一样闪光。到处都是香火的味道。你的身体像烧过的纸灰一样，被风吹得一片一片向天上飘。我在墙角落里找纸灰的碎片，一点一点收起来，放进我的口袋里……说着，她的眼睛像鬼火一样在黑暗中眨巴。我一阵恐慌，大声斥责她，并命令她赶紧睡觉，不准做梦。

我终于发现自己尿液浑浊，下身奇痒，那地方出现了一片红色的小斑点，有的地方还冒出了黄色的小水泡。我咬牙切齿地想：她的梦就是一个恶毒的咒语！一个可怕的预言！“满天星星”，就是指这些小红斑、小水泡。还有“烧过的纸灰”，就是指她要将我毁了。“在墙角落里找纸灰的碎片”，不就是指她蓄意勾引我吗？“放进口袋”？哼，这就是暗示我赶紧离开她！

我再也不想见到她了！我准备到青岛一位老同学那

里去住些日子，他也是单身汉，他的哥哥还是疾病防治中心的主任。没有比这更好的去处了。收拾好简单的行李之后，我想起应该到药店去买一些药品。路过红蚱蜢的时候，我还是顺便走了进去。我把她叫到一边，恶狠狠地对她说："他妈的，你害苦了我！""你这鸡胸猴，我才被你害苦了呢。"她反唇相讥，毫不相让，判若两人。我们的争执声越来越大。后来公安稽查队来了。那是5月7号，一个星期天的下午。

读完安达的这篇小说，尽管增加了已知故事的诸多细节，但这并不意味着我更加理解了这个故事。甚至让我对自以为了解的朋友安达，产生了陌生感。我觉得他是一个可怜的神秘的人。

故事

三个月来，安达每天都在写一篇小说的开头。当他脑子里同时涌现出好几个句子时，他拿不定主意选用哪一句。因为，作为小说的开头，每一个结构相似的句子，都能够左右故事的叙事走向不同的结局。所以，这篇小说一直没有写下去，仿佛一个没有尽头的梦。安达几乎要怀疑自己讲故事的能力了。后来，他把怨气从马尔克斯身上，转到了自己的奶奶和外婆身上。尽管两位老人几年前就离开了人世。

马尔克斯竟然说，对他的创作生涯影响最大的人，首先是他那位酷爱占卜打卦、算命抽签的老外婆。他对记者说，他的外婆给他讲过许多令人毛骨悚然的故事，讲得绘声绘色，沉着冷静，真实可信，仿佛亲眼看到似的。马尔克斯还说，他就是用了他外婆讲故事的方法，创作了《百年孤独》。紧接着，你就可以发现，马尔克斯是自相矛盾的。因为他说过，他写《百年孤独》想了十五年，写《族长的秋天》花了十六年，那个著名的中篇《一桩事先张扬的凶杀案》，则想了三十年。安达纳闷的是：马尔克斯写小说，到底是外婆教的还是自己想出来的？如果是外婆教的，你为什么要想几十年呢？

但不管怎么说，外婆和奶奶从来就没有教过安达讲故事的技巧和方法。安达的奶奶是一位善良而又沉默的实用主义者，又是一位编外基督徒。几十年前去世的爷爷，曾经在一位教士的劝说下受过洗，奶奶并没有受过洗，但她总以耶稣信徒自居，她觉得这是英年早逝的丈夫的两项重要遗产之一，另一项是一家生药铺。每逢节日，村里人端着猪头和果子，到先祖祠里去供祖宗时，奶奶都露出不屑的神情，还叫安达不要去闹哄哄的宗祠凑热闹。奶奶临终时，可以说是一无所有。她留给安达的遗产，是虔诚和爱心。奶奶对安达说的最多的是两句话，或者说是两个词汇，也是两个巨大的疑问：饿吗？冷吗？是啊，人为什么会饿呢？为什么会冷呢？这是奶奶一生最担心的问题，也是一生都没有弄明白的问题。奶奶和家族影响，决定了安达的第一次职业选择：中医。

安达的外婆，是一位破落资本家的遗孀兼业余时事批评家。解放后一直住在小城市的“贫民窟”里。每当她想起从前辉煌的日子，就忍不住要对现实大加鞭挞。尤其是对那些发达了的穷人说话的声音和走路的姿势，她更是经常加以酷评。有一次，外婆带安达去参观了一家酒厂的厂房，说这些厂房就是她的房子。里面有大小四十多间房间，每个房间都配有全套精致的红木家具。当时，外公正濒临破产，准备以二十两黄金的价格卖给另外一个商人，但部队提前进城了。如今，房契找不到，政策无法落实，只好眼睁睁看着自己的院子里，每天都流出一桶桶劣质酒。外婆鄙弃地说："那种酒只有厨房里的佣人才喝。"外婆一生都显得十分忙碌。除了管家以外，她还同时进行三种宗教活动：星期天到城郊的小教堂做弥撒，星期三晚上去参加"一贯道"的秘密仪式，平常在家里供菩萨，还隔三差五地吃花斋，假装把人类的前世今生都装在肚子里似的。实际上，她最热衷的还是时事评论。那三种活动只不过是累了时的消遣。外婆的影响，决定了安达的第二次职业选择：文学理论研究者。

对这两次职业选择，安达都不满。安达认为，中医只是一门混饭吃的技术。但它在科学上的缺陷，使得它更接近诗学，与其那样，不如直接去研究诗学。更有甚者，一些悟性低下的庸医，把中医弄成了巫术。而文学理论对语言明晰性的要求，又使它太缺少神秘色彩。安达梦想一种介于高度理性与高度情感之间的语言，或者说用一种严密的逻辑语言，去表达某种神秘的不可知的事物和思想。当安达清楚地知道自己该选择什么时，他已近而立之年了。多年来，这些疑惑、失望、焦虑、遗憾，常常变成一个个梦一般的故事在他脑子里乱窜。他多次想把这些故事表达出来，都感到力不从心。但是，如果说一个人讲故事的能力，是来自奶奶或者外婆的教育，安达是无论如何也不甘心的。他暗暗地发誓，一定要用自己的脑子，想出或者发明出一种讲故事的方法，并让自己从奶奶和外婆那种古老故事的阴影中逃离出来，即使花费十年、二十年也在所不惜。

安达终于写出了他的第一个短篇故事，发表在《南回归线》月刊一九九四年第六期上，名字叫《信的故事》，全文是用第一人称的视角叙述。故事发表之后，引来了几位专职文学批评家的批评，有的说讲述方法太陈旧，有的说缺少审美升华。对此，安达置之不理，甚至还有些得意。下面就是短篇小说《信的故事》的全文：

经常到那间小黑屋子里去走走，是我每天必修的功课。高挂在房顶的那只黄昏的灯泡日夜亮着。潮湿的霉味在灯泡四周游移。靠墙立着两排高大的柜子，摆成丁字形。柜子分成若干个小格，每一格除了锁上一把小锁外，还贴着一张白色的纸条。纸条上写着黑色的名字。我的名字横坐标是九，纵坐标是三。守门的老头子那双眼睛，粗看上去像是青光眼。但我敢断言，青光眼不可能射出那种令人不寒而栗的光。我朝他点头、微笑，然后快速闪进小黑屋，开锁、拿信。自然，我经常只能拿到来自本市几位朋友的信。这些信大多像电报一样简洁明了，但也常常试着变换各种语调来问候我。不过，信的结尾总忘不了劝我，赶快装电话。

我不装电话的原因很简单。首先，我对那种被电流转化了的声音感到陌生，甚至惧怕。另外，没有电话，我就可以定期给我的朋友们写去长长的书信。当然，他们也会应差般地回一封短信。这些短信就好比两个人相遇时的一声招呼，一丝笑容。如果能写六页，甚至六页半的长信，就像两个人围着炉火彻夜长谈一样，那就再好不过了。但我已经不敢有更高的奢求，信再短，也比电话里那种奇怪的腔调好吧。每天，我从守门老头身边走过，开锁、拿信、拆信、读信，闻信笺上的墨水味，这使我心安。

这一次，我收到了一封十分奇怪的信。它的厚度是我所收到的信件中少有的。漂亮的信封是一只一九九四年三月十八日发行的“鲟鱼首日封”。信封的右下角写着“内详”，邮政编码是写了的，但信封的左上角好像浸过水，把那几个阿拉伯数字弄得模糊不清。好在圆形的黑色邮戳上清楚地现出“浙江普陀”的字样。信有整整八页。字迹十分娟秀。我断定，这是出自一位女性之手。但写信的语调时而老练沉着，时而幼稚任性，使你很难猜出作者的实际年龄。信的开头是这样写的：

安达先生：

你收到的这封信，大概是我有生以来所写的极少的几封信之一。因为我讨厌写信。人们为什么喜欢写信这种把戏？为什么要用干巴巴的几张纸，用一些干巴巴的文字，来代替自己活生生的口、眼、手、足的行为呢？我并不怀疑好的文字中也有灵气，也有魂魄在乱窜。所以，我偶尔也写一封信，或读读好的小说。

从前，我迷上了北京一位姓张的作家，并错误地认为他是"中国最有前途的小说家"。后来，有两件事惹火了我。第一，他的小说语言越来越做作，使我浑身不舒服，而且他的标点也用得很蹩脚，故意写很长的句子，读得我喘不过气来，差一点窒息。第二，他不但鼓动我给他写信，他自己也经常给我写信，而且还打听我的电话号码，说想听听我的声音。这种荒唐的念头，我无论如何不能容忍。我决定抛弃他，并且把"中国最有前途的小说家"称号从他身上剥夺，而转到你身上来。

自从读了《南回归线》上那篇《信的故事》之后，我认为你可能成为中国最有前途的小说家。你的叙述语言中那种虔敬和畏惧的情愫，令我感动。不过，我还得再观察一阵，再考查一段时间，不能再上当了……

接着谈了一通我不太懂的诗歌语言问题。信的结尾没有留地址，也没有留姓名，只写了两个不知是英文还是汉语拼音的字母：D.W。我不知道这是表示：丁婉、还是董雯，或者是店王、达威、段蔚、大卫……其实，知道了姓名又怎么样呢？连地址也没有。有了地址又怎么样呢？我难道也像那位姓张的作家一样，天天给她写信吗？最令我头疼的是，这封信勾起了我写长信的欲望，但因没有地址，我又无法给他（她）写信。很长一段时间里，这件事一直梦魇般地在我心里折腾。一个月之后，我又收到了一封信。信中这样写道：

安达先生：

这或许是我给你写的最后一封信。因为我不能再违背心愿地干这种写信的勾当了。你知道你那篇小说《信的故事》的语言，为什么显得苍白无力吗？我认为是缺少故事。在这样一个只有事故而没有故事的时代里，小说就可以像你那样胡乱写写吗？但我不希望你这样胡乱写下去了。我必须提醒你，灵魂出窍的胡乱行动，跟龟缩起来的不行动，都是我们时代缺少故事的根本原因。作为一个对作者负责的读者，我为你安排了一次行动：单独来与我会面。我自己也有面对面与你长谈一次的愿望。你可以乘海轮到普陀，然后再搭一只小舢板到朱家尖镇。两天后的下午五点钟，有一位穿红色连衣裙的女孩在码头等你。那是我妹妹。见到她后，你只要通报你自己的姓名就行了。接下来的行动，她会为你安排好。万一我有事离开了，你一定要耐心等待。我不会让你久等。

D.W.

在往后的两天里，我一直为这次的行动激动不安。你想想，陌生的旅途、神秘的小岛、孑然一身去见一位素不相识的姑娘、小舢板、红衣少女……能不激动吗？后来我突然想起了《水浒传》里的孙二娘和菜园子张青的故事，心里又不由得害怕起来。在我平静的生活中，很少有这样令人激动的事情。同时，我又感到疑惑。难道激动人心的事情背后，一定会伴有一点不安全的因素吗？我悄悄地与一位同事谈起这件事。他极力地鼓动我去。但我看出了，他目光中泄露出了一种奇怪的光亮，像是迫不及待地想看我的笑话。当我试探地要求他陪我同行时，他借口有事推辞了。当时，我的心情复杂极了。我不想对此作冗长的心理描写。反正我希望这样的结局出现：既去了，又没去。

对，就像一次梦游一样。我在梦中遇到什么凶残的事情都无所谓，只要醒来后我还能安然无恙地躺在床上就行。事情就这样一而再再而三地拖延、犹豫不决、强行遗忘，使我终于没有成行。而且接连两个晚上，尽管我睡得很晚，但都是一觉睡到大天亮，一点儿梦都没有做。

第三天上午，我刚洗漱完毕，就听到敲门声。我打开门，看见一位穿红色连衣裙的少女面无表情地站在门口。她谈不上很美丽，但显得文静端庄。目光单纯得令我发怵。

“你是……？”我一边问，一边猜测。

“我叫朵娃，就是D.W。”说完，还没有等我邀请，她就挤身进了房间，坐在沙发上。我支支吾吾地找了许多借口，来解释为什么没有赴约，并为她白等了很久表示抱歉。在交谈的时候，她自始至终都正对着我，一双眼睛好像一直盯在我的鼻梁上。我不敢正视她的脸，有时乜斜地看她一眼，目光躲来躲去，浑身不自在，背上冒冷汗。当时，我窘迫的样子一定是滑稽可笑的。

“你也很爱好文学吧？”我想打破沉默就随便问了一句，但话一出口就后悔不及了。

“你很喜欢写长信吧？”她并不回答我的话。

“对，我不喜欢打电话。电话里的声音怪怪的。我跟你一样喜欢写信。”我说。

“我最讨厌写信，更不喜欢打电话。写信有时的确可以代替一次长长的交谈。但有些东西就遗漏了。比如，我要不见到你，就不知道你的表情、真正的声音、手势和姿态，尤其是你的眼神。干巴巴的文字把活生生的东西全部遮盖了，往往还造成以假乱真的效果。你之所以迷恋写信，就是想掩饰你的表情、眼神和不自信的声音。你在幻想中完成了一个个优美的形象设计，并以此为乐……”

“安达，我今天远道而来，是想对你说几句话：你不可能成为优秀的小说家，你的语言太苍白无力，字也写得太丑。我对你的失望，比对北京那个姓张的作家的失望还要大。”

说完，她就走了。

修梦法

我做了一个梦，梦见自己坐在一架巨大的飞机上。飞机的坐垫、窗帘、地上铺的墙上挂的全是黑色。当时，飞机发出微微的轰鸣声。我的双耳有一点胀痛。但我不好意思表露出来。因为两位年轻的空姐在我身边走来走去，还不时地问我喝点什么，我微笑着对空姐说，请来一杯清茶。突然，后舱传来了一阵喧哗。我回头一看，发现一位身材高大的黑衣蒙面人，一只手扭着一位空姐的胳膊出现在舱门口，另一只手中有一把铮亮的尖刀。还有一位黑衣蒙面人背朝我们，像是在警戒。空姐的脸色苍白，不停地发抖。蒙面人对她说：有话就对他们说。快说。大声地说。

空姐用颤抖的声音说：各位乘客，你们每人可以写一份遗嘱交给我。我将负责转交给你们的家人。在遗嘱中可以简短地交待一下你们的后事。别忘了，你们的保险金是20万元。它将分给谁，你们可以在遗嘱上注明。

蒙面人说：不要太啰嗦，少写一点。我已经不耐烦了。

只听见一片哗哗哗的声音。乘客都在找纸。有些积极分子早就写好了。一个满脸疙瘩、留大分头的矮个儿，第一个将纸条递送到空姐手上，然后得意地回到了座位上。大家都纷纷地交了纸条，像学生交考卷一样。只有我连写都没写。我很茫然。在这世界上，我孤单一人，我没有收信人，写不写都无所谓。我很想叫那位空姐过来，对她说：除了包里的几份手稿以外，我一无所有，只有那还没到手的20万元保险金，留给你买化妆品吧。

但是，我迟迟不敢开口。那蒙面人一副剑拔弩张的样子使我害怕。蒙面人见没有动静又大声说：快！不要太啰嗦。少写点。我已经不耐烦了。

蒙面人叫唤着，手里的尖刀在不停地抖动。突然，我发现空姐那双美丽的大眼睛，朝我眨着。她的睫毛很长，长得前面都翘了起来。我感到那双眼睛像在暗示什么，但是又拿不准。我灵机一动：肯定是她在这么多人当中选中了我，并暗示我去救她。我心中一阵狂跳，猛地站起来，朝黑衣蒙面人直冲过去。蒙面人举起尖刀，对准我的胸部直刺过来……

我大叫了一声从梦中惊醒，发现一本精装书的硬封面皮正戳在我干瘦的胸口上。我是被书的硬封皮戳醒的。当时我正在睡午觉，临睡前，我仰卧在床上，端着一本英国作家乔叟的《坎特伯雷故事集》在读。《武士的故事》这篇还没读完，我就开始迷糊，在半梦半醒的时候，我正读到下面这一段："夏天过去了，漫漫的长夜倍增了情人与囚徒的痛苦……派拉蒙已经注定了永久牢狱，死于铁链桎梏；而阿赛脱则被逐，永远不得回来，否则即被处死，因而，再也见不到他心爱的人。"后来的事我一点儿也不记得了。

我想，那个噩梦都是由于书的封皮戳在我的胸口这一瞬间的动作引起的，否则，不可能有被杀的结局，也就不可能有前面飞机上发生的事件出现。我心里十分沮丧。为什么有的人在梦里做官，醒来后还有黄粱米饭吃。为什么有的人一杯清茶还没喝完，就招来杀身之祸呢？我想起了一个流传甚广的关于做梦的故事：

有一个仆人，每天晚上都梦见自己在当老爷。而他的老爷则相反，每天晚上都梦见自己在做仆人。一天晚上，老爷在梦里当仆人，正在扫地、浇花，突然看到他的仆人穿着自己的衣服从后门走出来，正要找自己的妻子搭讪。他大声叫道："你大胆！为什么穿我的衣服？"仆人摆出一副老爷的姿态和他说："快做工，少说话。"老爷只好忍气吞声，一边做工，一边盘算着如何整治这个仆人。第二天清晨，老爷早早地起床，他把仆人叫过来问："昨天晚上你干什么去了？"仆人说："我很累，早早地睡了。我在梦里做了老爷。"老爷愤怒地对其他家奴吼道："狠狠地打他的屁股，打肿了也没有关系。"仆人说："不要打我，昨天晚上我对你很客气。如果你这样待我，我都不知道今天晚上怎样待你了……"

每次想起这个美妙的故事，我就希望自己跟那个仆人一样，忘掉醒着的一半时光，沉浸在做美梦的另一半时光。当然，我可以不奢望像那位仆人一样的，有做老爷的好运气，但也不要像刚才的梦里那样，一刀就被捅死。

打开电视，地方台正在用方言播送午间新闻。我一边看电视，一边搬来一些与释梦有关的书。弗洛伊德的那一套我不怎么相信。我的梦中尽管也出现了女人，而且不止一个，但不能算是性梦。从前我也做过性梦，比这个梦要惬意得多。关键在于我为什么被杀了！这个结局令我不安。《黄帝内经》和佛经上有一些关于梦的解释，但都似乎不太靠谱。什么想梦、忆梦、曾更梦、引起梦之类，分得很细，像学术书一样，好像都与我的梦没有多大关系。

播音员正在播的一条新闻，引起了我极大的兴趣。一九九五年三月十七日中午，文昌路棠下街一位女士，午睡的时候忽然大声惊呼起来，醒来后发现一根又粗又长的毛竹自天而降，刺穿了房顶和蚊帐，停在她上方不到一米高的地方。播音员解释说，这根毛竹是平房附近一幢正施工的大楼的民工失手丢下来的。播音员还强调，希望城市建筑中的安全问题，能引起有关方面的重视。镜头在那位女士的脸部摇来摇去。几位记者围着她。画面上只有手势和说话的动作，没有女士的声音。她的动作配上了播音员的解说。

我决定秘密走访这位女士。

在一幢即将竣工的高楼下的老平房里，我见到了那位女士。她见我进屋后，脸上露出不耐烦的神情说：记者先生，我知道的都对你们说了。我没有什么新闻了。有些事情跟你们电视台也没有多大关系。

她大约三十岁，清瘦的脸上有一双很大、有些迷茫空洞的眼睛。我对她说：我不是记者。我也不采访。我只想与你随便聊聊。我是一个……怎么对你说呢？……我是一个经常从噩梦中惊醒的人。

对。从噩梦中惊醒。她接过我的话头，并带着信任的口吻向我诉说：

昨天中午，我正在睡觉。……我那位采购员丈夫突然回家了。……你知道，我这个屋子太小，孩子住的地方是用布帘子隔着的。……大白天的，……他强要我……我心里害怕，就开始使劲地推他。他从腰里拔出一把尖刀，就向我的喉咙里刺来……我从梦中醒来后，马上就被邻居们围住了。过了不久，许多带话筒的记者，还有背机器的人都来了。照相机、闪光灯、长长的话筒。他们众口一词地过问那根毛竹的事。而我对那根毛竹一无所知，鬼知道它是从哪里来的。当时，我没有办法，只是着急，就哭了起来，心里想着那个忘恩负义的家伙。当天晚上，我就上了电视。

我详细地向那位女士阐述了我的梦，她一边点头表示理解，一边猜测我的职业。她说我一定是一个工作清闲的人，还有时间专程跑来听她说梦。她说丈夫很忙，没时间听。我们彼此交流了一些做梦的心得后，我开始为我们的命运愤愤不平。我咒骂那个黑衣蒙面人和这位女士的丈夫。可是，她却对我说：我丈夫是个好人，他出差在外经常给我打长途电话，每次回来还给我带些小礼物。这些梦都不能怪他，怪我自己。我从小神经衰弱，常做噩梦。身体太差了。

身体太差了！是的。我们睁大眼睛盯着这个世界，却很少审视自己的身体。想一想，如果我的胸肌结实得像一堵墙一样，一本精装书掉下来，还不像一支鸡毛飘在胸口一样吗？怎么会刺激我做那个噩梦呢？怎么会把我惊醒呢？如果这位女士身体强壮，怎么会被一根毛竹刺穿屋顶的声音吓哭呢？唉，身体太差了！我对那位女士说，要多保重身体，就告辞了。

回到家里，我还在想做梦这件事。我想到书上找一些对付噩梦的办法。佛经上说“醒梦一如”，醒着和梦中都一个样。如果人的意志和肉体无法对醒和梦同时加以控制，它们就变成散乱和昏沉的状态。所以，不但要在醒时能控制自己，在做梦的时候也能控制自己，才能做到“醒梦一如”。佛教还发明了一种“修梦成就法”。这种法门修到了家，就能控制梦。要做就做，不做就不做。要梦水就梦水，而且还能将水梦成莲花，将火梦成琉璃。但是，这种“修梦成就法”理论十分玄奥，实践上要求也过高。比如，对个人的清洁卫生的严格要求。每天必须用三次热水净脚，牙齿也必须经常用粗盐猛擦等等。中国的方法比较简单。先贤说：至人无梦。至人就是神人、仙人，他们可以不死，还怕什么梦？什么凶杀？即使半夜鬼敲门也无动于衷啊。如果你总是噩梦不断，你就不是至人，因为你的身体太差。假如你的躯壳总是三病四疼的，你的魂魄住得也不舒服，它们就会经常出去散步，甚至远行去旅行。于是，别的精气便乘虚而入。于是，你每天晚上噩梦不断。于是，你每天就神经兮兮的，十分敏感。有人还说这是自我意识强的表现。

我爬到阁楼上搬下来一捆又旧又破的中医书。这是死去的父亲留下来的唯一遗产。其中有一本是与梦和病有关的。我就抄了一段挂在桌前。他们表明了梦与健康状态的关系：

血液不清而湿盛者梦水

生理发炎而火盛者梦火

血液循环太速而风气盛者梦飞翔

高血压者梦冲岸

低血压者梦下堕

肝病梦色青

心病梦色红紫

脾病梦色黄

肺病梦色白

神经官能症患者梦彩色

肾虚者梦色黑乃至恐怖惊悸而梦恶

根据这本医书，我可能同时患有血液循环速度太快和严重肾虚两种疾病。当我对一位老中医说，我想买一对猪腰吃时，他哈哈大笑起来，并用半教训半嘲弄的语气对我说：中医里的肾不是指腰子，而是指分泌腺、性神经、丹田以下部位的各种机能。你总不能买半只猪吃吧？头疼治头、脚疼治脚是毫无用处的。你要多活动活动头部和手臂。吃什么不要太讲究，清淡一点就行。但有一点必须注意，不能吃得太撑。

每天清晨，我都到白鹭公园的松树林里去倒立或者打太极拳。遵医嘱，我尽量少活动腿部，动手的时候就想脚，往左的时候就想右。松树林前面的草坪上，一个熟悉的身影在缓缓地移动。她就是那位经常从噩梦中惊醒的女士。

以上是安达的一份手稿。我一字不改地抄录在这里，供那些经常被噩梦困扰，尤其是爱做白日梦的人参考。

遗产

说到遗产，我想起了父亲临死时的一些往事。我从南方这座嘈杂的城市赶往父亲的病榻边时，他已经奄奄一息了。父亲是一位医术颇高的乡村医生，精通《内经》《灵枢经》。对“经络学”了然于心，几根银针使得十分神奇。他不但作为医疗代表队中的针灸专家，在坦桑尼亚和赞比亚的手术床上使外国人目瞪口呆，还让我外婆不得不承认她这位乡下女婿并不比另外两位城里女婿差。父亲在外婆心目中地位的改变，花了整整二十年的时间。

外婆的风湿性关节炎发作得最厉害的那一次，正是我父亲作为新女婿登门的时候。当外婆坚持要去市立医院时，父亲从提包里拿出一支竹筒，从中倒出了几根银针说：“不用去医院，我来试试。”外婆露出不屑的神情。在母亲的极力劝说下，她也不好意思再拒绝了。在一个月的疗程中，外婆经常说："现在是不疼。但你总不能让这几根针长期刺在我的关节上吧。"父亲沉默不语。他一边用拇指和食指捻动银针，往穴位的深处刺进，一边看着外婆的表情。当他发现外婆歪着嘴说太酸太胀时，便停住再换一根。后来，外婆一直在等待她的关节炎发作。但是，整整二十年过去了，她竟然安然无恙。如今，她正在忙着为她的女婿送终。

父亲见到我时，情绪非常亢奋。他嘴角常有的一丝傲慢，还有那严厉的表情不见了。我看着他浮肿的脸，知道那几根神奇的银针是救不了他自己的，心里十分难过。我与父亲在两个世界的边缘上亲切地交谈起来。彼此心中都充满了柔情。

你的哮喘病还经常发作吧？父亲问我。

很多年没有发了。到那个城市参加工作之后经常发作。我说。

我料到了。这就是我劝你不要到那里工作的原因。其实，你的病不是哮喘病，而是先天性呼吸节奏特别慢引起的。小时候我给你吃的药都是干酵母。吃不吃都一样。因为我知道你那种病是没有适当的药可治的，只有等你慢慢地习惯了环境，习惯了你生活的那个地方花草树木的呼吸节奏，就自然会好了。

我对父亲所说的树木花草的呼吸节奏感到费解，但又不好多问。父亲却越说越来劲。他说,《内经》上说，一吸走脉三寸。一呼走脉三寸。一吸一呼为一息。人一昼夜二十四个小时，呼吸一万三千五百息。这是《内经》那本书写作时代的呼吸状况。到你出生的时候，人一昼夜的呼吸已经是一万五千四百息了。而你那时只有一万三千息。……前些日子，有几位城里人来找我看病，我发现他们的脉搏急促而紊乱，我推算，他们的呼吸可能达到了近两万息了。但他们并不感到呼吸困难，因为那个城市的呼吸节奏，本来就是那么急促的。人与环境正好合拍。而你就不行。你与他们相比，呼吸还是很慢的，每昼每夜最多一万六千息。加上你生性好静，适应能力很差。我料到你的哮喘病要发作了。

你不用担心。我对父亲说。我的工作很清闲，又很少出门。并且我经常到公园里打太极拳。

打太极拳好像是能调节你的呼吸，父亲说。实际上你是在用你微弱的呼吸，与一个大都市急促的呼吸相对抗。要知道，整个城市几百万人的呼吸形成的气压，与你一个人的呼吸形成的气压相比，你就太难了。你总不能一天到晚打太极拳吧。再说，新闻里报道过，公园是城市的肺部。这个肺部今天也在不断地被污染。也就是说它也在不断地发生变化，等它变到与城市的呼吸节奏一样急促，你到哪里去打太极拳呢?

父亲的确言中了我的要害。几年来我一直感到自己在穷于应付。生活过得十分被动。但此刻，我总不能过多地表露这种情绪，给不久于人世的父亲施加压力吧？我想对他说些安慰的话，免得他到另一个世界里去了还要为我操心。但他举手制止了我，接着往下说：

你只有两条道路可以选择。第一，你离开那座城市，到乡下来。我教你几招粗浅的但能混饭吃的功夫。凭着我的声誉，你不会过得太差的。跟城市里的生存节奏相比，你不会太忙碌，有兴趣还可以写作嘛。第二，你必须改变你那好静的性格，活动起来，强迫自己与你那个城市的呼吸节奏合拍。开始一段时间，你的肺部压力可能很大。但你必须熬过去。时间长一点，你的肺活量就会大起来。记得小时候你老是躲在房间里不出门，是我打着赶你到外面去玩。直到八岁时，你才慢慢开始适应，呼吸道的病也自然消失了。你记住了我的话吗？

记住了。我装出一副很依顺的样子，嘴里说好的，心里却在想：你教我几招？那还是免了吧，儿孙自有儿孙福，我自有办法对付生活的，你不必太牵挂了。

父亲知道我的脾气。再说，他也没有精力来逼我选择。所以，他并不急于等我的回答。他说：我没有什么东西留给你，书架上那些医书对你也没有多大用处。我想你不会有多大兴趣去翻它的。只是做个纪念。看到它，你就想起你父亲是个医生，曾经救治过许多快要死的人。那时，我逼你背《伤寒论》和《汤头歌诀》。可是，我前面走，你后面溜，我就用绳子抽你。……我只有两样东西留给你。一是教你几招针灸的死功夫。就是几个固定的穴位对应几种小病，很简单。记住口诀：

肚腹三里求，面口合谷收

头项寻列缺，腰背委中留

昏厥掐人中，酸疼阿是游

这几个穴位都很好找。要注意，找穴位要准确，下针时要轻柔但又有暗劲。书架上那些银针你带走吧。

父亲说完，便抓着我的手，教我找到那几个常用穴位。他很愧疚地对我说：有些穴位我不能交给你。尽管你学的是文科，但你的骨子里还是物理学和几何学。你很难把握那些险穴的功用，弄不好会出事的。中医讲究头病医脚。有时，几个穴位的配合，下针也非常危险，不得多进一毫。这全凭感觉和神会，没有什么逻辑上的道理。这种感觉与神会准确不准确，真是个人的造化。中医理论与古代文化融会贯通，并不会比你那些小诗、小散文缺少诗意。可惜，我无法教给你。另外，涌泉穴这个部位看似不起眼，实际上是一个很重要又神妙的地方。我没有办法对你多作解释。希望你经常保持它的畅通清洁。

我默默地背诵了几遍口诀。对这个口诀的功用我并不十分关注，倒是它所押的韵律吸引了我：求、留、收、游，很顺口，押“由求辙”[1]。很有一点唐人风韵。我想起了韦应物的一首古风：

别离在今晨，见尔当何秋。
居闲当自遣，临感忽难收。
归来视幼女，零泪缘缨流。

父亲见我走神了，便摇摇头说：你别走神，待我交待完了，再去胡思乱想吧。

父亲从枕头底下摸出一个小绸布包，从里面拿出一块东西交给我。它既不像金属，也不像石头，土黄色，有点像硫黄，半块香皂那么大，父亲对我说：这块藤黄是你爷爷临死前交给我的，它奇毒无比，见血封喉，对毒瘤也有奇效。当时你爷爷把它交给我，并不只是叫我用它治病，而是让我用它以防万一。生活中总有许多意想不到的苦难。当你忍受不了的时候，的确想自杀。那些年代游街、挨斗、受辱时，几次想舔它一点。但我没有这样做。

1 由求辙：是北方曲艺中讲究的“十三辙”中的一辙，统领韵母是 ou 和 iu（iou）的字。

至于为什么，我也说不清。只有你自己今后年纪大了才会明白。

父亲终于死了。我选了几本心爱的书，还有一筒银针，一起放进了他的棺材。现在父亲教给我的针灸口诀，我还记得很清楚。那块藤黄，也一直收藏在我的桌子里。我没有按照父亲的遗愿行事，我既不愿意到乡下去，也不愿意去适应大都市急促的呼吸节奏。我一直在大城市急促呼吸，在与我缓慢呼吸的强烈反差中哮喘。

我惊奇地发现，哮喘就是我的写作，写作就是我的哮喘。我抒情的节奏与哮喘的节奏奇妙地合拍。有那么一天我不哮喘了。或者说我不写作了，我不知道会怎么样。但我想，我找不到服用藤黄的理由。

我一直沉浸在对安达的故事的讲述之中。如今，我已经分不清我所讲的，到底是安达还是我自己。为此，我曾经有整整三个夜晚不能下笔，难以成眠。我这才明白一位司机朋友对我说的话。他说，他在汽车的噪音、马达、车轮的控制下，最后分不清自己和汽车了。他还说：如果我开的车子在四百马力以上，我就成了车子的奴隶，不是我开车，而是车开我。

骑楼下

在人群中，我一眼就发现了他，一位戴着黑边玳瑁眼镜，左额有一块淡褐色斑块的年轻男子。此刻他正坐在中山路跟北京路交界的一个骑楼下，靠着骑楼柱子抠鼻孔。

那天傍晚突然下起了大雨。街道两旁遮阳避雨的老骑楼快拆光了，逛街的人只好都挤到那个孤零零的、看上去摇摇欲坠的骑楼下避雨，跟卖小杂货的流动摊贩混杂在一起。

人们一边避雨，一边跟小贩讨价还价地交易。政府的人用毛笔在骑楼立柱上画了一个大圈圈，圈中写着两个歪歪扭扭的字：即拆！以前，我总觉得那些老骑楼很结实，剥落的灰泥底下露出了又厚又宽大的老砖，当“即拆”这两个字出现在斑驳的墙上之后，骑楼好像立刻就摇晃起来了。要不是下这么大的雨，谁还会安心地躲在它的下面呢？骑楼里面那家商店的人正在用高音喇叭大声招徕顾客，说还有最后三天了，商品一律亏本出售。我知道那是假的，因为我每天经过这里的时候，都看到那块高悬着的墙上红布，上面写着“跳楼价，最后三天”的广告。那块红布已经褪色了，颜色不新鲜。原来的老店主已经拿了搬迁补贴，到别的地方开店去了。在拆除这些老房子之前，政府的人将店铺廉价出租。这些拿高音喇叭的人，是最近一两个月才来的。女人们总是不假思索地一拥而上，怕错过了“最后三天”的机会。

大雨降临这座城市，总是让人猝然不防，事先没有任何征兆。雨水洒落在干燥的水泥街道上，带起了一层白色的尘雾，使夜色中的灯光显得比平常柔和了许多。透过水雾，行人的脸似乎有点变形，模糊的表情在雨雾中飘忽不定。天气的突然变化，让城市处于一种短暂的瘫痪状态，就像停电一样。忙疯了的人，会抽空抬头看看天空，会想起这个世界除了高楼、电脑、股票之外，还有别的东西，还有风景和花草，还有人的笑脸。如果没有大雨、狂风、冷、热，城市里的人真不知道会疯狂到什么程度，也不知他们会麻木到什么程度。癫狂的行人，被突如其来的雨水浇得镇静下来了，定格在街道两旁，像木偶一样。

他，那个戴着黑色玳瑁眼镜的男子，此刻就坐在避雨的人群之中，坐在一张折叠的小凳子上，双手将装着货物的帆布包抱在胸前，眼神显得茫然虚无。他既不跟旁边的同行搭话，也没有叫卖，好像有点闷闷不乐，又像是在静候大雨的停歇。因为雨点的声音和节奏，既会减弱叫卖的声音，又会打乱叫卖的节奏，让所有的小贩都心神不宁。

向前走一百多米，向左拐弯，就是商业中心北京路。那条有点逼仄的，只有不到一公里长的街道，是这座城市的商业宝地，寸土寸金，名店荟萃，人气很旺。这里的商品种类和档次无疑是全国一流的，当然是体面人购物的天堂。有钱的人在这里可以买到任何一种中国的乃至世界的名牌商品，甚至东北乌拉草编织的拖鞋，藏族的银质饰物和藏刀，华南虎牙齿项链，民国时期的鸦片枪，王母娘娘的酒杯，七仙女的内裤，应有尽有，价格当然十分昂贵。

新上任的市长为什么还说要把它建得像北京的王府井、上海的南京路呢？唯一的解释只能是这条街在空间上的规模还不够。据说，街道将要加倍拓宽，还要让它一直延伸到江边的游艇码头去，将购物和旅游结合在一起。政府加大了投入，商铺的租金也涨了。除了少数财大气粗的国营商场之外，大部分店面都被香港人租用了。既想沾北京路人气旺的光，又没有能力在那里租赁昂贵铺面的人，都成了附近的“走鬼”，就是无牌经营的流动摊贩，或许还泛指那些身份不明的人。

我想起五年前的往事。那一年，我的父亲突然病逝。我感到悲伤，同时也如释重负。因为再也没有人能干扰我了。等父亲的丧事一办完，我就向我供职的那家国营企业的厂长，递交了辞职报告。干了多年的厂办秘书，我已经厌恶得不行了。可是厂长说我没有提前一个月打招呼就突然离岗，是一种目无组织纪律的行为，他将要在全厂大会上对我进行严厉的点名批评，扣除全年奖金。

我不理会那些，径直搭上了南下的火车。那时候我的想法很简单，找份工作就行，换换环境，把那些半辈子的倒霉窝囊丢到脑后去，跟领导一样的父亲和父亲一样的领导说拜拜。可是在北京路上一逛，我眼都直了，要找一份什么样的工作才配在这里逛荡呢？我整天都在阅读报纸的招聘广告栏目。我想找到一份跟这条伟大街道的气派相适应的工作。我想，月薪如果没有三千或者五千，就只配在这条街道附近的麻石小巷子里溜达了。

我记住朋友的忠告——看广告要看头条，版面大的。那条大广告正是醒目地躺在头条的位置，占了四分之一的版面，花边框里面印着广告词：

朋友，等的就是你！

雄辉精英人才服务公司

市劳动局主管

我花了全部积蓄的一半，买了一套西装，带上身份证，还有电大中文系的文凭和某名牌大学自费研究班结业证，还有几篇在省报发表的通讯文章的复印件，第二天上午直奔文化宫。十几家人才公司都在那里摆开了一副抢人才的架势。远远就看到一条白布横幅，上面写着一行红色的大字："雄辉——精英。"

一位戴黑边玳瑁眼镜、头发梳得铮亮的年轻人，远远地就向我微笑、招手。他好像专门在等我似的。我心里一热，毫不犹豫地走向了"雄辉"，走向了那位热情的年轻人。他长得很白净，很文雅。右额上有一块大拇指大小的浅褐斑。穿一件黑色衬衫，打着银灰色领带。左腰挂着BB机和随身听，右腰挂着手机。他一边看我的证件，一边热情地给我让座。

"一看就是人才，是不是？"他问他的同事，一位漂亮小姐。

"是呀。一上午了，就你文凭最高。"小姐笑着说。

"想找什么工作？当经理秘书？"

"不！"当秘书还要到这里来，我心里嘀咕。

"没关系，我这里有上千个职位等着你呢。"

"有没有文学编辑的位置？"

“搞文学？好是好，但工资太少。我建议你去当广告策划，既有文学又有钱。广告公司的位置不多，刚才来了几位，我都没拿出来。”

“我没有广告策划经验。”

“你的脑子就是经验。有些死脑筋干了一辈子也没有什么经验。”

我交给他一百元钱。他在桌子上写了一阵，然后交给我一张纸条，纸条上面写着歪歪倒倒的字，是“王马广告公司”的地址：丝竹岗二横路37号，北座B栋，小附楼201单元。

戴黑边玳瑁眼镜的男子说：你到了那里，就说“雄辉公司”让你来找李总的。李总是我的朋友。你先去吧，我马上就给他打电话，我会极力推荐你的。

那位坐在骑楼底下避雨的、戴着黑色玳瑁眼镜的男子，突然收起折叠小凳子，跟着众“走鬼”一起，撒腿狂奔起来。过了一会儿，他们又呼啦一声折了回来。因为他们发现，那位走过来的大盖帽，并不是稽查队的，而是一位和大家一样闲逛的军人。当他返回来的时候，逃跑之前没来得及收回的几张光碟，已经被过路的人拿走了。男子抹了一把脸上的雨水甩在地上，然后用手指将蓬乱的长发理了理，摘下黑边玳瑁眼镜，在T恤上来回擦了一下，接着突然仰起脸，冲天空扯起嗓子大叫了一声：“屌、你、老、母——”也不知他是骂拿走光碟的人，还是骂路过的大盖帽，或者他是在骂他自己神经过敏呢。当然也不能全怪他的眼睛，大家都跑了，在这个风雨飘摇的上午，谁能独自一人镇定自若呢？因为不管怎么说，跑比不跑都要安全。万一被抓住了，货物要全部没收，他这种买卖还得罚款。

戴黑边玳瑁眼镜的男子，将右手从背包带里退出来，把包挂在脖子上，高声叫嚷着：“靓碟劲碟大平卖[1]，港片西片国产片……”他突然发现，自己的老地盘已经被一位卖假牛角梳的外乡人占领了。他将装着光碟的米黄色帆布包往背上一摔，抓紧小折叠凳，一步一个脚印地朝自己的老地盘走去，背包带着欢快的节奏在他屁股上跳动起来。店铺里斜照过来的水银灯光，将他的脸部勾勒得轮廓分明。右额那块浅褐色的斑块，在惨白的灯光下变成了深紫色。为他增添了几分文雅的黑边玳瑁眼镜，已经挡不住眼里的凶光。旁边几位卖胸罩的妇女，见势早就悄悄地闪开了。那位卖假牛角梳的人大概是刚刚迁徙到这里的，还不知根底。只见两张嘴巴一张一合，叽里咕噜，来回还不到三个回合，戴黑边玳瑁眼镜的男子就坐回了自己的地盘。那只

1 大平卖：粤语，便宜卖。

装假牛角梳的木箱子，飞到十几米外的地方去了。

玳瑁眼镜突然盯住我看了一眼。我心想，他大概是认出我了吧。我试图避开他的目光。他却径直冲我招手，用普通话说:“过来啦，先生，买张碟吧。《美国丽人》，*American Beauty*，最新奥斯卡片。粉骚大联盟，触电之旅。优惠价，只需15元。想等香港电视台播放？至少等半年啦，过瘾的镜头还要剪掉。我这个是没有剪的。全市最平呐，买一张啦。……13元？ 12元？还不要？……咸碟看不看？也不看？那你没救了……”

说着，他转过脸招揽别的顾客去了，还不时地站起来四处张望一下。

我又想起了五年前的事。当时，我离开黑边玳瑁眼镜男子，紧紧抓住那张写着“王马广告公司”地址的纸条，就像抓住自己的命运。离家的时候，一位搞八卦的朋友帮我占了一卦，说我正行“木运”，却命在“明夷”，时运不大妙，只有往南方跑才能躲过一劫，即使到了南方，也要蜕三层皮。三层皮蜕完之后，让我给他写封信来。我心想，这“三层皮”的说法也不一定绝对准确，一个星期就能到公司面试，看来一层皮就行了。

天突然下起了雨。我转了三次车，还冒雨步行了一个多小时，才找到了丝竹岗二横路。后来我才知道，那一带是这座城市里最古老的市区，也是地形最复杂的地段。它的街道像蜘蛛网一样，开了多年出租车的本地司机也难免迷路。而且路的命名也不科学，光“二横路”就有三条，一条是二横东路，一条是二横西路，还有一条就叫二横路。三条路交织在一起。由于旧城改造得太厉害了，使人很难分清这三条路的路牌。

我紧紧抓住写着王马公司地址的那张纸条，在铺着褐色麻石的街道上走着。街道两旁的房子也十分古旧，深宅大院，青砖碧瓦。在这座现代化气息浓郁的都市里，这一带就像一个古老的黑洞。我从越王井路，拐上了栓马桩街，还没有见到丝竹岗二横路的影子。街上的行人稀少，冷清中透露出阴森的气息。几位行色匆匆的人，影子一样从我身边闪过，连问路的时间也不给我。我试图拦住一位小姐请求帮助，她却用伞挡住我，飞速地从我的左边绕了过去。

雨还在沙沙地下。天色晦暗不明，大约下午三点左右，就好像黄昏一样。纵横交错的街道被两旁的榕树叶子覆盖着。我好像行走在一条悠长的隧道里。树干上低垂下来的榕树须条，不时地打在我的脸上。街道上弥漫着一股陈旧的青苔味，还夹杂着鱼腥味。与繁华大街上刺鼻的汽油味相比，这种气味给人一种远离尘嚣的感觉，仿佛蝾螈的呼吸。一位老妇人正在门边的水龙头下剥一条四脚蛇。

她抬起头来看我，我发现她是斗鸡眼。她是不是在看我呢？因为她的脸正对着我，眼珠却是对着别处。我管不了那么多，走上前去向她打听我要找的那栋房子：丝竹岗二横路。剥四脚蛇皮的斗鸡眼老妇人，似乎不想理睬我，但见我用期待的眼神看着她，她只好举起手来，急促地比画了一阵，还说了许多话，我一句也没听懂。

我终于找到了丝竹岗二横路街道指示牌。我走进小街深处，在一幢铁栅栏上爬满青藤的小院子门前停了下来。铁门上有一个铝合金小牌子，上面写着北座B栋。既然是北座B栋，那么里面就一定有小附楼。既然有小附楼，那就一定有201单元了。从门缝中可以看到，里面那栋红色的小楼，墙上挂满了爬山虎。楼房前面有一块不大的空地，稀稀拉拉地长着黄绿交错的马鞭草，一条铺着青砖的路从草地中间穿过，连接着铁门和红楼。我按了一下门边那个乳头一样的按钮。大约几分钟之后，一位身穿黑色套装裙，身段婀娜，年龄却十分暧昧的女子，缓缓地向我走来。我的目光从她彤红的嘴唇上移开，发现她的脖子好像一点也不年轻。高耸的乳房十分僵化，有人工加固的痕迹，没有丝毫自然的颤动。她把脸凑近铁门，扇动着鼻翼，像蝾螈一样呼吸。

“小姐，您好。我找201单元。”

“什么事？”

“雄辉公司让我来找王马公司的李总。”

“什么熊呀马呀的？你在说什么我一点也不明白。”

“李总这里不是要招人吗？”

“李总回香港去了。我没听说过他要招人。”

“是李总的朋友介绍我来的。”

“谁是李总的朋友？招人不需要什么朋友介绍。我是人事秘书，今年没有招人计划。拜拜。”

她无情地撇下我，转身像企鹅一样摇晃着离开了院门。

我知道上当了。当我冒雨赶回文化宫的时候，人才招聘会已经结束，所有档口都撤了。我向文化宫的管理人员打听“雄辉”公司的下落。他们说，只有鬼才知道。我们的场地出租给招聘会，原定三天，但临时改为一天。从明天开始，场地要打扮成文化宫的样子，上面总工会要来检查了。

第二天上午，我怀着愤怒而又委屈的心情，打电话到市消费者委员会，投诉了“雄辉”公司。由于我居无定所，所以没有得到消费者委员会的答复。不久之后，我就伤心地离开了这座混乱而又诡秘的城市，直到一年之后才回来。我真的是如那位友人所言，蜕了三层皮才找到现在这份比较满意的工作。

我再一次把目光投向骑楼下。眼前这位卖盗版光碟的男子，肯定就是他吗？是的，应该是他，黑边玳瑁眼镜，额上有一块褐色斑。如果当年他二十八岁的话，那么现在应该是三十三岁了。而这位贩卖盗版光碟的年轻人，最多也只有二十七八岁。当他知道我无心买光碟之后，连看也没有看我一眼。他无疑只是将我当做普通的逛街者。他完全忘了给过我一张决定命运的纸条那件事。大概是因没有顾客而闲得无聊的原因，他又在用小拇指上的长指甲抠鼻孔，抠一下就往骑楼的柱子上刮一下。我看到他的右手食指上，带着一颗镶有绿翡翠的戒指。当时他给我写纸条的时候，我就见到过这颗绿色翡翠戒指。他发现我在打量他，不好意思再抠鼻孔了。他一会儿捏紧拳头不停地在骑楼的柱子上捶着，一会儿将装碟的帆布包拉开又拉上，显得局促不安，甚至有些恼火。

雨渐渐地停了下来。人群又开始迅速地流动，像打完盹的小狗一样。一阵大雨就像一出戏剧的幕间休息。现在，好戏又开场了。

我随着人流向前移动。这条通往北京路的小街，行人和小贩扭结在一起，像消化不良的大肠艰难地蠕动。街边到处都是廉价的内衣、丝袜、胸罩、吊袜带，盗版书籍、盗版光碟，乞讨者、流浪者、卖唱的、拉琴吹笛的。有一个人将铅笔绑在没有手的肘子上，正在给一位漂亮小姐画头像素描。还有一位断了双腿的，天天躺在立交桥底下，用粉笔写那段内容永远也不变的文字："人最宝贵的是爱心，当你回首往事的时候，不因碌碌无为而悔恨，而是因曾救助过一位残疾人而感到骄傲。”他在为有钱的体面人提供行善的机会。兜售假发票、假证件的人，将嘴巴凑近你的耳朵，蚊子一样叫着：“发票发票，毕业文凭。”两个假古董商诡秘的眼神飘忽不定，在一本正经地合演蹩脚的双簧戏，他们那套鬼把戏，除了他俩，所有的人都识破了。

身后传来一阵骚乱的声音。路边的小贩转眼之间逃得无影无踪。一群带大盖帽的正在摧毁小贩慌乱中丢下的工具。他们拼命地用脚踩那些小木箱、折叠凳，用手撕碎硬纸板，然后丢到路边的一辆带斗的小卡车上。

戴黑边玳瑁眼镜的男子，这一次没有逃掉。可能一心只顾抠鼻孔去了。两个大盖帽正将他往路边的中巴那儿推。他左手提着扯断了背带的米黄色帆布包，右手抓住那个快要散架的折叠小凳，地上还散落了好几张光碟。男子正在用粤语高声叫喊，既像是在骂人，又像是在做最后的申辩。一位高个儿大盖帽不吃他那一套，狠狠地推了一掌。他趔趄了一下，但又飞快地稳住了阵脚。突然，他好像是失去了理智，抡起帆布包，向高个儿的脸上甩去。一群大盖帽冲了上来，三两下就将他塞进了中巴。

男子的帆布包和小折叠凳掉在地上。一个大盖帽跳下车来，将装光碟的包捡走了。那张被毁坏丢弃在骑楼下的小折叠凳，躺在骑楼柱子边的泥水之中。

赞美诗

对于单身而言，最无聊的时间莫过于周末。好在认为周末无聊的大有人在，于是无聊也就有了改变。

又是一个周末的夜晚，我像往常一样，打算靠读书来熬过它。这时候，晚报的娱乐记者杨柳来了电话，约我一起出去玩。

杨柳说：我们去TNT吧？

我说：TNT是什么玩意儿？是地名？不是炸药名吗？

杨柳说：安达啊，你可以无聊，但不可以无知。TNT都不知道吗？它是我们这座城市的新地标，最著名的夜总会之一，最近火得不行呢。自从红蚂蚁被端掉之后，最火的就数它了。河东河西，东方好梦，红孩儿，恺撒，滚石，好一些的夜总会也就这些，但都没落了。而TNT则是后起之秀，风头正健啊。

我知道红蚂蚁，但不知道TNT。红蚂蚁不久前给扫掉了，当时也算是热点新闻之一，我也是参与采访的记者之一。那是一家香港老板投资的夜总会，刚开始的时候很火，渐渐地，生意便不大景气，就想用脱衣舞来招引顾客，其实也没有什么风光，只是穿了有一点点透明的比基尼，在台上走几个劣等时装模特秀而已。被人传说成了“脱衣舞”。

清场的时候，有位小文人被参与突击检查的公安干警认出来了。那位好心的公安干警想放他一马，就对他使了个眼色说：“先生，你是路过这里的吧？”小文人大概是太紧张了，便如实交代说：“不是路过，我是专门来看的。”公安无奈，只好又问：“你是第一次来吧？”小文人说：“我不是第一次来，我来过很多次，记不清了，让我想想，好像是第三次。”气得那位公安干警抓起他就往警车上扔。

这个新出现的夜总会名字很古怪，TNT，听起来像烈性炸药的名字。老板可能是想让大家都疯狂起来，不能自控，那样的话，他数钱就会数得手指抽筋。

我在报社里是机动记者，哪里有突发新闻哪里就有我。我最喜欢的就是数死尸，我会指着一排尸体，一个个地点着数，我报道出来的尸体数，你可以绝对放心。我在嘈杂而拥挤的街道上，劳碌奔波了一周，周末才有空闲清静一下。

我在书桌前坐下来，安静地想念着刘舒拉，那个在市郊一所中等专业学校当英语老师的女孩，我梦中的情人。我们是在从上海到广州的火车上认识的，车厢里都是到广州报到的毕业生。我是文学系的，她是外语系的。满车厢女同学中，刘舒拉聪明秀出，我被她深深吸引。此后我们一直保持书信联系，后来有了手机，就打电话发短信，但却很少见面。是啊，天天见面的人不一定能产生爱情，很少见到的人也不一定没有爱情。我不断地给刘舒拉寄求爱信。但我这位梦中情人有些高冷，她对我爱理不理，但也没有断然拒绝，给我留下了遐想空间。我周四就开始约刘舒拉进城，但她说要接待从上海过来玩儿的同学。所以，我周末就打算一人空转了。我模仿鲁迅先生的打油诗，也胡诌了一首，想献给我的梦中情人："我的所爱在市郊，想去寻她路遥迢，低头无奈泪沾袄。美人赠我迷魂药，无以回报把心掏，从此痴心恋上她，不知何故兮横竖睡不着。"

杨柳人很好，就是话多，天上地下什么都知道，而且总是抢在你前头发言。我觉得杨柳长得很漂亮，人也很可爱，唯一缺点就是身材太丰满，高耸的乳房容易让人想入非非。不过我对杨柳谈不上爱情，见到她我很开心，分手后也就忘了。就像她跟我的关系一样，她见到我总是嘻嘻哈哈，大大咧咧，一点爱情都没有。我们更像是哥们儿，或者说像闺蜜。她只要在周末约我出去玩儿，那一定是失恋了。

我对杨柳说：我又不喜欢跳舞，到夜总会干嘛？

杨柳说：不跳舞就不跳呗，看看也好啊。你也该长长见识了，别老是躲在家里。

我说：你是不是又被男人抛弃了？

杨柳说：你说话不要那么难听好不好？喂，你知道TNT为什么火起来的吗？那里刚来一位著名的DJ，艺名叫“小豹子”，长得漂亮，关键是DJ水平一流。……唉，一时半会儿跟你也说不清，你出来吧，我在TNT对面的绿荫阁咖啡厅等你，有位朋友已经在那里等我了，你快点过来吧。

我匆匆赶到绿荫阁的时候，杨柳已经在那里等我了，她旁边还坐着一位留长发的、很有艺术气质的小伙子。一看就是那种需要姐姐照顾的小弟弟型男人。

绿茵阁是一家连锁咖啡店，古色古香，门面和里墙都是用红砖砌成的，没有任何装饰，有一种欧洲中世纪城堡的味道。里面的小摆设，还有墙上挂的饰物，看上去好像跟其他咖啡店差不多，实际上却很讲究。那些挂在墙上的画，说不上是一种什么风格，我的第一直觉就是，毕加索风格与中国古代春宫图的杂交物，人的欲望和人的审美精神，在这种画面上遭受着双重的扭曲，因而显得更加真实。据说是一群流浪画家专门为这家咖啡厅画的，为的是感谢它，给流浪者提供了一个自由交流的场所。房顶上可以直接看到房梁，上面绑着一些松枝，小灯泡闪烁着微暗的光亮，的确很有情调，是一个相聚的好地方。

杨柳向我介绍了她身边那位小伙子。他叫陆地，毕业于北方一所师范大学的美术系，分配到本市一所中学当美术老师，不到一年就辞职了，现在是一家广告公司的美术师。

陆地穿着带风帽的黑色T恤，领口上挂着一副墨镜，腰边挂着一圈时髦玩意儿：中间是一个精致的皮腰包，两边有大哥大和BP机，爱华牌随身听，微型俄国军用望远镜，肩上还挎着一个小皮包，是一架小巧的数码摄像机。

杨柳帮我要了一杯咖啡。陆地拿起身边的奶壶，从对面伸过手来，准备往我的咖啡中加牛奶，但突然又停住了，问我喝“奶咖”还是“清咖”。我说“清咖”。陆地那在半空中停住的手只好收了回去。他脸上有一丝尴尬，然后好像搓了搓手。

陆地转过脸对着杨柳，好像是接上了他们聊天的话题：我喜欢女孩子穿那种深色格子的呢裙，英国皇家风格那种，南方的女孩不大穿，北方的女孩喜欢穿那种裙子。我来到这边，在街上看到穿这种裙子的女孩，就有一种亲切感。

我一看，杨柳穿的就是一条深色的格子呢裙。陆地无疑是在奉承杨柳，但也不是直接而肉麻的那种，而是很专业地在谈论服装风格。陆地外表很潇洒，打扮很前卫。但跟他寒暄几句，他就有点紧张，脸都涨红了。其实，他还是不善于周旋，却装作一副很老练的样子，显得有些幼稚。我因此原谅了他，把挖苦的话都咽了回去。这小子不但懂美术，对音乐也很有兴趣。今天晚上他来看“小豹子”打碟，还想顺便拍些录像回去做广告片用。

沉默了一阵之后，陆地开始谈音乐。这时候他显得比闲谈和寒暄时要潇洒得多。他点燃一支“万宝路”香烟，使劲地吸了一口说：我就喜欢生烟草的味道，我不喜欢熟烟草，不过也马马虎虎对付。我最讨厌的就是混合香型的烟草，半生不熟的，北方有一种很时髦的烟，就是属于混合香型，我抽不了那个。

我本来也想摸出烟来抽，我的烟正好是混合香型的。听他那么一说，我悄悄地把手缩了回来。他见我盯着他吸的烟，就把烟递过来，接着说：DJ（Disc Jockey）这个名词已经用滥了，什么人都说自己是DJ。无线电台里耍嘴皮子的音乐主持人，舞厅里随便放放碟的员工，都声称自己是DJ，笑话。我看将来那些在公司里管理音响的电工，可能也要自称是DJ了。DJ是一种技术要求很高的职业，没有很高的音乐素养，没有很强的驾驭唱片的汇音能力，没有一种即兴的创造才能，还叫什么DJ呢？为什么叫他“唱片骑师”呢？如果说唱片是奔马，DJ就是驾驭那些奔马的骑手。

我对这个职业十分陌生，陆地这么一说，我还真想了解一下。

陆地说：这座城市之所以没有出现DJ追星族，主要原因就是没有专业DJ。真正的DJ不会用现在的流行音响和CD碟，而是用那种老唱机和老式的胶木唱片，一个人同时控制着好几架唱机和几张唱片。你想想，CD碟放进电唱机里，看不见摸不着，你怎么去驾驭唱片呢？怎么打碟？TNT里的DJ，就有点像样子了，那个“小豹子”，也算得上是一个不错的DJ。这里有可能会因她，而兴起DJ追星族。待会儿你们就能看到，“小豹子”在汇音时的一系列动作，已经不是纯粹的技术动作了，而是变成了一种类似舞蹈艺术的东西，跟整个舞厅融为一体。

我说：可不可以在录音棚里，请专业人员来汇音，然后录好音，再拿到舞厅来放呢？

陆地说：那怎么可以呢？那完全是两回事。“打碟”就是一种即兴创作，是根据当时舞厅里的情绪和气氛来的，只有当时才能出效果。

大约8点半的时候，对面的TNT夜总会门前开始热闹起来了，那些青年男女们不知从什么地方冒了出来。陆地一边付绿荫阁的帐，一边说：我们去TNT吧，今天我买单。

我说：AA制比较好。杨柳说：今天陆地的生日，所以一切都由他做主，我们不用管，只要他高兴就好。说着我们就往TNT去了。

TNT分成东厅和西厅，中间有一排半高的屏风隔着。东厅比较大，是跳舞的，西厅摆着几十张小桌子，供大家喝啤酒聊天。靠墙放着一排黑乎乎的音响设备。我们在临街的一张桌子边坐下来，要了几扎生啤和一些零食小吃。正式跳舞还没有开始，正面的舞台上有所谓的时装队在表演，水平很差，但穿得很暴露。边上两张桌子坐满了老外，据说是留学生和外籍教师。他们中有很多人，实际上是在香港长大的，所以都能说粤语，跟广州人聊天比我还要方便。你跟那些老外说普通话，他们听不大懂。这会儿，一位黑人小伙正坐在舞台上弹吉他，用中英文双语演唱，下面的人一齐在唱和着，是滚石乐队的《泪流满面》：

傍晚时分，我坐在那里，看孩子们玩耍
笑容挂在他们的脸上，但却不属于我
我坐着，看着，忍不住泪流满面
身无分文，我多想听见，孩子们的歌唱

有声音萦绕在我的耳旁，是雨水打在地上

我坐着，看着，忍不住泪流满面

傍晚时分，我坐在那里，看孩子们玩耍

那些我曾经做过的旧事，他们都觉得新鲜

我坐着，看着，忍不住泪流满面

陆地说黑人歌手的声音一般，但气氛出来了，特别是大家的和声，更有氛围。陆地叫我们先喝点啤酒，等那帮低级模特儿下场之后就可以听音乐、跳舞了。我想到是陆地生日，就举起酒杯敬他。陆地一口就干了一大杯。此刻整个西厅里是一片喧闹声。

杨柳不时地举起手，向远处的人打招呼，陆地有时还端着酒杯到有熟人的桌上去跟朋友敬酒。杨柳是娱乐记者，在娱乐场所自然是如鱼得水。陆地看样子也是这里的常客。

整个西厅里烟雾缭绕，乱哄哄的。大家好像很喜欢这里的混乱气氛。杨柳说，这里是流浪诗人、流浪画家、音乐人、歌手、记者和自由撰稿人相聚的地方，只要到这里来，就能认识很多臭味相投的江湖朋友。突然听到一阵骚乱，唿哨声此起彼伏。陆地说："小豹子" 来了。

我抬头一看，一位穿西服、戴眼镜、四十岁左右的、很有绅士风度的男子，陪着一位年轻的女郎，出现在舞台上。男人是TNT的老板，他把DJ介绍给大家就退场了。

女郎坐到舞池正前方的一个小平台上，拿起麦克风跟大家简单地打了个招呼。她头发削得短短的，染成了浅黄色，穿着一身银色的紧身薄皮衣，整个表情、打扮、风度都很酷。我惊呆了，脱口而出：刘舒拉，是刘舒拉！杨柳说：什么刘舒拉？“小豹子”的本名叫舒拉。咦，你怎么知道她叫舒拉？

我说，我不知道她叫舒拉，我只知道她叫刘舒拉。好吧，总之，我现在见到的就是她，那是千真万确的刘舒拉。我觉得这就是舒拉，就是那种能让很多人瞩目的明星式的人物，就是“万人迷”，她的样子，她的风度，她的一切，都决定了她不会默默无闻。我心里既五味杂陈，又为她高兴。

舒拉先是放了一首古老的流行歌曲，是甲壳虫乐队的《昨天》：“昨天无忧无虑，今日烦恼四起。噢，我相信昨天，猛然间发现今非昔比。过去的生活多么单纯，不知她为何要离我远去。噢，或许是我的错误，我不得不躲闪离去。我喜欢昨天，我喜欢昨天。”其实这是一首慢歌，曲调舒缓而带有怀旧情调，很能调起现场那些流浪者的情绪。这时，只听到一阵阵的碰杯声，还有咕噜咕噜的喝酒声，甚至有人开始啜泣。旁边桌子的黑小伙儿，举起啤酒杯，转过身来，对杨柳说：“饮杯啦。”杨柳说，谢谢，并提醒他说普通话，或者说英语，我们听不懂广州话。黑小伙儿说“唔该”，并用生硬的普通话对杨柳说：“等一下请你跳舞。”

那首《昨天》的歌，声音越来越小，慢慢地成了一种背景音。扩音器里突然传来一阵节奏强烈的鼓点，还伴随着“啾——啾——啾——”的怪音，让人焦虑不安。陆地说，这是手摩擦唱片的声音。开始那舒缓怀旧的曲调，已经在渐渐地隐去，被强烈的节奏所取代。舒拉在台上手忙脚乱地忙活。她站起来，身段迷人。她伴随着强烈的音乐节奏在扭动，她好像是在把刚才那令人沮丧的、感伤的怀旧情绪，一片片地撕碎，抛向空中。她好像是在用纤细的手指，掐断通向过去的线索，并且让所有人都随着那些碎片一起在此时此刻尽情地狂舞。《昨天》那首三四十年前的怀旧歌，就这样被舒拉解构了，就这样被她改成了一首新的、与我们此时此刻的复杂感受密切相关的歌了。

我这时候才理解陆地所说的DJ即兴创作的意思。舒拉一边扭动着腰肢，一边对着麦克风大叫：“跳起来吧，小傻瓜们！”她还对着麦克风，发出一种节奏强烈的、类似佛经咒语似的声音。有点像窦唯离开“黑豹”后单干时唱的歌。那种具有魔力的声音和急促的鼓点，使全场的人都疯狂地扭动起来。

我和杨柳、陆地，跟着全场人跳了起来，边跳边移到了东厅。那位黑小伙子儿也跟着杨柳跳了过来。他跳得疯狂，而且中看，我好像听到了他的骨节相互摩擦的嘎嘎声。他半蹲着围绕杨柳转圈，双手在两只飞快地颤动的膝盖上画圈圈，好像有一种强烈的力在体内迸发出来。

强节奏的音乐停下来之后，舒拉放了一首《鸽子》，让大家放松一下，喝酒聊天，让那些年级稍大一点的人跳跳三步四步。我写了一张纸条，叫小姐送给“小豹子”，说散场后我在门口等她。我让杨柳和陆地先走一步。杨柳说要留下来陪我，我说自己约了人。

我等候在TNT门前的路灯下，夜风吹来了阵阵寒意。过了很久，舒拉才缓缓地从小边门那边走出来。她装束变了，酒红色紧身连衣短裙，外面套一件烟灰色风衣，款款地朝我走来，像一阵轻风一样。她的外表变化比较大，主要是发型变了，但自信的神情依然如故，丰满苗条的身材，迷人的鸽子眼，性感的嘴唇也没变。

舒拉走近我说：老板找我谈事，让你久等了，抱歉。

我说：没关系，能见到你我已经很高兴了。还在那所学校吗？

舒拉笑了笑说：是啊，周末才出来炒更[1]的。你过得怎么样？

---

1 炒更：粤语，指下班后兼职或打临时工。

我说：还可以，……总想约你见面，又怕打搅你。

舒拉说：这不是又见到了吗？看来都是缘分。

我陪刘舒拉在街上走了一段。

她说她本来计划近期辞职，但情况又有些变化，所以要再等一阵才能决定。

我们分手之后，再也没有舒拉的消息。

半年后，我到她学校去找她，她的同事说，她早就辞职了。

刘舒拉，舒拉，我的情人，我的梦，还有著名DJ“小豹子”，她就像一片美丽的云彩一样飘走了，不知所终。

旷野集

三个女性故事

六祖寺边的树皮

1

树皮，快到姐姐这里来。禅生活馆的女主人喊道。

蜷缩在大厅沙发上的棕褐色小狗，听到女主人的叫喊，连忙扑过来钻进她怀里，又用脸在她手臂上蹭了蹭，然后将下巴贴在她大腿上，两条前腿伸出来，护住脸部。

我对犬类的知识有限，辨别不出这只小狗是什么品种，但可以肯定它不是沙皮狗、斗牛犬、吉娃娃那类特征明显的品种，因为这只小狗长得很漂亮，五官清秀，身材匀称，符合传统审美标准。我不确定它是不是本土田园犬。小狗树皮身上的毛油光发亮，它跑动的时候动若脱兔、身姿灵巧，颇有猎犬风姿。树皮静静趴在那位自称“姐姐”的女子身上的时候，静若处子，无辜的表情和若有所思的神态十分迷人。我盯着它看，它也盯着我看。它似乎在猜我的心思。我很喜欢这只叫树皮的小狗，但不好意思过于急切地表示出来，我怕冒犯树皮的姐姐，所以看一阵，又转过脸去跟树皮的姐姐搭讪。

树皮的姐姐大约二十出头，说话带潮汕口音，中分的长发披在肩头，微黑的皮肤很有光泽，眼神柔和清亮，性格活泼开朗。她说她高中毕业之后就没有读书，从粤东来到粤西，开了这家“风仪禅生活馆”。她说她不喜欢读书，一读就头晕，尤其是晚上，读了还失眠。自从离开学校，头晕症和失眠症都没有了，人也精神了许多。说完，她咯咯地笑起来。她说她喜欢养花、插花，还喜欢做菜，每天吃的素食都是自己做，晚上睡觉前还坚持练瑜伽。

树皮的姐姐坐在一只原木根雕大茶几前，忙着为我冲茶。尖笋似的手指灵巧而修长，指甲上涂了一层晶亮的指甲油，上面点缀着小花瓣，漂亮的手让人心生嫉妒。茶几上放着一盒名片，上面印着“风仪禅生活馆 麦春娟（经理）”字样。麦春娟，无疑就是树皮的姐姐的本名了。麦春娟把泡过几次的茶叶倒进垃圾桶，换了一种茶叶，用开水冲洗了茶叶和茶杯，然后给我添上颜色金黄的新茶汤。

麦春娟说：新换上的茶叶还是单丛，不过属于另一种香型，叫“鸭屎香”。她举起茶杯边的闻香杯说：你闻闻，是不是闻到一股鸭屎的味道？我从不知道鸭屎是什么味道，所以只能茫然地摇头。她微笑道：没闻到？再闻，闻到了没有？我还是摇头。她安慰我说：不用着急，慢慢闻，仔细闻。

看来我不闻出一点鸭屎味道来，她是不会善罢甘休的，于是我只好说闻到了。她松了一口气说：很好，你闭上眼睛，深呼吸，再往深处闻，是不是感觉到鸭屎的味道消失了，茶汤里渐渐传出很浓的香味？

我想到“物极必反”的道理，到了极限的事物，一定是很难找到合适的词汇来描述。极限的“香”味，就只有用它的反义词“臭”来描述，别无他法。这叫“相反相成”。我对她说，真的很香，好茶啊！

麦春娟听到我夸她的茶，露出满意的表情，她又指着我对小狗树皮说：这是来做客的姐姐啊，树皮，新来的姐姐漂亮吗？

树皮朝我摇了摇尾巴，鼻翼轻微地扇动了一下，继续盯着我的眼睛看，大概还在猜我的心思。我很想对它说：“树皮，你不必猜疑了，我很喜欢你。”但我只是心里嘀咕了一下，没有发出声音。我心想，树皮要是识字就好了，我可以用粉笔在小黑板上写：“树皮你好，你很可爱，我们交个朋友吧！”

树皮的姐姐麦春娟说：树皮呀，你羞不羞啊，那样盯着这位新来的姐姐看。

树皮伸出前腿，在鼻尖上挠了几下，接着与我对视。

我转过脸去观察禅生活馆内的陈设。正对着大门的北墙，竖着一排高大的书架，上面摆满佛教经典和普及性读物，可以随意取读。右边是一排低矮的玻璃货柜，里面摆着一些手串、挂饰、明信片、佛像雕刻等纪念品。大厅正中摆着两只沙发，还有几张小方桌和一些小方凳，供阅读、休息或饮茶用。我们坐在进门左边的茶艺区，围着大茶几喝茶。墙上贴着宣传素食、友善、节俭的招贴画。门边的小黑板上，用粉笔垂直划出一条线，一边是茶点和饮料的价格，另一边是“禅生活馆12月活动安排”，着重提示的是“周末一日禅”课程内容：第一周是“国学读经课”，第二周是“瑜伽形体课”，第三周是“灵触催眠课”，第四周是“生活艺术课”。

天色已晚，乡村小街两旁的路灯亮了，昏黄的灯光使得小街愈发寂寞。禅生活馆里空荡荡有些冷清，除了我没有其他客人。

麦春娟说：平时人又不太多，这么大的场地就有点浪费。可是一到周末，我恨不得有两三个这么大的地方，还嫌不够用呢。这个周日是生活艺术课，从广州请了专家来教大家做素食，下午还有插花课，有空可以来看看。

我对她说：那真不错啊。很遗憾，我已经买了周日回北京的机票。

2

我独自一人到粤西，是来出席一个国际女性诗歌大会。文化局和旅游局合并之后，诗和远方走到了一起。地方政府搭文化台，唱经济戏，用文学带动旅游，到处都在邀请作家来开会，一般都会邀几位外国作家，比如俄罗斯、巴基斯坦、乌拉圭的。说是说开会，其实就是来当观众，白天和晚上都在看地方文艺工作者表演，敲锣鼓、扭秧歌、耍狮子、唱红歌，热闹非凡。但看多了也很乏味。

从热闹的地方回到酒店，大家都沉默无语。尽管都是同行，彼此或多或少知道对方的名字，见面时也很礼貌地微笑、打招呼、寒暄，但你能够明显地感觉到，彼此心里有一道无形的藩篱隔着，不能通达。所以，看上去人很多，真正要聊到一起也难。男人们试图用喝酒这种极端的方式，来打破交流障碍和内心藩篱，其实就是想借酒装疯说真话。女人们则喜欢跟闺蜜一起散步看风景，跟花草树木合影。没有闺蜜的时候，她们宁愿孤单一人。

在黄昏孤独症的驱使下，我独自离开酒店，在大路上信步走着，通过手机地图发现，早有耳闻的“六祖寺”就在附近，太惊喜了！我立即按照手机导航的指引，沿着贞山大道朝西南方向走去。行至六祖寺山门前的时候，寺院已经关门。我很沮丧。其实我应该想到这个结果，但我还是赶在寺庙关门的时候来了。接下来，我只有原路折回了。途经这条小街时，发现了这家“风仪禅生活馆”，距离六祖寺大概一里路的样子。我想了解一下六祖寺附近的村民的日常生活，便走了进来。

禅生活馆的主人麦春娟，热情地邀请我坐下来喝茶。她说好像在哪里见过我。她一边拍着脑门儿一边想。过了一阵，她说想不起来了，反正都是有缘人，见面就是缘。

我被她的热情点燃，话也多了起来。我说：我跟六祖寺也算是有缘分。我的故乡“蕲黄广”地区，就是鄂赣皖三省交界的蕲春、黄梅、广济三县，是一个佛缘深广的地方。我老家湖北广济梅川镇，唐代永宁县城所在地，就是禅宗四祖司马道信的老家。道信的弟子五祖弘忍是邻县黄梅人，五祖寺也是我少年时代经常光顾的地方。那个“菩提本无树”的著名偈子公案，还有弘忍向惠能秘传衣钵的故事，就发生在黄梅五祖寺。惠能经江西越大禹岭，再过韶关到广东，先隐居粤西，后在法性寺受戒。我曾经在广州工作过，当时走的也是经江西过韶关的线路，不过我是坐火车。

麦春娟说：哇，这么巧啊！你哪一年在广州做事啊？我也在广州开过店呢。快快快，我们加个微信吧。麦春娟的微信名叫“荞麦”，她说她皮肤黑得像荞麦。我的微信名就是我的本名苗青。

突然，树皮的嗓子里传来低沉的“唔唔”声，有些娇嗔，大概是在提醒我们注意它。我转过脸来，见树皮还在看我，便跟它打了个招呼：嗨，树皮，刚才我们没有理你，你生气了吧？树皮的姐姐很严肃地对它说：树皮啊，不可以这样子，你一直盯着这位姐姐不放，色眯眯的。你们男生就这样，看到漂亮女生就发痴。原以为你树皮很高冷，现在看来，你也不例外啊。树皮摇了摇尾巴。

晚上九点，六祖寺那边传来晚祷的钟声。我觉得时候不早了，打算回酒店。当我站起身来时，发现裙子好像被什么东西挂住了。我低头一看，树皮不知什么时候从它姐姐身上下来了，它正在使劲地咬住我裙子的下摆不放，还拼命拉扯。我的心顿时像融化了似的，腿一软就坐在了凳子上。我说：树皮啊，你不想我走是不是？你喜欢很多人聚在一起喝茶聊天是不是？你不喜欢大家分散是不是？

树皮的姐姐突然生气了，对树皮喊起来：树皮，你越来越不像话了，你还咬着这位姐姐的裙子啊？还不快点松口！等一下你干爹来了，看他怎么教训你。

六祖寺里的钟声显得更加幽远：“铛——，铛——，铛——”。只见树皮抬起头来，双耳往上竖起。看来树皮对晚钟很敏感。

树皮的姐姐说：听到敲钟了吧？寺里的晚课结束了，树皮，你干爹就要来了。说着，她用眼睛的余光注视着门外。

树皮松开咬住我裙摆的嘴巴，跳到门边的一张椅子上，趴在那里听我们聊天。

树皮竟然还有干爹？我脑子里浮现出一个凶狠的中年男子形象。

麦春娟对我说：树皮的干爹很爱树皮，但树皮却很怕干爹，因为它干爹人很闷，不喜欢说话，树皮有些拿不准。不像我唧唧喳喳，树皮反而不怕。她点击一下手机屏幕，看了一眼时钟，然后伸长脖子朝远处打量，说树皮的干爹怎么还不来呢？

3

麦春娟拆开一包莲子酥递给我，说单丛茶有点凶，可以吃些点心压一压，接着又开始给我讲树皮和干爹的故事。

春娟说，济生，就是树皮的干爹，本姓苏，老家是安徽潜山。他是去年春天来到六祖寺的，不过现在还是居士，主要工作就是管理寺里的网站。寺里规定，应聘居士必须同样严守戒律。寺里的日常管理很严，没有特殊情况，不能随意出寺门。

春娟说，济生是个素净人，不吸烟，不喝酒，也不沾荤腥，没有什么特殊嗜好。每天除了本职工作，一心跟其他师父诵经持戒。不到两年，《地藏经》倒背如流，我都服了他。他本来跟我一样，也不喜欢读书，他还说六祖主张“以心传心，不立文字”。现在他可喜欢读书了，每天早晚都诵经。书读多就显得呆，我说他呆，他还不服气，就去问他师父。他师父对他说，呆一点好，呆一点做事更踏实，更有恒心。于是济生就继续他的呆，没事便躲在自己房间里练习画画。济生对春娟说，绘画是他小学和初中唯一得过优的课。济生认为自己有绘画的天分。

春娟起身，走到北墙边书柜那里，拿出一张工笔画给我看，说是济生画的。画面中间是一尊古佛，边上画着一位穿红肚兜的孩童，面容鲜艳活泼，又含有古佛的圣洁，那孩童正仰头朝着古佛微笑。

春娟说，济生唯一的毛病，就是特别喜欢喝可乐，他不喝白开水，更不喝茶，让他坐下来饮茶，就像要他的命。济生说这是他小时候养成的习惯，他奶奶疼他疼得不行，要什么买什么，每天都吃桶装牛肉面，喝冰镇可乐。

春娟说，她还记得第一次见济生时的情景。去年春天的某个晚上，下着小雨，晚上大约九十点钟的时候，六祖寺传来晚祷的钟声。春娟正准备打烊，突然来了一位年轻和尚，二十出头的样子，小跑着进了店门，问有没有可乐，最好是冰冻的。春娟说，常温的有，冰冻的没有。和尚说加点冰块也行啊。春娟说店里还没有冰箱，哪有冰块。和尚只好拿起一支大号可乐，咕嘟咕嘟一口气喝了大半瓶，把剩下的夹在腋下，转身消失在雨里。那个和尚就是刚招聘过来的济生。从那以后，济生隔几天就要来买可乐，先是拿起一支咕嘟咕嘟地喝一通，然后还要买几瓶带回去。

春娟说，第一次没有满足济生想喝冰可乐的愿望，心里有些愧疚。济生离开之后，他喝可乐的样子一直在春娟脑子里盘旋。仰起脖子，喉结滚动，发出咕嘟咕嘟的响声，一张一合的鼻孔里好像在冒烟，喝着喝着，烟慢慢消失。然后停下来，抬起胳膊，用灰色长褂的袖子去抹嘴巴，贴在嘴唇上那些细嫩的毛绒胡须竖起来了。

春娟说，我这里本来就应该配冰箱，就买了一个。济生再来，我就从冰箱里取出冰镇可乐，让他喝个够。我会为他准备一些素食，五香豆腐、凉拌鸡枞、素油山笋之类的。喝完可乐，济生就在茶几边坐下来跟我聊天，聊寺庙里和尚师父的生活趣闻和背诵经文的心得；聊那些离家出走的年轻人的故事，他们自称看破红尘，哭闹着要出家，三天就逃跑了；聊他自己正在构思的一幅画。有一次，济生对我说，他在想，是马上受戒剃度还是再等一等。济生摸着自己泛青的头皮，露出迷惘的样子。

春娟说，我劝济生不要着急，这么大的事情，再好好想一想，你要是犹豫不决，说明还有顾虑，还有牵挂。济生抬头看着我说，他没有什么顾虑和牵挂，奶奶过世之后自己才离家出门打工。济生说，打小他父母就很少回家，开始还回来过年，后来就剩他跟奶奶两个人过年了。其实他父母早就离婚了。济生说这些的时候很平静，我听了却心痛。

春娟眼里含着泪花。她抽了一张纸巾，在被睫毛膏卷得翘起的睫毛上按拭了两下说，我希望济生不要出家，在六祖寺做居士也很好啊，晚上下了晚课，可以到我这里来喝冰镇可乐。最近这一段时间，济生不是两三天来一趟，而是每天晚上都要来的。这是因为他把树皮寄养在我这里。说完，春娟又看了一下手机上的时钟，伸长脖子朝门外的马路上张望，说济生怎么还不来呢。

4

树皮嗓子里又发出“唔唔唔”的声音。树皮的姐姐说，树皮啊，别着急呀，你干爹马上就来了。春娟又转过脸来对我说，济生是个守时的人，每天晚上九点十分准时到我这里。现在都九点二十了，还没来，那一定是有什么事情耽搁了。

春娟接着讲小狗树皮与济生干爹的故事。

济生看上去大大咧咧，其实心挺细。一周前的一天，济生进城去买宣纸和墨汁，黄昏返回六祖寺，在中巴上打瞌睡，才到绥江边，他就稀里糊涂下了车，看时间还早，就决定步行回寺。走到贞山村的时候，突然发现一只小狗，孤零零地趴在树下干枯的树叶和树皮上。小狗的毛是深褐色的，跟树皮颜色一样，不仔细看还看不出来。济生眼尖，远远就发现了那只小狗。他朝小狗吹了一下口哨，小狗立即睁开眼睛，站起来朝济生摇头摆尾，好像专门在这里等济生似的。济生蹲下来，摸了摸小狗的头说，你一个人在这里干什么？是不是你爹娘不要你啊？快回家去吧，我也要回家。说着起身就走。

济生踩着路上的树叶，发出沙沙的响声。回头一看，那只颜色像枯树皮的小狗，还跟在他身后。济生笑着说：树皮，你请留步吧，不必远送了，请回，请回！说完便迈开大步往寺里赶。济生走了一段，回头一看，小狗还跟着他。济生就说：树皮啊，你不能跟我走，我去六祖寺呢，你也想出家啊？快回吧，你家里人找不到你会着急的。正好有一位村民从旁边路过，说不知道是谁家的狗，趴在这里已经有几天了。

济生继续往前走，小狗继续跟着他。济生停下来，小狗也停下来，不停地摇尾巴，还往济生脚上靠，用身子去蹭济生。济生的拒绝之心有些动摇，他急得连连后退说：你不要这样啊，树皮，我不能带你走，你不能跟我到寺里去的。济生说完，转身就跑，一边跑一边回头看，只见小狗也跟着他飞奔起来，济生快跑它也快跑，济生停下来它也停下来。济生跑得气喘吁吁，蹲下来对树皮说：你别闹了行不行？快回家去吧，再闹我就要生气了。小狗树皮拼命地朝济生摇头摆尾。济生说：树皮，你再这样胡闹，我就要迟到了，耽搁了晚课，我师父就要罚我背书，罚我扫地，还要我做我最不喜欢的事情，就是洗碗，甚至有可能把我赶出寺门呢。树皮不理会济生，还在摇头摆尾，眼睛里流露出哀求的神情。

看着小狗哀伤的眼神，济生连忙闭上眼睛说：不要，不要，不要！济生站起来，双手合十，不停地念着“阿弥陀佛”。济生又蹲下来对小狗说，树皮啊，你真的想跟我走吗？你没有奶奶吗？你没有爹娘吗？你一个人过吗？那真是有点可怜，有点孤单，晚上会害怕的。你也想出家吗？小狗“唔唔”叫着对着济生摇尾巴。

济生抱起树皮就走。他一路小跑，要在晚课开始之前赶回寺里。等他赶到的时候，晚课已经开始。济生慌忙将树皮反锁在自己房间，然后赶到晚课现场，悄悄溜到自己位置上。师父朗照法师睁开微闭的双眼，看了济生一眼，接着继续念经。不远处传来树皮“唔唔”的叫声，还有咬门的声音，济生急得浑身冒汗，好不容易等到下晚课，正要回去看树皮，却被师父朗照法师叫住了。朗照法师严厉地说：不要养宠物，哪里抱的送回哪里去。

济生急得不知怎么办。济生说，他决不会将树皮随便丢在寺庙外面不管，任由它自生自灭。济生说，他想到树皮一个人到处流浪的样子，就很伤心。他说他伤心得口渴，就到我这里来喝冰镇可乐。济生抱着树皮到我这里来了，说他捡了一个干儿子，寺里不让养，想寄养在我这里。我一看，天呐，一只棕褐色的小狗，蜷缩在济生怀里，那么可怜的样子，小眼睛盯着我看。我立刻说，好啊，好啊，留在我这里吧，我帮你养。我不好意思说自己是小狗的干妈，我就只能做它的姐姐了。我说，快来，到姐姐这里来。小狗跟我也是一见钟情，很有缘分，顺势就往我怀里钻。济生说，就叫它树皮吧。我说，颜色真像树皮，好好好，叫树皮很好，我喜欢这个名字。

就这样，树皮在我这里安了家。每天晚上，只要听见六祖寺晚课后的钟声，树皮就特别乖，静静地躺在沙发上等它干爹。

春娟拿起手机，用微信的语音通话说：济生啊，今天来喝冰镇可乐吗？再不来我就要带树皮回家了。

5

九点半的时候，远处传来沙沙的脚步声。春娟放下茶杯，侧耳静听了一下说，是苏济生来了，树皮啊，你干爹来了。

渐近的脚步声让树皮和春娟都兴奋起来。我觉得，在这里再待下去不大合适，就打算离开。春娟说，还早呢，苗姐再坐会儿。说着，站起来走进厨房，从冰箱里拿出一大一小两支冰镇可乐。我对春娟说，你一晚上都在说济生，通过你的描述，济生的形象已经印在我的脑子里了，看不看都无所谓。我这样说，人却坐在那里纹丝不动，其实我内心还是想见识一下济生本人。春娟说，你认识一下济生嘛，看我说的跟你见到的是不是一样。

说话间，济生就出现在生活馆门前。他穿着一件齐膝的灰色袍子，打着布绑腿，一双黑色千层底布鞋，轻步走了进来，一阵风似的。他先对春娟说，不好意思啊，春娟，今天有事耽搁了，来晚了一点，让你久等了。说着，伸手接过春娟递过来的冰镇可乐，咕嘟咕嘟喝完了一小支。接着走到树皮身边，把它抱在怀里说，树皮啊，一天不见，你在这里乖吗？没有跟姐姐淘气吧？

春娟说，树皮今天可淘气了，差点没把苗姐的裙子咬破。

春娟又指着我，对济生说，这位是苗姐，黄梅五祖寺那边的人呢，她从北京来，到我们这边来开会。我们有缘，聊了一晚上，我跟她讲树皮的故事。

济生起身，双手合十给我行礼，然后说，很抱歉啊，树皮没有吓着你吧？

眼前的济生，比我想象中的济生还要俊秀些。他中等身材，五官清秀，眼神清亮，眉宇间露出不俗的神情。传说中的那种被视为“有慧根”的人，应该就是济生这个样子吧。如果我是法师，我会收这位济生为徒的。假如我是一位高僧大德，我可能会三更半夜把他叫到密室里，偷偷地将衣钵传与他，然后嘱咐他漏夜出奔，免得被那些衣钵觊觎者害了性命。济生被我看得有些局促，低下头去逗树皮。

我也发现，春娟看济生的眼神，分明有爱慕之情。她坚持让我留下来见一见济生，或许也有一点炫耀的意思吧？她是要让我看一看，她的济生有多么棒呢。唉，我想什么呢，净是坏心思，挺邪乎的。我一个过客，六祖寺也罢，风仪禅生活馆也罢，春娟和济生还有树皮也罢，都是云烟，飘过眼前就没了，我还是赶紧回酒店吧，再赖在这里，就有些没脸皮了。但凭直觉，我隐约感到，眼前这个济生，并不像春娟描述的那样开朗，好像藏着什么心事，或者有某种他自己也不一定明白的牵挂。这是我瞬间的感觉。

我站起来，跟春娟和济生告别，又抚摸了一下树皮的头，跟树皮说再见，然后就回酒店去了。晚上我失眠了，想了很多心思，还把自己在这个世界上所牵挂的人挨个儿捋了一遍，接着又帮济生捋了一遍他所牵挂的人。他最亲近的奶奶过世了，剩下就是树皮？或春娟？其实他还有爹娘，长期在外打工不回家的爹娘。

第二天上午我正在开会，收到“荞麦”（春娟）的微信语音。我戴上耳机收听，听到了春娟带哭腔的声音。

春娟说：苗姐，济生昨天晚上是来告别的，他突然说他要离开一段时间，而且不确定是否还会回来。今天早上，他过来带走了树皮，只留给我一张画，是昨晚他熬夜画的。临走的时候，树皮躲在他干爹怀里，头都没有回啊！

春娟把济生的画拍成照片发过来。我点开一看，构图跟春娟昨晚向我出示的那张画差不多。画面中间依然是一尊古佛，但左下方画的不是孩童，而是一只小狗，一看就知道画的是树皮。小狗树皮，仰头注视右上方，朝着那尊古佛微笑。

黄菊花的米兔

1

在我家做了十几年卫生的谢玉贞，要回绵阳老家去做奶奶。想到要离开打工多年的北京，她有些不舍，平时沉默寡言的人，话突然多起来。我说：你才五十出头，就要做奶奶，太早了点吧。谢玉贞说：哪里早啊？张老师，我二十岁生大女儿，二十二岁生二女儿，二十四岁生儿子。儿子就要满二十七，叫二十八，都二十九了，快三十岁的人啰，再不做，村里人还不知道要说出什么话来哟！谢玉贞说话的时候，长脖子上的头连连往前栽，像鸡啄米似的，但眼神笃定，僵直少变。她按照乡下的惯习，把二十六周岁的儿子，一下子说成了三十岁。回老家前，她介绍同在一家快捷酒店打工的老乡黄菊花来替她。

黄菊花在我家一晃也做了一年多。黄菊花跟谢玉贞的年纪差不多，也说着带普通话口音的西南官话。她们做事都很麻利，每天利用傍晚的边角时间，三下五除二就把我家收拾了。她俩的差别也很明显，谢玉贞是“闷葫芦”，黄菊花是“敞嘴坛”。闷葫芦谢玉贞，每次过来，都是只做不说，别人的事情看在眼里，不妄加评论；自己的烦恼藏在心里，不随便透露。敞嘴坛黄菊花恰恰相反，高兴不高兴，都摆在脸上，挂在嘴上，整天像只鹊鸟，叽叽喳喳叫个不停。黄菊花说话的时候，身体纹丝不动，像领导讲话那样端着，但眼神却很活泛，四处飘荡，不停地朝这个世界抛媚眼。

黄菊花不但评论我们家里的事，还评论国际国内时事。电视里播报反腐消息，她撇着嘴评论道：老走夜路总要碰到鬼，生不带来死不带去，你贪那么多干什么哟？电视里播报国际新闻，特朗普正在演说，黄菊花评论道：美国总统的发型像“抱鸡婆”哟，还是毛主席发型好看。南方人把浑身鸡毛松垮翘起的正在孵小鸡的母鸡，叫“抱鸡婆”。黄菊花还说，普京的眼神看上去好像很凶，其实“骚”得很。默克尔一出现，黄菊花就捏着自己腰部赘肉，咯咯咯地笑，说年纪大了身材就变成那样，说自己年轻时腰跟水蛇似的，走路的时候要使劲儿地憋住，不让腰摆动得太厉害，怕村里人骂自己是妖精。黄菊花每次来搞卫生，我们家里就充满了欢声笑语，沉闷的书斋仿佛变成了生机盎然的农贸市场。黄菊花手脚和嘴巴并用，哪儿都不闲着。她敞开嘴巴，把自己的身世、经历、爱恨、委屈、希望，一股脑从敞嘴坛里倒出来。

2

端午节那天休假，黄菊花一早就来敲门。看得出她精心打扮过，涂了口红，脸上有淡妆，穿一条弹力牛仔裙，精神抖擞，充满活力的样子。就是裙摆稍稍短了一点，紧裹着屁股，露出半截大腿，跟年龄不大相称，但偶尔疯狂一下也无伤大雅。她说：平时总是匆匆忙忙，今天要彻底搞一下，不留卫生死角。我爱人说：黄姐今天很漂亮啊！黄菊花咯咯地笑着说：哪有你漂亮啊。我爱人说：黄姐的新裙子很好看啊。黄菊花说：好看啥啊，绷得紧显肚子，裙子也不新，是去年在“动批”买的，现在开服装店的人都被赶走了，买衣服不方便。

我爱人说：今天是休息日，别做了，歇一歇，快坐下来喝茶吧。黄菊花笑着说：你们喝，你们喝，我没有喝茶的习惯，我要么喝水，要么喝酒。我说：咦！看不出你还能喝酒？我这里正好有瓶好酒。黄菊花推辞道：说着玩儿的，哪里真喝酒啊。我说：今天就不要做了，快坐下来吧。说话间，我们已经将粽子、咸鸭蛋、花生米、火腿肠和一些卤菜摆上桌。我爱人让我们先喝，自己要下厨去。黄菊花一把拉住她说：你也坐下，我谢谢你们，如果你要去做菜，那我就不喝！

我给黄菊花的酒杯，斟满国产的高度烧酒，屋子里顿时飘满那种著名的“国酱”气息。我爱人不会喝酒，拿来一瓶低度的日本清酒，说是“贺茂鹤”的，让黄菊花也尝一口。黄菊花品了一口说：勾兑酒，舌头酒。我觉得黄菊花是真懂酒。国产高度烧酒，追求的不是舌感，而是上颚感和口腔感，最后是头腔感，有点唱高音C的感觉。所以我爱人没听懂黄菊花的话，还附和着说，对对对，日本清酒舌感很好。

黄菊花举起酒杯说：谢谢你们，我先干为敬。说完脖子一仰，干了，然后把空酒杯对着我，等我干杯。我口里说好好好，心里犯嘀咕：糟糕！喝酒的都知道，女人要么不喝，要是她敢端起酒杯说“干杯”，那基本上是喝不醉的。有位女同行也是这样，平时滴酒不沾，有一次被两位虚张声势的文学教授逼急了，端起酒杯对着干，一人把俩爷们儿喝到桌子底下去了。我颤声对黄菊花说：这第一杯我干掉，接下来我可不能跟你干，但我会陪你喝，你一定要喝好。黄菊花用酒场老江湖的口气说：张老师，谦虚啊？打埋伏啊？我说：不是谦虚，也不是打埋伏，我酒量真的有限。黄菊花说：真的啵？跟我老公一样不会喝？那好，你随意吧。我说：你啥时候学会喝酒的？黄菊花说：我在镇上做过事，陪着干部吃喝，就学会了。

我们频频举杯，你来我往，不知多少个回合。黄菊花开始还稍稍有些不好意思，推让着不敢放开喝，慢慢地便开始放松，到后来就开怀畅饮了。我却越喝越拘谨，有时喝半杯，有时喝一口，有时甚至是咪一点点。喝着喝着，黄菊花的话就更多了。她说：张老师，不瞒你说，今天是我到北京打工二十年的纪念日，我是1998年端午节那天离开老家出门打工的。

黄菊花说：我本来也不想离开老家，不想跟老公和两个儿子分开过，没办法啊，我只能出来。如今，我一家分开四处，逢年过节才能凑到一起。开始是分两处，我一个人在北京，我老公在家照顾两个儿子和九亩田地。我老公，唉，就是个木头，笨死了，他死活不肯出门。我大骂他说，你是个死人啊，你就躲在家里孵小鸡吧！你就在村里跟他们打哈哈吧！大儿子没考上大学，到昆山去打工，一家就分成了三处。等到小儿子大学毕业后去了佛山，一家人就分成了四处。好在有手机，联系起来方便。我跟小儿子用视频聊天，跟大儿子用音频聊天，跟我那个木头老公只发文字，有时候文字都懒得发。木头就打电话来，哇啦哇啦大声吼叫，说你为啥没个电话啊？为啥短信也不发一个？你做啥子啊？我对木头说，你吵死啊！我忙得恨不能分尸，一边上班一边还要做钟点工，我看你是闲得皮痒骨头胀吧？其实我心里也惦记他，但我更记恨他，想起过去心烦。

黄菊花放下酒杯，拿起手机，拍了我和我爱人的照片，发到了她和儿子们的微信群里，然后对着手机录音说：我在张老师家喝酒，今天没有做卫生。小儿子立即就回了话说：妈妈，少喝点啊，别喝醉了，注意身体。黄菊花说，小儿子乖，还是单身。大儿子刚结婚，有了老婆忘了娘，讨个昆山人做老婆，相当于上门女婿，我算是白养了他。每到过年的时候，两口子就要吵架，一个要在昆山娘家过，一个要回绵阳看父母。结果总是我儿大年初一或初二，一个人赶回来。我看着心疼，就说，儿啊，你不要赶回来，心里记得你娘就行。

黄菊花继续喝着酒说：刚离开家的时候，想儿子，想得晚上睡不着，躲在被子里哭，住在一屋的谢玉贞说：你吵死啊？谁没儿子啊？那时候我还没有用手机，每周都到西直门立交桥路边的电话亭打长途，三十元一张的磁卡，打到绵阳一次就打没了，心痛啊。现在儿子大了，我人也老了。说着说着，黄菊花就开始流泪……

3

黄菊花高中毕业没考上大学，只能回乡务农。黄菊花说，后妈不顾她高考落榜后的心情，整天冷嘲热讽翻白眼，黄菊花跟后妈大吵了一场，然后就赌气嫁到了离黄荆村五里地的吴家湾。丈夫吴得桂，初中的同桌，也是个闷葫芦，他在学校里的时候，整天追随着黄菊花，但只是远远地跟着，不亲近、不骚扰，不搭腔。

黄菊花说，他像狗一样跟着我。我们踢毽子、甩呼啦圈、跳橡皮筋儿，他都站在边上守着，赶都赶不走。周末放学回家，路过他们村的时候，他不直接回家，跟着我多走五里地，把我送到我们村口才回头。周日黄昏返校，他一定在他们村口等着。我最害怕他的眼神，跟我们家黑狗挨骂时的眼神一样。但我不想跟他好，我学习很差，他比我还要差，考试还抄我的。数学老师说，你们俩倒好，穿一条裤子，错的地方都一样。同学们都哈哈大笑起来。因为吴得桂的母亲去世了，他裤子破得快要露屁股，也没人帮他补。老师这么一提醒，大家就联想到了他那快要露屁股的破裤子。我很害羞，叫他不要抄我的作业和试卷，也不要老是跟着我。他不听，继续跟。我正要冲他大声吼叫，但一看到他黑狗一样的眼神，心就软了。

初中毕业的那年，吴得桂卷起铺盖滚回老家去了。我侥幸考上了高中，但不是潼梓县中，而是宝狮镇的高中。八十多人一个班，只有不到十个人能上大专和本科。我想，我搏命也要搏一把，哪怕考个师专也好。我对吴得桂说，你不要吵我，让我好好读书，我必须离开我那个家，要不我就没命活了。吴得桂点点头，从此消失了。

记得是高三那一年，快要高考了，一个周六的黄昏，我回家去取点东西，路过吴得桂的村子。快到村口的时候，远远见他正在那里手之舞之地说话，边上围着一群人。我发现他变化很大，个子长高了许多，不像黑狗，像黑牛牯，光着膀子，一条毛巾搭在肩上。他香烟斜叼在右嘴角，烟雾熏得他一只眼睛闭着，嘴都歪了。见到我，他连忙把烟头吐在地上，用脚踩住旋转了一下，然后盯住我看了半天，像傻子一样。边上的人喊叫起来：黑牯（他的小名儿），讲完啊，咋不讲了？没见过女人是吧？吴得桂不理他们，对我说，这么晚回家？我送送你。他把我送到村口，问我什么时候回学校。我说，学校复习很紧张，明早就回。他转身就走了，看着他的背影，我心里一酸。

第二天我改变了计划，早晨没有返校，在家里休息了一天。正在读小学的小妹对我说：姐啊，多待一天嘛，陪我玩玩嘛，我妈又不在家，你不在家我总是想你。我父亲是个“耙耳朵”，你们不懂？就是“妻管严”，这时候也说，在家歇歇吧，功课也不在这一天。我只好留下来。再说，我有些害怕见到吴得桂，想避开他，所以一直拖到黄昏才离开家。路过吴家湾的时候，没有遇到熟人，我暗自庆幸没见到吴得桂。其实，如果他不过多地打搅我，见见也无所谓。

穿过村庄正要过潼江桥，天哪，只见该死的吴得桂，正坐在桥头的石头上呢！见到我，他露出惊喜的样子。他说他在这里整整守了一天，他说他很担心我。我心里突然涌出一股暖流。这个世界上还有人记挂我，把我放在心上，我总以为自己命如草芥，卑贱得很，没人疼，没人爱。看到他喜悦的表情，我有点感动。转而我又有点怨他，他这样做只会分我的心，影响我备考。

吴得桂把我送到了宝狮镇边的大路口，远远地能看到学校了。他突然快走两步抢到了我的前面，挡住我的去路，用黑狗一样的眼神死死地盯着我，盯得我心慌。他涨红着脸，结结巴巴地对我说：菊花，我不再打搅你，你好好备考，你一定能考上的！……要是考上了，你就不要搭理我，……我就到你读书的城市里去打工，守着你。……要是万一……万一没考上，你又不想回你那个家，那也没关系，你就到我家来！……我不会让你委屈的，不会让你吃苦的！

讲到这里，黄菊花突然哈哈大笑起来，笑得眼泪都出来了。她放下酒杯，抽纸巾擦了擦眼泪说，我家木头说得好听，不让我委屈，不让我吃苦，结果呢？我一个人在外面打工二十年！不是打工委屈，也不是打工多苦，苦不过作田。是木头让我受了委屈，我才出来打工的！别人欺负我，骚扰我，他都不敢上前去，窝囊废啊！唉，他老实，胆子太小。我不怨他，我怨命！

4

黄菊花接着说。高考我果然落榜了。我知道我成绩不好，但我一直认为自己能考上师专。可是命运就像我后妈那样冷酷无情。落榜后我在家里熬了一年，就像歌里唱的那样：风刀霜剑严相逼。三百六十五个日子不好过。有一次，我一个人跑到江边上，哭了一整天。我对着江水说：娘啊，你为什么不保佑我啊？你是要我去陪你吗？我妹妹怕我跳江，就一直跟着我，拽着我的手说，姐姐回家，姐姐回家。我突然想起，吴得桂那次在路边对我说的话，像是咒语控制了我命运，心里顿时冒火。我对着江水大声叫骂：吴得桂，你这个该死的，你为什么说那样的话？你个千刀万剐的东西啊！我妹妹说，姐啊姐啊，吴得桂是谁？

我妈叫吴德芳啊。我说，我不是骂你妈，我初中同学叫吴得桂，他说我一定能考上，万一没考上就嫁给他。你听出来没有？吴得桂的心思在后面那半句话上呢。我妹妹说，呸呸！不要嫁给他，不要嫁给他！

高考落榜后，我不想在家里撑我后妈的眼，也不想给我父亲出难题，但我实在是无处可去。出门打工？我哪敢啊？我还没满二十岁啊。再说，那时候并不流行出门打工。我也想过死，我真的想过要去找我娘，但事到临头我又害怕，站在江边不敢跳。我想到我的父亲和我的妹妹，还有吴得桂，这个世界还有爱我和我爱的人啊！

黄菊花又干了一杯酒，抽纸巾擦了擦嘴唇和眼睛，继续说。在我最绝望的时候，是吴得桂陪着我。我们两个村庄，黄荆村和吴家湾之间，被一座叫馒头山的山坡隔开。那天晚上，我们两个在山坡上坐了一夜。我死劲地哭，吴得桂死劲地劝，一直到天亮。那是我第一次跟男人离得那么近。第二天，两个村子都传开了。吴家湾的人说，别看黑牯笨头笨脑，搞女人还有一套呃。黄荆村的娘们儿说，黄老三家的那个贱货等不及啊。我后妈对我父亲大喊大叫，要赶我出门，说你养的好闺女，败坏家风。我父亲对她说，是啊，不像话啊。我父亲对我说，别理她，也不要顶撞她。

后来，我就草草地嫁给了吴得桂，没有嫁妆，连个婚纱照都没有！吴得桂父子，两条光棍，两个劳力，条件不错，就是家里脏乱差，像个猪窝，臭烘烘。来了个女人，把家里收拾得整齐干净，顿时有了生气。父子俩再也不穿破衣服和脏衣服。吴得桂的父亲整天乐呵呵地到处夸我。同族的其他女人就不乐意了，闲言碎语。说我像妖精，腰那么细，扭得那么厉害，翘起屁股招男人。说我穿得那么好，不像个劳动的样子。说我眼睛朝天上翻，全是白眼珠子。说我涂口红是在勾引男人，见到男人就抛媚眼。说夜里听到我喊叫。反正他们是什么难听就说什么，恨不得把我说死。

我读了高中，再多考几分就是大学生，好歹也是知识分子，不跟她们那些没文化的农妇一般见识。村里的风言风语我一概不理。不过有时候也很窝火，真想把吴得桂父子两个大骂一顿。但转念一想，尽管是吴得桂求着我，可也是他们收留了我啊，人要有良心，我不能给他们添乱。我是抬头看天、低头做人，四五年下来，我默默地给吴得桂生了两个儿子，大儿子吴刚，小儿子吴勇。生了儿子，做了娘，村里的女人的闲言碎语才慢慢开始消停。我心想，谁不服气？来呀，生儿子给我看看啊！乡下有时候讲道理讲不通，只有做给她们看。

吴得桂的族兄吴得堂，是吴家湾的村长。吴得堂喜欢扮演老大的角色，但他没有什么威望。他老婆王香英，是长舌妇的代表，整天嚼舌根，谁的坏话都说。她生了四五个闺女，就是生不出儿子，吴得堂揍她的时候就拿这件事来说。王香英挨了打，咬牙切齿地发誓，还要继续生、生、生，不生出儿子来誓不罢休。村长家里带头超生，她后来就被镇上计生办抓去阉了。王香英从镇医院回来，披头散发坐在自己家的门槛上，敞怀裸胸、哭哭啼啼，咒天诅地。她怨自己生一大串，也没个儿子，奶都变成了猪婆奶，结果还被阉了，前世造了什么孽啊！

黄菊花说，奶完老二之后，突然发现自己变化蛮大。从前在中学住读，饭菜都不够吃，营养不良，面带菜色，现在脸色红润起来，根本用不着化妆。从前身子是扁的，就像个“芦柴棒”，现在身子丰满圆润起来了。用村里人的话说，现在才算是长开了。人就是那么怪，从前没有长开，娘们儿风言风语贬损她，现在长开了，她们却无话可说。难道从前的那些闲言碎语，就是想阻止一个瘦弱的女子长开？后来眼看着越长越开，阻止也阻止不了，所以也就作罢？

吴得桂还有一个族兄吴得令，在镇上当领导，那一阵经常来我家。吴得令县师范文科班毕业，在镇政府当文书。不久前刚刚提拔为副镇长，分管科教文卫。吴得令在村里的威望蛮高，不仅是因为他有文化，在镇上当官，还因为他为人公道，关心村（族）里的事情，比如主持吴氏宗祠的重建。

吴氏宗祠原来在村子前面临河的空地上，但三十年前就坍塌了，成了一个废墟，祭祀的时候，香火只能插在瓦砾的缝隙里，人也只能跪在草地上。吴得令召集族内几位长者商量，决定重建吴氏宗祠。他又是筹款，又是拉赞助，把吴家的祠堂修到了村后公路边的小山坡上，尽管离水远了，但位置高、视野好，同样也能看到河。祠堂的规模也比原来大了不少，门前柱子上的对联都是他写的！村里人都说，新祠堂的风水更好。那些年，村里人家家户户都在建新房，日子也越来越好，都说吴得令做了一件好事。吴得令尽管是公家人，住在镇上，但也经常回村里来。其实他就相当于“族长”。所以，他每次登门，吴得桂和他爹都当成大事，隆重接待，不敢怠慢。吴得令有文化，谈吐得体，说话知冷知热，在镇上当领导，又是吴得桂的族兄。因此我很尊敬他。

那天，吴得令又上我们家来了。他盯着我看，眼神里饱含着关切，咳嗽两声，对吴得桂说，黑牯啊，菊花是有文化的人，跟着你这个粗人，你不要亏待她。吴得桂站在那里像苍蝇一样搓手，只知道点头，不知道说话。听了这话，我心里舒服。我说，谢谢得令哥的关心，我要感谢全村人对我的照顾，我和得桂还要好好照顾爹。吴得令说，你听听、你听听，有文化的人说话就不一样，我跟村主任说了，让菊花去当村妇女主任，抓一抓计划生育工作。

黄菊花说，当时我真的很感激吴得令，不知该如何谢他。从娘肚子里来到这个世界上，除了吴得桂整天跟着我要娶我跟他生娃之外，从来就没有人重视过我，吴得令是第一个。士为知己者死啊！我把吴刚和吴勇交给了吴得桂父子，一心扑在了工作上。

计划生育工作很难做。人家要生儿子，你不能说不要生吧？有人就说，黄菊花，你少来烦我，你自己生了儿子，就不让别人生啊？有的人是先生儿子，后生女儿，有的人是先生女儿，后生儿子。我下一个就是儿子，你不想让我生出来，你堵得住吗？你黄菊花是先生儿子的，再生一下试试看，保证就是个女儿。你看你看，那些伶牙俐齿的媳妇儿多么难对付啊！

我在村妇女主任位子上干了一年多。那是1990年前后嘛，每天忙忙碌碌，但没什么收入。办公事的那一天，就给记十个工分，没公事的时候，就回自己家种地去。可是我每天都在办公事啊！你好意思每天都报工啊？我觉得工作不能计较报酬，要对得起别人的信任。好在吴得桂和他爹都支持我。他们觉得我有能力，命中注定不要种田。

5

那天，吴得桂跟他爹一起去镇上卖芝麻和花生，很晚都没回来。我牵着吴勇溜达到村口。天气转了秋凉，太阳快要下山的时候，风有些冷，吴勇的鼻涕都出来了。我正要往回走，远远看见吴得令骑着自行车来了。他左脚踩着车子的踏脚板，一直溜到我身边还刹不住车，风把他的头发吹得飘起来，露出秃顶。他右脚落地后还在小跑，说吴得桂还在后面，让我回家去说话。

吴得令走进堂屋，盯着我看了好一阵，嘴巴快要凑到我脸上，油腻的头发上一股菜籽油味。他呵着烟臭亲昵地说，菊花啊，你干得很好，镇上很满意，打算借调你。眼下正在搞机构改革，妇联、计生办、爱卫办都缺人手，妇女主任刘海娥，突然生大病，请了长假。镇上等着用人，我就推荐了你。你去先顶着，暂时算镇聘人员，每月补贴50元钱。至于以后怎么办，得看你的表现，才决定是否转正。吴得令交代完毕，拍了拍我的肩膀，骑着车子回家了。

我简直不敢相信自己的耳朵。到镇上工作？还给那么多钱！天哪，我黄菊花有那么优秀吗？那为什么连个中专都上不了呢？这是老天爷对我此前苦命的补偿啊，也是我娘暗暗地在保佑我啊。我感动得哭了一场。吴得桂说，好事啊，哭啥子嘛。吴得桂他爹也说，是啊，应该笑才是。唉，他们哪里懂得我的心思！

我记得清清楚楚，那是一九九二年，我刚过完二十七岁生日，吴勇才两岁，吴刚五岁。过完中秋我就去报到。

妇联、计生办、爱卫办，就是吴得令副镇长分管的三个机构，合在一个办公室里办公，连我一起两个人。吴得令领我走进去办公室时，里面已坐着一个女子，见镇长来了，她连忙拿起一张《潼梓县报》挡住脸，假装在学习。然后她突然把报纸放下，夸张地惊叫：啊呀，镇长来啦！好像一直沉浸在学习中刚回过神来的样子，我觉得像是在演戏。

吴得令很高兴，笑着说，这是欧阳杏，也是刚来的。他接着便开始训话：你们两个人，都是经过我仔细考察，精心挑选来的，在会上，我也只说了你们的优点，所以你们要努力啊。你们的主要缺点，就是学历不高，没有文凭。但是，这个世界上，不只是书本知识嘛，还有更重要的实践知识。基层管理工作，重在实践。你们接下来，事情也很繁杂，主要是做人的工作，不容易啊，叫个大学毕业生来，也不一定干得了。我们是强调“实践出真知”“在用字上狠下功夫”。具体的事情，还是大家一起干，分工协作。黄菊花主要负责计划生育，欧阳杏主要负责爱国卫生。计划生育、爱国卫生、妇女身心健康，都是社会主义新农村建设事业的有机组成部分。

吴得令能说会道，水平高，比我那些大学毕业的高中语文教师还要高。但我也有疑问：既然这样，为什么县里和镇上，还要花那么多钱办中学呢？国家为啥要花那么多钱办大学呢？都像我一样不要读书，整天去“实践出真知”呗。我一时也想不通，只是觉得新的工作很有诱惑，吴得令的话也很有诱惑。

说实在的，从前我还真的没有仔细看过吴得令的长相，我一直把他当族长和镇领导看待。有身份的人是无所谓长相的，他们没有长相，只有威力。这一次，我仔细打量了一下吴得令。三十八九岁的人，过早地谢了顶，聪明的脑袋不长毛，不像吴得桂，一头蠢发猪鬃一样。个子也不高，比吴得桂矮一大截，但腰板儿挺拔。牙齿不怎么好看，两颗门牙的半截长期露在外面，说话时老用舌尖去舔门牙。眼神特别，有股杀气，像普京的眼神。骂人的时候也蛮有魅力。

有一次跟他下乡检查工作，他突然对我和欧阳杏大声吼叫起来：你们为什么闭着嘴巴不开腔啊？怕苍蝇飞到你们的嘴巴里去啊？我一直在说，也没有什么东西飞到我的喉咙里面去啊！该说的就要说，该骂的就要骂。儿子不打不成材，群众不骂不开窍。你们这样，怎么开展工作？给我学着点！

我心想，要骂人？那还不如叫王香英来呢，她会骂。

欧阳杏悄悄对我说，工作就是骂人啊？那好办，我正憋得慌呢，骂死不负责。

欧阳杏没结婚，管计划生育不方便，所以安排她管新农村建设。一是负责监督每个村，必须打井，不准喝河里的水。二是监督村里修厕所，不要随地大小便。村村有井有厕所。国家拨了专项经费，按村庄和人头配置，每井每厕多少钱。欧阳杏故意增加每井每厕的人数，落下部分经费，让各村村长到镇上来求她，给她送礼。吴得令为啥不管她呢？我发现吴得令似乎有点让着欧阳杏。

我的工作跟在村里当妇女主任的时候差不多，婆婆妈妈什么事都管，避孕上环、优生优育、罚款结扎。有时候还得管结婚生子、婆媳吵架、夫妻不和、男人动粗。还要配合镇卫生院的医生培训接生婆，告诉那些娘们儿，剪脐带的剪刀，不能只用开水烫一烫了事，要用高压锅煮一个小时。晚上办妇女培训班，宣传卫生常识，顺便要她们管着老公也讲卫生。不下乡的时候，还要建档案、写材料、总结汇报，到县里开会。

最不习惯的是陪酒。吴得令要应酬各种酒局，比如，县上和市里来检查工作的、本地土老板求他办事的，他求人办事的。每次都必定带着我们俩。我说我不会喝，让欧阳杏顶着。欧阳杏经常喝得醉如烂泥，吴得令就背她回去。有时候吴得令喝醉了，欧阳杏也扶他回去。喝醉了的人没什么男女之分，跟死尸差不多，被人搬来搬去。我一直顶着不喝。后来吴得令发现，欧阳杏一个人顶不住，就命令我喝，说这也是工作，必须执行命令。我没有办法，这才开始喝起来。这一喝不要紧，喝出名来了，吴得令不得不再一次对我刮目相看。

吴得令给我和欧阳杏一人一间宿舍，要我们住在政府里面。欧阳杏单身，几乎不回家去住。我在镇上住了一阵，吴得桂死鬼不干了，坚持要我回家，还卖了一头猪，给我买了一辆新自行车。我只好两边跑，隔天回家去住。吴得令安排酒局，一般都是我不回家的那个晚上。

6

转眼间，我在镇政府计生办做了五年多的临时工，人也三十多了。镇上很多人都出门去打工挣钱。村里挣了钱的人，也都把新房盖到公路边去了，因为老村子快要被垃圾淹没。而我们家的房子，还在老村子的宅基地上。王香英说，在镇上工作有什么了不起哟，晚上还不是要钻进狗窝里去睡觉。吴得桂不甘示弱，也开始准备盖新房子，但经济压力太大。我也想帮帮他啊，但每个月50元的收入怎么帮？心里不是滋味。这么多年我图什么？原本说好了要给我办转正的，可是一直没动静。吴得令自己倒是转了正，当镇长了。我心里有点不安，工作也开始松劲儿。

人一闲下来是非就多。我发现欧阳杏一直没有结婚，甚至男朋友都没有。这跟她那种腰动屁股扭的叫猪婆性格，太不相符。于是我开始注意她的言行。我发现吴得令总是尽量躲着她，好像有点怕她似的。欧阳杏则越来越放肆，后来干脆不做什么事，每天在办公室扯淡，嗑瓜子。吴得令有时候过来安排工作，欧阳杏对他爱理不理，甚至冷嘲热讽。吴得令假装没听见，说话时只对着我说。

还有，欧阳杏突然不在镇政府院子里住了，每天都回家去。十几里地，步行得一个多小时，她又没买自行车，难免会迟到早退。吴得令就整她，规定每天上班要签到，严肃考勤纪律。查了几次岗，欧阳杏就开始骂娘了，说查什么查，迟到早退的多了，查得过来吗？看人上菜是不是？马善受人骑，人善遭人欺啊！我对欧阳杏说，你先借我的自行车用吧。我老公买了一个三轮摩托，上下班接送我，暂时用不着自行车。欧阳杏为了感激我，就向我透露了不少秘密。

欧阳杏说，你知道吗？吴得令早就拿到了两个转正指标。我说，什么？转正指标下来了？我怎么一点都不知道啊？欧阳杏说，你当然不知道啰，吴得令暂时还没搞到你头上嘛。他答应给我办转正，条件是要等到他确定去县人大上班之前。其实转不转我已经无所谓了，惹急了老娘，也便宜不了他。

听了欧阳杏的话，我很吃惊。吴得令怎么惹她了？她可不是好吃的果子。

欧阳杏继续说，菊花姐，你小心点，吴得令是个色狼。你还记得吧，我休了多少次长假？就是去打胎。吴得令心肠蛮狠的，连一只鸡都没有给我买过！开始他还说，他要找机会离婚。后来就不再说了，只是说他正在向县里申请转正指标。

我心想，你欧阳杏自己行事不检点，说话的时候恨不得往他身上黏，怪谁啊？口里却说，啊呀，怪不得你脸色不好，精神也不大好，要注意身体啊。

欧阳杏听了我的话，就哭起来了，她说：是啊，我刚来的时候什么样子，现在什么样子？欧阳杏从小包里掏出镜子照了照，接着说，吴得令之所以不离婚，并不是对他的乡下黄脸婆忠诚，而是怕影响他的仕途。县里说，我们镇的计划生育、爱国卫生和妇女工作做得好，打算调他去县人大，担任分管教科文卫的副主任。正在考察期。他现在对我是不感兴趣了，不知道在打谁的主意。他还在骗我，说到了县里，他会想办法解决我们的问题。鬼才相信他！男人没有一个好东西。我现在打算破釜沉舟，等他升职的公示期再跟他理论。我真的已经无所谓，大不了再回东莞去打工。

我觉得欧阳杏蛮可怜，也蛮可悲！我也感谢她把这些秘密告诉我，否则我还蒙在鼓里。我想，吴得令拿到转正指标，却一直不告诉我，说明他不想给我。可是，同村同姓同宗，不至于那么绝情吧？至少得给我一个说法啊。我觉得，他一定是忙于工作，加上欧阳杏一直在跟他闹，弄得他心烦意乱，没顾得上我的事。再等等吧。但转念一想，过一阵他要是升职到县里去了，后面人谁管你？我不白干了五六年？不行，我得找他问个明白，弄不成的话，我也好早作打算。

7

欧阳杏一连好几天都不来上班，好像在向吴得令示威。吴得令到我们办公室来溜达了一圈，气势汹汹地说，要记考勤，要扣奖金。我现在知道了，他也就说说而已。

那天下午下大雨，办公楼里的人差不多都走光了。我路过吴得令的办公室门前，他喊道，菊花，你没走啊？我回话说，嗯哪，就进了他的办公室。我想趁机问问自己的事情。他正在漫无目标地骂人：自由散漫，太不像话，一定要整顿。

吴得令站起来关上办公室的门，使劲地盯着我看。这种眼神我很熟悉，以前我没怎么在意，现在因为知道了欧阳杏的事，就觉得他的眼神里有邪气，所以就警惕起来。吴得令走近我，指着沙发叫我坐。我说，得令哥，我转正的事还有戏吗？他说：有啊，谁说没有呢？说着，趁势挨着我在沙发上坐下。他伸手捏了捏我衬衫的下摆说，这衬衫布也太薄了点吧，下雨不冷啊？这时候有人敲门，是隔壁的刘秘书。

刘秘书见我在，放下文件赶紧走了。吴得令又凑过来，抓住我的手说，菊花，我早就想给你办转正，一直忙得没顾上。我用力把手抽出来，假笑着说，我知道你忙，没关系，接下来赶紧帮我办了吧。他说，办啊，肯定要办。说着，抬头四处张望，然后凑近我，伸手搭在我肩上，压低声音说，这里不方便说话，晚上到我房间里来。

他终于摘下了假面具。我提醒自己要冷静。我想了想说，今天晚上不行，得桂马上要开摩托来接我。要不明天晚上吧。

吴得令喜出望外，说可以啊，可以啊。

我说，明天晚上，你一定要准备好推荐表，填上意见，盖上章，否则我就不理你。

吴得令说，没有问题，没有问题，一言为定。说着，伸手在我身上乱捏。

我扒开他的手，夺门而出，跑到镇中学借了一辆自行车，飞快地骑回家。第二天早上离开家时，我对吴得桂说，今天晚上我有事，不能准时离开办公室。你先吃饭，然后开摩托八点整赶到我那里，记住了吗？吴得桂说记住了。

晚饭的时候，镇政府食堂没几个人，吴得令也在吃饭，还不停地朝我这边看。他吃完饭路过我身边，大声说，晚上把那个材料整好，明天要交给我。然后小声说，记得来啊。我说，我八点过来，你把东西准备好。

晚上八点刚过，我领着吴得桂朝吴得令镇长的房间走去。

吴得桂说，你不回家往哪里去啊？我不理他。到了吴得令门口，我对吴得桂说，你躲在暗处别动，不要出来。听到我喊叫，你就冲进这个房间，见人就打。

我走进吴得令的房间，他正坐在沙发上抽烟。他招手要我坐到他身边。我说，推荐表呢？他拿起一张纸在我眼前晃了晃。我抢过来看，审批意见栏写满了，高度评价了我的工作能力，并建议转为正式职工。字是刘秘书写的。领导意见和单位盖章那两栏都是空白。我说，关键的两栏怎么都是空白啊？

吴得令趁势把我一拉，我就歪坐到沙发上，他开始动手动脚。他说，写“同意”两个字很简单，几秒钟的事情。公章在我抽屉里，盖章也是几秒钟的事情。

我觉得吴得令很狡猾，有点不见兔子不撒鹰的意思。

吴得令开始急不可耐了。他扯开了我的衬衣。

我觉得时机到了，便大声喊叫起来：黑牯啊，救命啊！

吴得桂闻声冲了进来，揪住男人就要打，但一看是吴得令，顿时傻了眼。

我整了整衣服说，吴得令，你说怎么办？你赶紧在推荐表上签名盖章，免得吴得桂揍你，免得我把楼里的人全部叫过来。

吴得令开始也愣住了。但他迅速冷静下来了。特别是见到吴得桂愣在那里，苍蝇一样搓手的样子，于是就壮了胆。

吴得令突然大吼起来：黄菊花，你干什么？讹诈啊？还有你，黑牯，给我滚出去！

吴得桂被吴得令吼得一哆嗦，情不自禁地往后退了一步。

吴得令趁机把那张推荐表撕得粉碎。

我朝吴得桂喊叫：揍他啊，打啊！

吴得桂却一动不动。我气得狠狠地甩了吴得桂一个耳光，然后摔门而去。

吴得桂追上来，紧紧拽住我的手说：菊花，回家去，不来了！

当天晚上，吴得桂就把我的铺盖和换洗衣服等东西，拖回了家。

我从此再也不去镇政府。我觉得，自己像是做了一场噩梦。我甚至觉得，吴得令一开始就在对我设局。只是欧阳杏在前面挡住，他还没来得及对我下手。等到欧阳杏跟他翻了脸，他才把注意力转向了我。

原本以为，嫁给吴得桂之后就交上了好运，没想到还在命运的魔掌里。

我不想在吴家湾混了，我要离开那里。

过了不久，我把两个儿子交给吴得桂，自己一个人到北京来打工了。

那是一九九八年端午节过后的第二天。

8

说到这里，黄菊花又哈哈大笑起来。

黄菊花举起酒杯说，谢谢你们！叨唠半天，也不知道你们爱不爱听。来，干杯！

这时候，黄菊花的手机响起了微信提示音。她看了一眼说，是我老板叫我过去。看来，这个假期也不得消停。……我已经忍他很久了……

黄菊花起身出门去了。……

第二天黄昏，黄菊花没有来，第三天也没来。

几天之后，得知黄菊花到了佛山小儿子那里。

从此，我们再也没见到黄菊花。

普仁农庄里的女人

1

我放弃写作梦想，投身于蓬勃兴起的互联网事业，掘到了第一桶金。翻稿纸变成了数钞票，这种爽快感是难以言表的。我趾高气扬，扬言要改变一代人的生存观念，说话时还总不忘记捎带着嘲弄文学。我目中无人，即使瞧你一眼，也有点俯视的感觉。然而好景不长，这两年我突然开始走背运，我的“绿橄榄”（轰动一时的直播网站）被勒令整改，其实就是吊销了。同居多年的恋人摔门而去。老朋友也跟我翻了脸。事业、爱情、友谊，人生三大支柱轰然倒塌，就剩下我孤单一人。我才三十六岁，正是人生盛年。我想要重整旗鼓，但没有力量，我被突如其来的打击伤了元气。我心灰意冷，甚至绝望，本想独自一人浪迹天涯，顺便再续未竟的作家梦。但眼看那帮一起混过的孙子，还在大把地捞钱洗钱，我于心不甘，打算调整一下疲惫的身心，积蓄能量再度出击。

离开北京之前，我去了一趟雍和宫。它旁边有一条著名的算命看卦测字一条街，沿街坐着一排蓄长须、穿对襟褂、留长指甲、眼珠骨碌转的人。一位尖下巴八字眉的人朝我这边招手，朗声道：你，过来！我不喜欢这种口气，但也没办法，北京人对外地人说话都这样，他们模仿宫廷里的吆喝声，气直接从肺部冲到嘴唇，仿佛要把每一个词都变成鞭子甩出去，大概金中都和元大都时代就这样吧，所以也别指望他们悔改。尖下巴八字眉见我犹豫，就继续喊道，没错，就是叫你！他盯着我端详一番，说我正处于“潜龙勿用”期，“乐则行之，忧则违之”，千万不要轻举妄动，能躲就躲，越远越好，往西南方向去吧。我心想，离开一段时间也行，正好抽空儿写一部长篇小说。如果可能，我要写下我的悔恨和悲哀，写下我的失败经验和教训，为自己，也为警示后人。

我收拾好行装，在手机上订好机票，背着手提电脑，直飞小资撒娇圣地丽江，入住一家实惠而清洁的旅舍，叫“醉云客栈”，安顿好之后便到街上去溜达。天上下着毛毛细雨。丽江街头的路面是用鹅卵石铺成的，凹凸不平，滑溜溜的。一位开手鼓店的胖姑娘，坐在临街店铺的门前，一边扭腰耸肩地拍击手鼓，一边朝我抛媚眼，她想勾引我买她的手鼓。我正冲她微笑着，脚下不留神一滑，差点摔了跤，趔趄一下的时候，手里的手机摇晃了几下。这时候，微信的提示音叮咚响了，点开一看，有一个叫“雪山清音”的网友留言：“如果需要导游，请加我关注哦。”我点击通过，两人约定在丽江古城中心四方街的一家酒吧见面。

我要了两支啤酒，坐在一楼临近水沟的窗户边等候。过了一会儿，只见一位穿纳西族服装的年轻姑娘，远远地朝我这边招手。她鼻梁高高，眼神清亮，茶褐色皮肤很有光泽。上衣有些紧，绷得乳房高高突起。我说你平时都穿民族服装吗？她说只有当导游的时候才穿，这套还是借来的，是不是有点小啊？她低头看了看自己的上装，有点不好意思。她姓和，叫孔莉，纳西族人，毕业于本地的旅游学院。我说，我叫孔一梵。和孔莉说她母亲也是汉族，也姓孔，一家人。我们开始闲扯。和孔莉说，一个人来的？失恋了还是生意亏了？我说都被你猜中了。和孔莉说，真的吗？我随口乱讲的，抱歉抱歉。我说没关系。她说接下来打算做什么？我说还没想好，先散散心，调整一下心态，倒是打算写点东西。和孔莉说，写东西？你是作家啊？我说，就算是吧，业余的。

和孔莉跟孔一梵，两个在十字路口偶遇的人，彼此不反感对方，很快就在闲聊中达成了协议。和孔莉说，作家优惠，每天三百。我说行啊。她接着开出一个附加条件，希望我的文章中出现她的真名：和孔莉。我说那没问题，你还想写上谁的名字？我觉得她样子和她的要求都很幼稚可爱，就盯着她看。她有些不好意思，调整了一下坐姿说，如果收费不变，就加上她男朋友的名字“徐泽晨”。我伸出手，握着她滑腻冰凉的小手说，成交！

我跟着和孔莉，在丽江的老城区到处溜达，参观古老的土司府和书院，去博物馆了解东巴文和东巴纸，感受纳西族文化，捕捉跟现代文明相异的信息。街市的商品跟其它景点也差不多，茶饼、蘑菇、手串、银器、根雕。东巴纸小饰品和东巴文冰箱贴做得很别致。街道两旁的人也有些奇特，纳西族姑娘淳朴的笑脸，外地来客的狡诈表情。人们都幻想和异质文化的碰撞会产生奇迹。尤其是夜晚，古城狭小的街道热闹而嘈杂，摩肩接踵的人，仿佛朝着同一个方向去朝圣。每个人都怀着心思，甚至揣着侥幸。那些被上班打卡机折磨的小白领，被股市和楼市锁定的食利者，被婚姻和家庭套牢的不安灵魂，都想到这个雪山下的“圣城”来邂逅一次，复活一次。

和孔莉发现我心不在焉，对千篇一律的街市和景物，露出厌倦的神情。作为我的临时专职导游，她略显不安，决定改变行程，带我到城外去玩。第二天一大早，和孔莉就到“醉云客栈”来接我。出租车出了城区，朝北大约跑了三十公里，到了滇藏茶马古道上的文海。和孔莉说，这个景点一举两得，雪山和茶马古道都能体验。我站在高原湖泊边草甸上，舒展了一下僵硬的肢体，深吸着清新凉爽的空气。远处的玉龙雪山，半藏在烟雾似的山岚之中，头顶上是最纯净的蓝天和白云，湖泊上空的湖鸥在缓缓地飞翔，翠绿草甸上铺满紫红色的樱草花。三个小女孩，提着一只竹篮，跪在潮湿的草地上挖虫草，每挖到一根，她们就异口同声地惊呼起来：哇——，像文海上空鸣叫的湖鸥。

我对和孔莉说，谢谢你，费心了，这个地方我喜欢。两天来第一次听到夸奖，和孔莉很高兴。可是，我话音未落，就听到一阵汽车轰鸣声。接着，一辆辆大巴开了过来，停在文海村口。不一会儿，湖泊边的草甸上就挤满了人。他们一起喊着“茄子”拍合影，或者大家同时跃起把身子留在半空中，女人拿手机靠近花朵拍照，用“识花君”软件识别，高声喊着花草的名字。走了一批又来一批，都在重复那几个动作。和孔莉见我又沉默无语，便走到一旁去打电话。她转身对我说，走吧，我们去普仁农庄，也许你会有兴趣。

2

我们乘车穿越丽江城朝西郊开去，远远看了一眼拉市海湿地公园的迷人景色，经过著名的藏传佛教名刹指云寺，跑了大约三十公里，就到了普仁农庄。农庄的庄主和振庭，就是和孔莉的堂叔，站在农庄的大门口等候我们。他远远就迎过来，握着我的手说，欢迎孔作家，我们农庄第一次接待作家，你多多批评指正，说着，便领着我在农庄里转悠。

农庄位于哈巴雪山南部延长线上的长老山东麓，占地约五百亩，里面有大片花圃，种着本地和进口的各色花卉，雏菊和木槿，进口多色郁金香和玫瑰花，紫红色马鞭草花和薰衣草花，珍贵的草绣球也随处可见。旱地里种着玉米、高粱和向日葵。东边低洼处还有稻田。蔬菜棚里的蔬菜只供农庄自己享用。农庄有山水，有树林，有房舍，相当于一个农村的生产小队。和振庭自然是“小队长”，承包这块土地五十年。农庄里有四十多个农民，负责打理这几百亩山林和田地。正在路边干活的农民，见到来参观的陌生人，都停下手头的活儿，用刚训练出来的略显僵硬的职业笑脸对着我，既是打招呼，也是表演，因为他们既是农民，又是供人参观的农庄文化的组成部分。

在美丽的风景之中劳作，伴随着虫鸣鸟叫、犬吠牛哞。我顿时就被这座花园式的农庄迷住了。农庄里面还有二十多幢被花圃和树林包围着的独栋双层木屋，点缀在花圃和庄稼地中间，准备租给那些想体验田园生活的旅游者。独栋出租全年租金十万，单月租金一万。单层出租每月五千，单间每月二千。租客可以自己开伙，也可以吃食堂。他们都可以自由选择自己喜欢的方式参与农庄劳动。劳动当天吃饭免费。

我对和孔莉说，我想在农庄里住一阵。和孔莉说，你想好了吗？我说是的，先预定半年吧。和孔莉跟她堂叔商量的结果是，我每天象征性地参加一些劳动，不参与也没关系，吃饭免费，只交房租，按单间收费。我按照城里租房规矩，押一付三，往和振庭手机里转了八千元租金，然后打算进城去取行李。和振庭说，你现在是我的客人了，晚饭后再进城去吧，明天一大早我派车去接你。

第二天上午，我入住普仁农庄03号木屋底层01室。其实整栋木屋就我一人，相当于住独栋，这是庄主和振庭给我的特惠。我打开行李箱，取出日常用品，将电脑和书籍摆好，摆出要开始创作的样子。然后走到木屋门前四处张望，观察一下临时居所周边的环境。每一幢木屋门前，都有一条用石子儿铺就的路，通往农庄内部的东主干道。另有一条长满青草和野蔷薇的窄小田埂，将木屋与木屋串联起来。

每一幢木屋深褐色的木板壁上，都有白漆书写的阿拉伯数字编号，编号下方是木屋的名字，“爨宝子碑”体的书法，显得朴拙可爱。我的03号叫“普济居”。南面隔着薰衣草花圃的，是02号“普莲居”。北面隔着向日葵地的，是04号“普善居”。

木屋与木屋之间的距离，大约三十米。北面“普善居”静悄悄，门窗关着，没有人活动的迹象，看样子还没有租出去。南面“普莲居”则是另一番样子，门窗敞开，湖蓝色窗帘被风吹得飘到窗外，晾晒在门前的衣裙迎风飘荡。正门朝东伸出的钢架玻璃凉棚下，是一个高出地面约两尺的木板平台。平台上摆着桌椅，茶几上有茶具。凉棚顶垂下来的铁链上，挂着一只藤编吊椅。微微晃动的吊椅上，斜躺着一位年轻女子，飘散的长发和白色的长裙，两条柔软的胳膊，还有穿着草编渔夫鞋的双脚，都随意地垂在吊椅周围。她仰面朝天，一动不动，仿佛睡着了，姿势慵懒，全无设防，好像在等待着被人劫持似的。这让我想到提香的名画《劫持欧罗巴》，猝不及防地袒露在公牛背上的欧罗巴，就是这种姿势。

吊椅上的女人突然动了动，像是被远处陌生的目光惊醒。她伸了伸胳膊，吊椅跟着摇晃起来，然后用脚尖点着地板转动吊椅，停在了朝薰衣草花圃的方向。她站起来捋了捋长发，朝我这边张望了一下，发现有陌生人在观察她，便转身去摆弄阳台周边的小花盆，接着提起花洒给花浇水。我朝她挥手致意，她正低头浇花没有看见。我瞅准她快要抬起头来的时候，再一次朝她挥手致意，她正好看见，也举起手来挥了挥，算是回礼。尽管远距离还不能完全看清她的脸，也很难判断她的年龄，但我感觉她是一个优雅漂亮的女人。

我不好意思一直盯着她看，就点燃一支烟，转身去看西边树林里正在修剪树枝的农工劳动，心里却还在惦记着那个女人，她是什么人？是一个人住在这里吗？我是不是要过去跟她打个招呼呢？她会觉得我冒犯了她吗？

这时，庄主和振庭给我发来短信，让我到食堂去吃午饭。我走进食堂，跟和振庭以及农庄经理梅萧华坐到一桌。和振庭嘱咐梅萧华说，梅经理，要照顾好孔老师啊，他是北京来的作家，我们的农庄就要被他写进小说了，没准还能上电视呢。梅萧华说，董事长放心，孔作家有什么要求尽管跟我说。和振庭说，“玉龙第三国”据说是我们纳西族的古老传说，我小时候并没有没听说过这个传说。也许是文人虚构出来的？现在它成了“爱情圣地”和“旅游胜地”啊！你把我的“普仁农庄”编写成另一个爱情圣地吧。

食堂里用餐的人并不多，大部分都是农庄办公室的管理人员。我身边那张桌子上，是一个三口之家。年轻的夫妻年龄跟我相仿，四五岁的儿子正在不停地用一根马尾巴草，去扫母亲的脖子。妻子不停地发出娇嗔肉麻的呼喊声：“老公啊，老公啊，管管你儿子吧！”丈夫正在刷手机，并不理会妻子的喊叫。我转身看了一眼，那个“老公”正在通过VPN软件，上一家海外成人网站，看得正起劲。见父亲并不干预，儿子越发兴奋起来，马尾巴草从脖子上扫到了眼睛和鼻孔。妻子没办法，只好自己出手解决。她一把夺过儿子的马尾巴草，恶狠狠将它撕碎，往地上一摔，就像把儿子往地上一摔似的。儿子大哭起来。

我环顾四周，没有发现我的邻居。我试探着对庄主说，来这里租住的人不多啊。

和振庭说，现在是旅游淡季。再过一两个月就要放暑假，那时候人就多起来，已经有人开始在网上预订。眼下连你一起是四个住户，北京来的王处长一家今天去泸沽湖了。旁边桌上是昆明来的柳老板一家。还有一位没来。

我问，没来的那位，是不是我的邻居？

梅萧华说，是的，“普莲居”的李雨阳。

和振庭说，嗯，整栋租住了“普莲居”的那位。住了有半年吧？

梅萧华说，快半年了，四五个月吧。她预交了一年租金，说到期再续。

和振庭问，现在怎么样，人还好吧？还要雇人看着她吗？

梅萧华说，现在很好，见到我总要跟我聊天，说个没完。没有再雇看护的人了。她认隔壁村的木莲枝做干妈。

木莲枝有空就过这边来陪她。李雨阳自己开伙，每天发短信给我，订购蔬菜和日常用品。偶尔也会去丽江城里，我们会派车接送，费用她自己出。

和振庭说，那就好。刚来的时候不怎么说话，问她话也不爱搭理。

我弄明白了，刚才吊椅上的那位女子，名叫李雨阳，独身一人，租住在普仁农庄里面一幢名叫“普莲居”的木屋里，跟我的“普济居”隔花相望。

3

午餐后，我绕着农庄外围的乡间小道，快速走了几圈。看看“微信运动”，将近一万步了，便回到住处，打开电脑，从文件夹里调出我那个半成品长篇小说，对着它发呆。

我曾经向住同一小区的棋友张教授，咨询有关文学创作的问题。他一改下棋时的沉稳表情，措辞犀利地说：官运亨通、财运兴旺、情场得意的人，是不会去写什么鸟小说的。只有那些神经衰落、恋爱失败、生意亏本、升职受阻、犯罪被抓、心里冤屈的人，才会突然兽性大发去写小说，还一发而不可收，甚至扬言要写“三部曲”乃至“长河小说”，结果都写得很差，不忍卒读。你好好的，写什么小说啊？张教授是个文学批评家，说话比较尖刻，为了追求批评效果，就故意把“诗兴大发”说成“兽性大发”。对于张教授的极端观点，我不敢苟同。我说：“文学来源于生活，我有丰富的生活。”张教授说，后半句“高于生活”你就忽略不计了吗？你们那叫文学创作吗？你们那叫抄袭生活！

张教授话匣子打开了就关不上。他继续说：去年秋天，我陪同司法出版社潘副总编，去四川某监狱看望一位名叫罗章高的囚犯作家。原市政府的副秘书长，因贪污而判刑八年的囚犯，捧着一大包稿纸坐在探视室等候。他递过厚厚三大本手稿，封皮上写着：《忏悔录》，作者：罗梭。我心里想，还不如直接署名“卢梭”呢，你还羞羞答答干啥？罗梭，也就是罗章高，他的写作理由跟你一样，也想要“警示后人”。罗梭指着手稿说，这是我的“警世三部曲”第一部，第二部马上就要动笔了，请专家多指教。我把手稿带回宾馆，读了几章就傻眼了，这是小说吗？怎么像“圣徒教谕录”啊？东扯西扯，每写完一段，就要从人生哲学的高度进行总结。我说这个也能出版啊？潘副总编说，能啊，怎么不能？唉，这是上面下达的任务，给了一笔出版补贴。您受累了！能删就删，能改就改，您是特约编审。我将书稿删掉近三分之一。书印出来了，改名为

《囚徒的忏悔》，堆在仓库里。北京的房价过十万了，就用来堆你们这些垃圾长篇小说啊！

张教授想通过这个故事，来阻止我继续写小说，那当然不会得逞。我决心已下，不可更改。但张教授毕竟是专家，知道我们这些业余作者的死穴。比如，野心太大，动辄就想写波澜壮阔的历史画卷，但叙事目标不明确，想到哪儿写到哪儿，喜欢空发议论，乱用格言和成语。我重读已经写出来的十万字，忍痛割爱，大刀阔斧，删掉了许多精彩的议论，只剩下六七万字。接下来怎么办，我心里没底儿，十分焦虑。

写作中断了近两个月，一时难以接续，仿佛一辆在冰天雪地里抛了锚的汽车，怎么也打不着火。大脑像空转的旧机器，思维和语言之间的传感器阻塞，叙事耽搁在中途。我感到疲乏，横躺在床上，拿起《雄猫穆尔的生活观》来读，那是德国作家霍夫曼的小说，故事情节缠绕，有催眠效果，还没看两页，我眼皮就打架，书一扔便睡着了。

我梦见一位身穿白色衣裙的女子，远远地站在两幢木屋中间的田埂上，好像是朝我这边走来。她踏着草叶，身姿轻盈，与其说是行走，不如说是飘动。但她脸部却是一团缥缈的烟雾，完全看不清人脸，从整体上判断，既像我前女友万舒依，又像我现在的邻居李雨阳。当她渐渐飘近我时，突然像一只大鸟朝我扑来的时候，白色长裙突然变成了透明的白纱，披在丰腴、光洁、娇柔的身子上。……我在战栗中醒来，感觉像从半空中跌落在地面。我赶紧掀开压在下半身的枕头，为自己的梦而害羞。

醒来的时候，太阳透过西窗落在嫩黄色松木地板上。我起身出门，踏上一条被野草和野花簇拥的田埂。田埂的左边种着紫色齿叶薰衣草，它有一个好听的别名，叫“灵香草”。紫色花冠，像珍贵的木雕花瓶中插着鲜花，隐约的幽香悄悄地往鼻子里钻。田埂的右边是一块尚未种植的荒草地，长满了马鞭草、狗尾巴草，还有各种小草和地衣。我折了一根草茎放在嘴里嚼着，品尝汁液青涩的味道。这时候，柳老板一家三口正朝我这边走来，看样子是相中了这块荒草地，我不想跟他们寒暄，挥手致意，算是打个招呼，就折上一条小路，朝农庄西边的小山和树林走去。

太阳缓缓地朝哈巴雪山西边沉落，余晖照得整个农庄一片金黄，宿鸟在树枝上唧唧喳喳地叫唤。我走进小山坡上的树林子时，发现我的邻居李雨阳出现在前面，她穿一条淡青底点缀浅蓝色晕图案的麻布长裙，细腰腿长，身姿飘逸，少女身材。她从路边草丛里走出来，弯腰在摆弄着衣裙。走近一看，只见她衣裙下摆上沾满了一种深绿色草籽。她正在用力拍打着裙摆，接着又提起来使劲儿抖动，想把那些草籽儿弄掉，但草籽儿牢牢地粘在那里，纹丝不动。李雨阳涨红着脸，随着拍打声急促地叫喊：这是什么鬼东西！什么鬼东西！

我笑着说，邻居你好，有什么需要帮助的吗？

她蹙着眉头，冲我大声喊叫：赶紧帮我把这些鬼东西弄掉，它让我心里发毛！

只见很多比芝麻粒儿略大一些的草籽儿，粘在李雨阳的连衣裙下摆上，密密麻麻排在一起，那是有密集恐惧症的人最害怕的图案。它像昆虫生出来的虫卵，规整密集地排列在树叶上，让人既想毁灭它，又想逃避它。但它毕竟不是虫卵，而是浑身长满带倒刺茸毛的、钻进布纹之中的草籽，抖不落，拍不掉。它似乎是专门来整治性子急躁的人。对付它，只能耐着性子，一粒一粒地摘除。

我对我的邻居说，别着急，是草籽儿，摘下来就是了。说着，我便就地坐下，拽起邻居的裙摆，慢慢地去摘除那些小草籽儿。李雨阳皮肤白皙透明，小腿上有密集而细小的毛孔，每一个毛孔都似乎在散发光泽。

李雨阳稍稍安静下来，她勉强笑着说，她刚才说话粗暴无礼，很是抱歉。她问我是不是刚刚住进隔壁木屋的邻居，叫什么名字。

我说我叫孔一梵，并向她伸出手说：李雨阳你好！

她惊奇地问：你叫孔一梵？……你怎么知道我的名字？

我说我从庄主和振庭那里听到的。

她控制了一下自己的情绪，伸出手来跟我握了一下手，无名指上带着一只暗红色宝石戒指，尖笋形的手指圆润而修长，手掌绵软滑腻，像一条鱼滑过。她收回自己的手，然后装出一副其若无事的样子说：他们议论我什么？

我这才开始认真打量李雨阳。她皮肤很白，带白瓷光泽，但血色不足，苍白可怜。眼睛很大，眼神有些恍惚，有些忧郁，注意力不是很集中，睡眠不足的样子，显得有些憔悴。漂亮的嘴唇轮廓分明，人中凹槽像一个竖撇，下面约三分之一往嘴唇左角稍稍偏移。她大约四十岁，但保养得不错，有隐蔽的活力。我发现她眼睛背后有一种诱人的东西，究竟是有意抑制的难以言表的秘密？还是无意泄露的生命活力和欲望？我一时还拿不准。总之，是一种让你难以忽略并极力想了解和亲近的诱惑。

草籽儿弄下来了一些。李雨阳因时间过长有些站不住了，想坐下来，又怕弄脏衣裙。我说，要是有那种宽一点的透明胶带就好了，粘在衣服上往外拔，能成片地将上面的草籽儿扯下来，那样就快得多了。李雨阳说，我家里有，去我家吧。

4

我们来到李雨阳的“普莲居”门前。她把我安顿在木板阳台的茶几边，用电水壶烧上水准备泡茶，然后进屋去找透明胶带去了。茶几摆在阳台的西面，东面摆着读书写字用的小桌椅。小桌子上摆着几本练习毛笔字用的小楷字帖，旁边摆着毛笔、砚台、笔洗、纸镇等文房用具。一本标有“康熙御笔”字样的《金刚般若波罗蜜经》摆在那里，旁边是一本《金刚经说什么》，还有一本《纳西象形文字谱》。我想，她喜欢读书，而且喜欢读一些怪书。抄经不是退休老人喜欢干的事吗?

我随手拿起那本《金刚经说什么》翻着。对于佛教，我一窍不通，既不是信徒，也没读过经书。翻阅几页那位叫南怀瑾的老先生的讲解文字，觉得蛮有趣味。老先生说，佛并不神秘，跟我们普通人一样，也要穿衣、睡觉、吃饭。我读了经文的开头一段，发现出家后的释迦牟尼王子，生活的确跟普通人差不多，也喜欢凑热闹，跟一千二百五十人住在一起，那得有多闹啊！还每天都到舍卫城去逛街溜达、化缘要饭。吃完饭后也不活动一下，洗洗脚就到床上打坐说法。这很不科学，容易堵血管、长肚腩。或许他们的理想就是长肚腩呢，照着弥勒佛或笑罗汉那个样子长，大肚子、大脸、大鼻子、大嘴巴、大耳垂、大手、大脚，以肥壮硕大为美。我正在胡思乱想，被李雨阳快乐的声音打断了。

谢谢你啊！透明胶带真的管用，几下就把那些草籽儿扯下来了。李雨阳说着，从屋里走出来，沾满草籽儿的长裙已经换下。她穿一件白色紧身T恤，显示出迷人的线条，扁平的小腹下面，是浅灰色宽摆亚麻布裙，身姿轻盈飘然。脚蹬一双人字拖，指甲油闪闪发亮，圆圆的脚指头像玉米粒似的。她在茶几边坐下来冲茶。她突然反过来盯着我看，好像遇见一位久不相见的熟人，欲言又止，弄得我有些紧张，以为自己做错了什么。

她见我手里拿着那本书就问，你也喜欢读佛经啊？

我说，我不懂这个，随便翻翻。你的毛笔字写得不错嘛。

我想夸一夸她，好让她高兴一下，调剂调剂气氛。但她似乎并不在乎，严肃地说：抄经不是写字儿，是修行，手洁心静，恭敬虔诚，手、字、心合一。

我觉得李雨阳说话有点玄。有些人就这样，喜欢把什么事情都弄得神秘兮兮的。家具摆设，喝茶饮酒，甚至戴个木珠手串儿，都要讲究心物一如、道法自然、天人合一。最后，大家都云里雾里，没有一个客观切实的标准。如果我跟着一个弱女子，钻进她的神秘知识圈套里，那我无疑没有优势，最后说不定还被她给绕进去。所以我不打算接着她的话说，想另起一个话头，但一时又找不到合适的题目。

我说：这种木屋的材质很好，松树原木，很环保，我喜欢闻松节油的香味。

李雨阳不接我的话，把一杯茶放到我的面前。我端起茶杯，一饮而尽。李雨阳说，这是来自西双版纳南糯山的“古树晒红”，你尝一下。

她大概要跟我谈茶。我的确喝出了一种奇异的香味，怎么说呢？这种香味有野趣，好像能感觉到野生植物的活力，但我没说出来，我不敢贸然地跟她讨论茶道，以免露马脚。我扯开话题说，你一个人住这么大一幢楼，晚上不害怕吧？

我认为，只要提到“怕”这个字，总是能对女性产生刺激，让她跟着我的话题走。她却不动声色地说：以前的确害怕黑夜，特别怕那种无依无靠的空旷感。现在不了，现在我一点也不害怕，心里有一种充实感。《心经》里说，“心无挂碍”的人才能“无有恐怖”，才能“远离颠倒梦想”。

她又把话题扯到心灵和神秘情绪里去了。我决计把话题再拉回来。我说：我租住“普济居”的一个单间，其实也就我一人住，跟住独栋也差不多，花的却是单间的钱。你一个人租住独栋楼房，10万元一年，是不是有些奢侈啊？

李雨阳沉默了一阵，慢慢地说：是啊，是有些奢侈，你说得好，就是奢侈。……但钱有什么用呢？钱一点用都没有。在平常的时候，它尽管脏兮兮的，却很嚣张，特别无聊无耻的样子！可是却来得快，去得也快，终究是个累赘。到了关键的时候，它又显得无用和无能，毫无作为。因此要把它消耗掉。这是奢侈吧？所以，我有时候也在想，出手阔绰是奢侈，住豪宅是奢侈，但是，活在这个世界上，更是一种奢侈……

她又准备开始谈玄。我不能认同她的话。尤其是对金钱的评价，偏颇且偏激。视金钱如粪土？那得数过多少钱的人才能做到啊？不是富豪就是出纳。对于普通人而言，钱太有用了！怎么没用？钱能使“鬼推磨”啊，钱还可以让“磨推鬼”啊。竟然说钱没有用！是她的钱太多了无所谓而张嘴随便说说？还是她的奢求太高钱太少不管用而发牢骚？西方心理学家做过一个实验，聘请一位男子，用钱去勾引一位高贵的女士，女士大骂了男子一顿，还扇了他一耳光。男子灰溜溜地回来。心理学家让男子再去，男子不干。心理学家将劳务费翻倍，男子只好又去女士那里试探。随着实验的进展，价码不断往上涨，十万美元、一百万美元，结果呢？……这个游戏很残酷，很残忍，触及人性深层的黑洞，触及人性的软弱无力处，也显示出金钱的邪恶本性。这个实验，就好比将金钱当成警犬，专门训练它咬人。对于穷人而言，金钱也可以成为救命恩人啊。为什么隔三岔五就有人“水滴筹”呢？所以，不能认为钱没有用。我要有钱，就不会到处瞎逛，我会继续投钱、赚钱、数钱。数钱玩儿是一件非常愉快的事情。据说，广州那边一所名牌大学的金融系，设有一个“金钱心理学”专业，专门研究“数钱心理学”，并跟医学院的教授合作，开设了“数钱疗法”门诊，不少轻度抑郁症、精神分裂症、狂想症患者得到康复。

我正在胡思乱想，李雨阳盯着我看了一阵说，孔先生，喝茶啊。

我说，就叫我孔一梵吧，不要叫先生，怪别扭的，叫小孔也行，尽管我36岁也不小了。

李雨阳说，孔一梵，好的，一梵……，你36岁，还不小啊？你得喊我一声姐了。

其实我看出了她比我大，但她的确显得年轻娇美，同时有着成熟女人的性感，属于我喜欢的那种类型的女人，所以我就耍滑头说，你骗人，你那么年轻，还想在我面前装大，不让你叫我哥就不错了。

李雨阳说，我不骗你，我真的比你大，如果你不嫌弃，可以叫我姐。

她又盯住我看，而且有些怔住了似的，弄得我有些尴尬。这时候，她的手机响了。她站起来，一边踱步一边跟对方聊天，像是在斥责对方。过了一阵，她收起电话，站在阳台边上停了一阵，回到茶几边的时候，眼睛是红的，她刚刚哭过。

我觉得不便多打搅她，准备起身告辞。但我还没回复她刚才的提议。如果她对我爱理不理，我一定会像狗一样围着她团团转。现在，她突然撤掉防线，还要跟我结拜成姐弟，我反而觉得没劲，内心有一种隐秘的逃离冲动。

我想了想说，李姐，你先歇着，我去食堂吃晚饭了，明天再来看你。

她说，不要叫李姐，显得生分，就叫姐。还有，也不要去食堂吃，在我这里吃，我来做给你吃，以后都这样。

李雨阳的眼神里，突然出现一种喜悦的情绪，热烈而生动，跟此前的冷淡和散乱大相径庭。我被她的真诚打动，不好拒绝，只能暂时留下来。

我说，谢谢，谢谢，只是多有打搅，实在不好意思。

我客气地应酬，依然没有叫她“姐”。李雨阳说，你说话不要那么见外。姐姐做饭给弟弟吃，怎么能叫“打搅”呢？你就安心地待着，等我做饭给你吃吧。

我说，那好，我去食堂通知一下和庄主或者梅经理，说我不过去吃晚饭。

李雨阳说，弟弟别操心，我已经给梅经理发了短信，说我弟弟以后就在我这里吃饭。

我被这种突如其来的变化所震惊，同时也有一种被绑架的感觉。

李雨阳拿起手机看看时间，起身说，时候不早了，弟弟进屋去坐，我去做饭。

在李雨阳的催促下，我走进了“普莲居”。屋里布置得很温馨，也很淡雅，到处摆满了插着新鲜野花的小玻璃瓶，散发着清淡的香气。右边靠墙壁，摆着一张窄而高的长条形木头几案，上面摆着一尊一二十厘米高铜铸佛像，旁边还有香炉和贡品。左边墙上挂着一排小画框，引人注目，里面装裱着炭笔素描画，有风景和街道素描，有人体素描，还有模特儿和服装造型的简笔画。炭笔写生画构图精美，线条流畅，一蹴而就的样子。有一张炭笔素描画我认出来了，画的是北京“798”艺术区的老工厂设备遗存、废弃的铁道、旧火车头。

李雨阳叫我坐在沙发上，她把电视打开，问我看什么台。我说看《动物世界》。

正在播放的，是两只脱离狮群的小狮子，四处寻找母亲的故事。我都看过两三遍了，但也比其他的节目好看啊。母狮似乎不想搭理那两只小狮子，坚持要丢弃它们，就是要逼迫它们自己去独立谋生。小狮子并不气馁，也不生气，依然坚持四处追寻母亲的踪迹。大草原的夏季来临，又到了动物交配的季节。电视扬声器里传来暴风雨呼啦啦的声响。李雨阳那边炒菜的锅里也传出呼啦啦的响声。

李雨阳从厨房里走出来，穿着一件带卡通图案的围裙，手里拿着一支不锈钢锅铲，问我吃不吃辣椒。我说没问题，只要不是“朝天椒”就行。

李雨阳笑着说，哎哟，正是“朝天椒”呢，不过不是海南岛的，是移植到这边来种植的，所以并不太辣。

看着李雨阳忙前忙后那么热心的样子，我的确有一种久违了的回家的感觉，内心涌出一股温暖，“被绑架”的感觉也消失了。

5

头天晚上在李雨阳家吃饭的时候，农庄经理梅萧华，就给我发来短信，让我有空找她一下，说有事跟我聊一聊。第二天上午，我去梅萧华经理办公室。黄木大茶几上摆满茶叶、茶具和茶点，一位年轻姑娘正在那里烫洗茶杯准备冲茶。

梅萧华请我坐下，开门见山就说，孔作家，你和李雨阳素不相识，什么时候成她弟弟了？

梅萧华年龄跟我差不多，毕业于丽江当地学院的中文系文秘专业。我说，梅萧华，我不叫你梅经理，你也不要叫我孔作家，彼此都叫名字就很好。我跟李雨阳昨天下午刚结拜为姐弟。你们是不是觉得有些突兀？

梅萧华笑了笑说，那也不。只是你一来就结拜了一个姐姐，大家都有些嫉妒。她刚刚给我发来一个买菜的单子，又是买鱼买肉，又是山珍海味。……你们聊些什么呢？

我说，刚认识嘛，只是一般性的闲聊。

梅萧华说，她没跟你讲述她的身世和遭遇吗？

我说，没有啊。……只不过聊着聊着，她的话就有些玄乎，云山雾罩的。

梅萧华说，嗯。她最近情况不错，现在又有你陪她聊天，我们就更放心了。

我说，上次和庄主提起李雨阳的时候，也表示他很“放心”，现在你又说，你也很“放心”，她一个大人，言谈合理，行为正常，有什么不放心的？到底什么情况？

梅萧华说，既然你都成了她的弟弟，有些事说说也无妨。正因为她刚来的时候言谈不合理，行为不正常，我们一直都很担心，现在见她渐渐好了起来，我们松了一口气，这才说“放心”的。如果真是这样的话，那就太好了。

我盯着梅萧华，向她投去刨根问底的目光。我同时发现梅萧华说话时，嘴角两边都显出一片浅浅的小酒窝，跟每边单只的深酒窝相比，浅小酒窝群显得更可爱。梅萧华略略停顿了一下说，几个月前，我们可是横着把她抬进农庄的。

那就是说，李雨阳到普仁农庄来之前是个病人？我很惊诧，也很好奇。我说，你们从什么地方“横着把她抬进农庄的”？

梅萧华说，从王子得的“茶马汉子”抬来的。王子得是我前男友，也是我的校友，他是美术系美术教育专业的，我是中文系文秘专业的。他高我很多届，年龄接近老师辈。但王子得的母亲是纳西族的，性格比较开朗，所以看上去比实际年轻要显得年轻些。

我说，理解，师兄勾引小师妹，再显年轻也是老牛吃嫩草。

梅萧华大笑说，大家都这么说，但王子得不承认，每次都要此地无银地强调，不是师生是师兄妹。“茶马汉子”是他在丽江城里开的客栈。春节前夕，他突然打电话给我，让我进城去一趟，说很久不见，想跟我聊聊，还有一件事情要商量。

我说，你跟前男友还能保持好朋友的关系，真不错啊。我前女友跟我像仇人似的。

梅萧华说，我不知道算不算好朋友，一起喝茶聊天没问题，有困难也还能互相帮助，除开感情问题，可以说无话不谈。接到王子得的电话我就进城去了。

我无法想象，分手之后的老情人再见面是什么样子？比如，我突然见到我的前女友万舒依，她会不会搭理我？我被这个问题迷住了。我问梅萧华，跟刚分手的老情人见面，是不是有点尴尬，有些紧张？

梅萧华说，我们还好，在一起多年，分手的时候是很伤心，但没有吵架，还算体面。后来也经常见面，像普通的朋友一样，彼此问候一下，打听对方过得怎么样，有没有新的恋人之类的。因为两个人都没有朋友，所以暂时还保持着联系。

我心想，跟普通人一样？那怎么可能？两个人恋爱多年，在一起生活，有那么多的共同经历和遭遇，有那么多的细节和情节，有那么多的回忆，那么多的快乐和伤痛，怎么会跟普通人一样的呢？如果能装得像刚认识一样，那也很好，还有希望。问题是不能啊，太熟悉了啊，但又不能把那些熟悉的说出来。我说，见面除了沉默，我想象不出别的方式。

梅萧华说，两个人偶尔相遇，可以沉默，两个人相约了见面，那怎么沉默啊？既然没有翻脸，又愿意继续交往，那就不要想那么多，喝茶便喝茶，聊天便聊天。如果一直沉浸在回忆之中，惦记着过去的恩怨，那些生活经历，那些细节，那些失败，我们怎么活下去？大家都别活了。……有些事让人后悔莫及，有些事令人愤怒不已，有些事让人欲哭无泪。要不怎么说“往事不堪回首”呢。

我说，我这个人是乐天派，善于“选择性回忆”，专门挑快乐的、有利的事情回忆。我还善于“选择性遗忘”，把那些对我不利的事情迅速忘掉。安静的时候容易胡思乱想，那就不停地动呗，加班、健身、喝酒，还有旅行，都是“遗忘”的好办法方式。

梅萧华说，你说的“选择性回忆”，倒是很有意思，多回忆些愉快的往事，人的精神状态也会变得好一些，心也会变得软一些。

我说，没错，尽管我们不能把回忆的作用无限夸大。

梅萧华说：我跟王子得在北京漂了几年，也有很多愉快的记忆。刚开始，我们在酒仙桥大山子那边，临近“798”艺术区，在著名的废弃老厂房边上，开一家叫“边疆风味”小饭馆，专门做云南菜和东南亚菜。那些外地到北京读书或旅游的“小资”们，不都得去那个地方“朝圣”吗？所以生意真的很不错。王子得把小饭馆装得特别文艺。用汉语和东巴文两种文字抄写名家爱情诗，根据纳西族创世神话创作的图画，挂满了饭店的墙壁。王子得有个本科同学，叫黄春丙。毕业后，两个人都分配到黄山镇中学当美术老师。黄春丙在职读了个专硕，然后十年如一日地盯住美术学院考博，“范进”终于中举了，到北京读书去了。王子得见黄春丙走了，也不安心工作，就辞职到丽江开饭店，我就是那个时候认识他的，然后一起到北京去北漂。黄春丙博士毕业后留校当老师。我们经常在“边疆风味”餐馆见面。他帮我们画一幅“泸沽湖走婚”的壁画，也挂在那里，特别醒目。王子得经常指着墙壁上的文字和绘画，给来吃饭的客人讲解纳西族文化、摩梭人婚俗。客人在吃饭的时候，同时就像在参观纳西民俗博物馆。我们正在盘算着，找个地方开一家分店，比如中关村或者五道口。

我说，三里屯、后海，都行，都是流量大的热点地区。

梅萧华说：可是天有不测风云。有一天，突然来了一群公务人员，说我们租的这个房子是违章建筑，必须拆除，提前通知一下，要我们尽快做好善后工作。我们被当头泼了一瓢冷水。仔细查看，这间从主体向大街延伸出几米的低矮屋子，的确是房东后来增加的。王子得说，我们的合同没到期啊，也是有法律效力的啊！王子得想跟他们对抗。我息事宁人，劝王子得拉倒，换个地方再做，损失装修费而已，本来就有换地方的计划嘛。那天，黄春丙带几位外地艺术家到“798”参观，晚上到“边疆风味”吃饭。黄春丙说，他有位出国定居的师叔，在宋庄建了一幢三层小楼，空在那里，租金很便宜。尽管没有“798”这边热闹，可是要知道，那里住着多少有钱的懒人啊！只要好吃、方便就行。你们请一些人送外卖，同时开设“喂饭服务”，往那些正在作画的画家嘴巴里喂。王子得，你信不信，我保证你发财，到时候可别忘了老同学我的好处啊。

我说，宋庄是偏了一点，但也有它的特殊之处。为那些有钱的懒人开新业务，倒是一个不错的想法，而且没钱的懒人，那里也不少。

梅萧华说：我和王子得，跟着黄春丙一起去看房子，一层是空的，可以做客厅、餐厅和厨房。二层是卧室和书房。三层可以做客房或工作室，还有一个顶层小花园。我们当即下了押金，谈好八万一年的租金，比“普仁农庄”的木屋还便宜呢。王子得设计了一个广告，画着穿民族服装的姑娘在送饭，旁边写着：来自泸沽湖边的美食，不走婚，可走食，美食走到你嘴边。请两个临时工拿到大街小巷去张贴，接下来我们就忙得不可开交。那些画画的、写电视剧本的、写诗的、当群众演员的，他们不只是懒，而且贪吃，半夜都要点餐。正如黄春丙所预料的，生意开展得特别顺利。黄春丙又出点子，说宋庄这些画家、音乐家、作家，都是些半艺术家、半疯子的人，高不成低不就，都在艺术的边缘上挣扎。平时就忙着挣钱，到周末也没个消遣的地方。你们周末可以搞一个Party，会员制，肯定很受欢迎。

我说，这个黄春丙真是个天才的商人，为什么不去做生意，搞什么艺术？我在北京文艺圈也混过几年，好像没听说过他的名字啊。

梅萧华说：人家是学院派，你不一定熟悉。我们也问过为什么不经商，他说，他就是点子多，但不愿意操作，更不愿意长时间专门做一件事。他说他的一个点子说出来，就像拉出一坨屎一样，谁还会一直跟屎待在一起呢？很雄辩的样子。我觉得黄春丙真的是艺术家，想法跟人不一样。正如黄春丙所言，我们的会员制Party很快就火了起来，成了宋庄艺术村的一个标志，第一批会员卡很快就卖完了，后来到了一卡难求的地步。黄春丙也很仗义，每个周末都带很多艺术家过来为我们撑台面，不光是美术界的，还有一些音乐界和文学界的，当然都是些边缘人物。混在宋庄的那些半艺术家，都想交年金加入，但我们的地方有限，并不是想进就能进的。

我说，我好像也听说过这个地方，是不是叫“东方运河艺术沙龙”啊？

梅萧华说：是的是的，你也听说过？那段时间我忙得晕头转向，每周大部分时间都在为这个Party做准备，搞卫生，购食物。一到周末，搞艺术的、混艺术的、骗艺术的，全都来了，鱼龙混杂，我一个也不认识，只知道他们都挺能吃，购置食品的开支直线上升。王子得给黄春丙开了工资，经常请他过来喝酒，设计不同的沙龙主题，什么“艺术死了吗？”“马桶艺术的偶然和必然”“毕加索是艺术史的意外吗？”王子得说，太深奥了吧，我学美术的都不大懂啊。黄春丙说，你都懂，谁还会来啊？

我说，都市类报刊，经常报道这个沙龙的消息，所以我知道。不过我那时热衷于在互联网圈钱，不怎么想介入文艺圈。但我也听说政府曾经要取缔这个沙龙啊。

梅萧华说：没有，都是瞎传。当时，有一个流浪画家跟一个当群众演员的诗人，为了一个编电视剧本的女子打架，差点动刀子，惊动了警方。那里也住着一些小报记者，就报道出去了。警方把打架的人带走了，同时传唤王子得和黄春丙。经过求情，交了一笔罚金，并限期整改，算是过关了。王子得想清退一批会员，但找不到理由，感到有些为难。黄春丙就是牛，他说，找什么理由啊？就说物价上涨，成本增加了，会费要翻倍，不就得了？果然，那些经济实力不足的艺术混子，都退出了。

我说，你那个黄春丙，一个画家，为什么这么懂得生意经啊？

梅萧华说，后来才知道，他的夫人就是个大商人。我从来都没有见过那个女人。

梅萧华通知服务人员过来冲茶，然后接着回忆她的往事。

6

梅萧华说：正如常言所说，盛极必衰，聚散无常。我和王子得终于到了散伙的时候。王子得在周末Party上认识了一个“考研党”，叫潘修岚，山东枣庄人，本科长江大学的，硕士渤海大学的，在北京漂着。她跟黄春丙一样，盯住美术学院博士生死考不放，已经考了三四年，但丝毫也不气馁，还把“我央美”挂在嘴上。平时住在宋庄，以制造世界名画赝品为生，经常出现在“东方运河沙龙”上。她本来是想勾引艺术家的，没想到跟老板王子得勾搭上了。我对王子得说，我给你一次机会，如果你一时糊涂，我会考虑是否原谅你的。王子得说，他跟潘修岚是真相爱。潘修岚竟然在我面前哭哭啼啼。我只能跟王子得分手。王子得倒也爽快，把存款都给了我。我回到丽江，通过招聘进了普仁农庄。两年后，潘修岚终于考上美术学院的博士生，她甩掉王子得的时候还讹走一笔钱。对“东方运河沙龙”，黄春丙的热情也消退了。王子得孤家寡人，一个人灰溜溜地滚回了丽江。王子得约我见面，说了当时我希望他说他不肯说的话，说他是一时糊涂。

我插话说，这个时候才说？当时干什么去了？

梅萧华说：没错，我对王子得说，现在说这话已经晚了。王子得让我不要急着把话说死了，给他留点余地，再交往一段时间看看。见王子得还算真诚，我就心软了，同意再交往一段时间。但想起那个潘修岚，想起当时王子得的绝情，我的心就隐隐作痛。我暗暗发誓，不再谈男朋友，如果王子得也不交女朋友，那说明他是真的。我就是这么想的，让时间来惩罚和安抚我们。就这样，我们还保持着联系。这次他又约我见面，还说有事商量。

我说，听你的话音，我觉得这次跟李雨阳有关。

梅萧华说：正是。我走进“茶马汉子”客栈，就听到有女人的啼哭声。王子得一见到我就语无伦次，说你看怎么办？她整天在哭，把我的客人全部赶跑，而且还有自杀倾向，得派人日夜守着她。我有些恼怒，这女人的哭声让我想起了潘修岚。我质问王子得，到底怎么回事？哪里又弄来一个女人？叫我过来干什么？王子得说这是黄春丙的妻子，叫李雨阳。黄春丙把她送过来交给王子得，说让她在丽江休养一段时间就会好的，自己有一个到巴黎访学两年的机会，不想放弃，只能拜托老同学老朋友了。说完就回北京去了。黄春丙的请求，王子得是无法拒绝的。

我说，黄春丙老家不是丽江的吗？为什么不送李雨阳回老家去呢？

梅萧华说，黄春丙老家是玉龙黄山镇黄家沟的，父母都是农民，生活不能自理，靠他姐姐照料，我问王子得，这个女人跟黄春丙还是不是夫妻关系？

王子得说，目前还是，黄春丙说他们的离婚手续还没办完，李雨阳就病倒了。他打算拖一拖，等李雨阳病好了再说。这个黄春丙，真是个宽心人，婚姻弄成这样，他竟然要出国两年。现在怎么办呢？李雨阳留在客栈里，肯定不是长久之计，我想起你们农庄，倒是个好去处。能不能把她接到普仁农庄去住一阵？钱不是问题，她有的是钱。普仁农庄环境好，风景好，风水也好，去疗养一阵，没准就好了，我们给黄春丙也有个交代。

我念在当年黄春丙帮我们的份上，就答应了。当即，王子得叫来一辆中巴车，派了几位小伙子，把李雨阳抬上车，直奔“普仁农庄”。

我说，你就这样答应了？王子得跟你什么关系？你为什么要领这么艰巨的任务？

梅萧华说：想当年在北京，他黄春丙是怎么帮我和王子得的？而且没有任何要求，无条件地帮助我们，现在轮到我们回报黄春丙了。再说，李雨阳住在王子得的客栈里，哭哭闹闹的确不合适。我在车上给庄主和振庭打电话说这件事，反正是以租户的身份入住，同时派人收拾了一幢木屋，李雨阳就这样入住了“普莲居”。刚开始的时候，我派六个人三班倒，轮流守着李雨阳。那些轮流值班陪她的人，是我从村里挑选出来的，年纪比较大，有耐心，家庭经济条件一般。我给她们开高薪，让她们好好照顾李雨阳。王子得也说我做得对，不要考虑花钱问题，只要李雨阳好就行。李雨阳每天都在哭喊，哭累了就发呆，或者默默流泪，或者自言自语，只听见她在不停地问：为什么？为什么？为什么？

我说，其实她说的并不是疑问句，而是祈使句。她那个“为什么”跟她的嚎啕声是一样的，都是对世界的一种疑问、不满、愤慨和宣泄，没有对话的可能。

梅萧华说：照顾李雨阳的人中，有位木妈妈，叫木莲枝，六十来岁，一位和善的纳西族女人，她是我第一个选中的人。我让木妈妈牵头，负责这件事。木妈妈抚摸着李雨阳的头发说，你们不要问她，也不要等她回答，她不会回答的，她心里有一团火，喊叫的时候，就是让火从心里面走出来，人就会舒服一些。细心的木妈妈，能够设身处地替这个悲伤的女人着想，我知道我没选错人，木妈妈不但细心，关键是有爱心，照顾李雨阳时还特别有耐心。李雨阳哭泣的时候，木妈妈就把她抱在怀里，抚摸着她，陪着她一起哭，还说，哭吧，哭出来舒服些。那样子，像对待自己的亲生女儿一样。

我说，这个木妈妈真是个善良的人！

梅萧华说，是的。有一次，木妈妈看着李雨阳的眼睛说，这么漂亮的孩子，就是走了魂啊！的确，李雨阳的眼珠发怔，目光是直的。木妈妈对我说，她哭闹打滚都没有关系，她要是不哭、不闹、不说话，那就不好了。我说，木妈妈，你赶紧想想办法吧。李雨阳看上去像正常人，能说话，但就是难得开口。能吃喝，但就是不肯张嘴。眼珠水灵灵的，但就是不肯转动。心脏和脉搏也在正常跳动。木妈妈一筹莫展，急得团团转。木妈妈说，我也没有办法啊，便把李雨阳紧紧抱在怀里，只有伤心流泪。第二天，木妈妈跟我商量，说她想搬进“普莲居”住一阵，她要陪着李雨阳，说李雨阳晚上会害怕的。这正是我求之不得、想说又不敢说的事。木妈妈自己家里还有外孙和外孙女，晚上还要在李雨阳这里陪夜。我不知道说什么好，说“谢谢”真的没什么分量。我要给木妈妈加工资，木妈妈断然拒绝。

我感叹道，这位木妈妈，不想让人说自己做这些是为了钱，不想把什么事情都弄得充满铜臭味。她为人处世很有古意，这在今天也是罕见。

梅萧华说，纳西族人都这样，木妈妈尤其典型。她是用爱心在做事。后来那些日子，她没事就把李雨阳抱在怀里，像哄孩子一样哄着她。有一天，木妈妈正在帮李雨阳梳洗，李雨阳两眼死死地盯着木妈妈，直愣愣地看了半天，突然扑向木莲枝的怀抱，嚎啕大哭起来，一边哭一边摸着木妈妈的脸说，“妈妈啊，你怎么来了啊，我以为再也见不到你呢。”木妈妈知道，她的“魂魄”回来了。木妈妈什么也不说，只是抱着李雨阳，轻轻拍着她的背部。那时候，我真的相信有一种前世因缘。我怀疑李雨阳跟木莲枝就是前世的母女。

我感叹道：如果直接把李雨阳送进病院，那她就完了。木妈妈真了不起！

我和梅萧华的手机都响了一下。是李雨阳发来私信。

李雨阳给我的微信：弟弟你在哪里？一上午都不见你啊。

梅萧华说王子得发来微信，问李雨阳的情况。

梅萧华说，我们先聊到这里，以后有机会再聊。你赶紧去“普莲居”看你姐姐吧，记着多照顾点她。她身体刚刚有些起色，但不一定保险，所以千万不要刺激她。

7

我来到“普莲居”。门敞开着，李雨阳正站在墙壁前的佛像边供香，她伫立在那里，口里念念有词。听到脚步声，她转过身来说，弟弟啊，一上午不见你，你去哪儿了？

我说，遇到梅萧华经理，聊了一会儿，她向我详细介绍了一下农庄和周边的情况。庄主和振庭，希望我把普仁农庄写进我的小说。

李雨阳说，哇，弟弟是作家啊？我说，谈不上作家，业余爱好而已。我原来的确是立志要当作家，后来因为有机会开公司，就把写作放弃了。开公司失败之后，我现在又想回到文学创作上来。

李雨阳说，弟弟你可千万不要开公司啊，你能开什么公司呢？所有的人，私人公家，都想占你便宜，人家把你害了、剐了、吃了，你都不知道怎么回事呢。当作家好，姐支持你当作家，姐有很多精彩的故事，我讲给你听，你可以把它写进小说。……不过，这个普仁农庄没什么好写的，妈妈才值得写呢！你要是早一点来，就能见到我妈妈。妈妈帮我收拾好屋子就走了，还送来这么多吃的。不过她下午还会来的，顺便跟你见个面。你尝尝我妈妈做的饼嘛，有云腿饼，有鲜花饼，还是热的。

我知道李雨阳说的妈妈，就是梅萧华说的那个隔壁村庄叫木莲枝的“木妈妈”，所以也不多问，我说新鲜肉馅儿的鲜花饼真好吃，你妈妈手真巧。

李雨阳说，妈妈把我们中午吃的饭菜都做好了。我们现在就可以吃饭了。妈妈是最心善的人，是最好的妈妈。

昨天，李雨阳给我的印象是说话有点玄乎，不敢跟着她往深里聊。此刻，我对李雨阳有些拿不准了，表面上看，她没有一点不正常的地方。可是，梅萧华刚才叙述的故事，还在我耳边响着。我仿佛听到李雨阳的嚎哭声。但我暂时还不知道究竟为什么，估计梅萧华也不一定知道。梅萧华此前没见过李雨阳，王子得也不一定熟悉李雨阳。我内心突然涌出一股强烈的解密冲动，但又害怕刺激了李雨阳，只好憋着。

其实，即使不能随心所欲地跟李雨阳畅谈，我也无所谓，就这样默默地相对而坐，我也很满足。我喜欢跟她待在一起，我喜欢她变化莫测的表情和情绪，喜欢听她说话，她的声音里有一种略带沙哑的性感。我喜欢她身上散发出来的气息。我的心绪像潮水一样，起伏变化不定，有时候会产生拥抱她的冲动。但她沉静的表情，又让我敬而远之。

吃完饭，我们移座到门前阳台上的茶几边。李雨阳一边冲茶一边说，我看见你嘴唇上有一个泡，是火气，特地找出一块宁德老白茶茶砖，这种五年以上的老白茶去火。……刚才梅经理跟你聊些什么呢？没有聊到我吧？

我说，当然聊到了你，她说我认了一个好姐姐，她们都很嫉妒呢。

李雨阳笑起来，说，真的啊？不过也没什么好嫉妒的，你这个弟弟站在她们面前，让她们认她们也不敢啊，你就是我的弟弟啊。

我说，我五大三粗，你眉清目秀，谁也不会相信你有我这么个弟弟。其实，你还不如做我妹妹呢。

李雨阳说，弟弟又瞎说了，还说一些见外的话，再这样我可要生气了。木妈妈就不会这样，有一次我伤心地哭了，木妈妈就抱着我，我喊她妈妈，她就接受了。……其实……她就是我妈妈。……你呢，不一样。我跟木妈妈相认，真的像梅萧华所说有那样，是前世的母女相逢相认，自然而然，顺理成章。我认你这个弟弟，却不顺当，感觉我们之间有一种无形的东西在阻隔着。我回忆了一下，从昨天到今天，你没喊我一声姐，你并没有拒绝，但你在犹豫、权衡、算计，甚至想逃跑，是吧？我是不是一厢情愿？

我不想做她的弟弟，我宁愿她是妹妹，或者直截了当就是情人。我害怕她看穿我内心深处的秘密欲望。我一时也找不到应对她的合适语言。我还得遵照梅萧华的嘱托，说话还要注意点，不要刺激李雨阳。我想了想说，其实并不像你所想的那样，而且你也不了解我，我的前女友就说我是个“渣男”。……我知道姐姐很认真，不是逢场作戏，但越是这样，我越是诚惶诚恐，怕辱没了姐姐，所以正犹豫……

李雨阳说：这是哪里话。我自信我的目光是不会错的。昨天，我好几次盯着你的眼睛往你心里看，我看出来了，你看上去很活络，其实内心是个实诚人。还有更巧的事，你的名字叫“一梵”，跟我家里弟弟的名字差不多，那个弟弟叫“雨梵”。所以，我才决定认你这个弟弟的。你不要以为我是一个随随便便的人。

李雨阳有个弟弟叫李雨梵，梅萧华没有提到，王子得也不一定知道。我不确定这跟李雨阳的病情有什么关系，所以也不敢贸然打探，只是应付了一句说，啊，这么巧啊？

李雨阳说：我做梦也没想到，自己会来丽江，会住进“普莲居”，会遇见“妈妈”，没想到会在普仁农庄遇见弟弟你，一梵。我感觉这些都是缘分。普天之下，有情众生，其实都蛮可怜、蛮孤独，却要装作若无其事的样子，都是傲慢心理在作怪。相遇相知和相亲相爱，不应该只是歌词，也应该是生活本身。

李雨阳说这些时，眼里噙着泪花。我被她的真诚所打动。我说，姐姐说得特别好。

李雨阳说：弟弟，你以后不准糟践自己，再也不准说自己是“渣男”。姐姐也不像你所想的那样有什么了不起，姐姐就是一个普通人，而且曾经是个自私自利的、只顾个人功名利禄的人，现在成了一个软弱无能的人，需要同情怜悯的人。不过，我正在向木妈妈学习，学习她的勤劳善良，跟她一样以帮助别人为乐。

李雨阳提到了她曾经的往事，我期待她继续往下讲，比如她的妈妈，比如她的弟弟李雨梵，比如她的小家庭和丈夫黄春丙。但她却突然停住了。她让我回自己房间去休息一下，还说到时候会发短信息通知我起床，下午还要跟我聊天。

我回到住处，躺在床上，却怎么也睡不着。梅萧华和王子得，李雨阳和黄春丙，还有北京的“798”和宋庄，丽江的客栈，那些场景在我脑子里走马灯一样转。我爬起来，拿出日记本，补记了来丽江这几天漏记的日记。我记下了认识李雨阳的经过，还有对李雨阳的好奇和疑问，特别是对李雨阳的欲望，还有欲望被她纯洁的情感所浇灭而产生的遗憾。我又打开电脑，把梅萧华和王子得的传奇故事，粗线条地记录下来，有了一个短篇小说的雏形，并取名《铩羽而归的北漂者》。

李雨阳发来短信，让我起床去她那边。我来到“普莲居”的时候，喝茶地点已经移到屋里的茶室。李雨阳说，太阳开始偏西了，黄昏的风还会更大，呼啦呼啦地吹着，让人心烦意乱，不如屋里安宁。

有人按门铃。李雨阳说，是妈妈来了。说着便起身去开门。

李雨阳牵着一位穿纳西族服装的女人的手走进来，说这就是“妈妈”。木妈妈左手抓住李雨阳的手，右手提着一只装满蔬菜的竹篮。她身穿蓝黑两色衣裙，藏青色坎肩，头上缠着深蓝色的包头，很精干的样子，显得比实际年龄要小一些。

我赶紧起身打招呼说：妈妈好！

李雨阳说，这就是弟弟“雨梵”。（她把我的名字“一梵”读成她亲弟的名字。）

木妈妈微笑说：弟弟坐，弟弟坐。说着，顺手把李雨阳按在椅子上，自己去厨房了。

李雨阳说，妈妈也很忙，家里有一大堆孙子孙女，我尽量不麻烦她，可她总是一有空就跑过来帮我。她说她两边都放心不下，我真的不知怎么感激她。今天她这是为你而来的，她要做纳西大餐给你吃呢。

我说，姐姐就是运气好，碰到这么好的人。

李雨阳说：是啊是啊。我是死过一次的人，现在我是一个新生者，所以要学好，不要学坏，有幸遇到了妈妈，就跟着妈妈学习。

我说，什么叫死过一次的人？姐姐说话怪吓人的。

李雨阳说，是真的，我的确死过一次。……我发现，弟弟是一个特别有涵养的人，对于别人的隐私绝对不打探。

我心里想：我的妈呀，我可想打探了，我敢吗？

话都到嘴边了，想起梅萧华说的那些场景，吓得又缩回去了。

李雨阳说，弟弟还是一个稳重的人，不随便发表意见。

我心里想：我要算稳重人，这个世界就没有轻浮人了。想当初，我的直播网站遭到举报批评，我雇了一批水军，领着他们在网上骂了三天三夜没歇嘴，最终被人“阉”了。我要是稳重一点，今天也就不在这里混了。我的确是一个糟糕的家伙，特别是在市场上横冲直撞的时候，显得特别可恶。但我喜欢读书思考，有点“君子一日三省”的精神。

李雨阳继续说，我为什么叫木妈妈做“妈妈”？弟弟也不关心我的亲妈妈在哪里？我说你跟我家里的弟弟名字差不多，你也没问我家里弟弟的事情。还有我的家庭和丈夫，我的过去，我的成功与失败，我以前是什么人，我为什么说自己死过一次，等等。难道弟弟真的一点也不好奇？一点也不想知道吗？

我憋了很久，实在是憋够了。我看看李雨阳精神状态不错，没什么不正常的地方，再加上她自己把话挑明了，那我就不客气了。于是我大声说道：我很想知道，我早就想打探。梅萧华对你不过是一知半解，她向我介绍的你，仅仅是你的皮相。我想知道从前的你是什么样子，我也想了解你现在的真实想法。可是……可是我一直压抑着，不敢打听，因为我不确定你是不是真的恢复正常了，害怕刺激了你。如果那样的话，我岂不是一个好奇的畜生？姐姐，李雨阳，你要知道，不光是我，还有多少人在关心你？庄主、梅萧华、王子得，还有你的所有亲人，都在为你担忧。

李雨阳说，我的亲人？我的亲人都在我身边啊，妈妈和弟弟都在身边啊。弟弟你终于发出了内心的声音。很好。那我就要把我的过去全部袒露在你面前。弟弟你听着，你将会知道我曾经是如何“死过去”的，也会知道我是如何“活过来”的。弟弟不是要当作家吗？那好，你一定要耐心听完，我的“生死故事”。

木妈妈在不停地把菜端上桌。她每次进来都要朝我微笑，并点一下头，像鞠躬似的。我连忙站起来鞠躬回礼，说妈妈辛苦。木妈妈并不说话，只是不停地做事。每次出现，她都有一种抱歉的表情，好像打搅了我们聊天似的。可是我们同样也很抱歉，我们年轻人坐在这里聊天，年纪大的她却在忙碌。

我说，妈妈别忙了，菜够多的了，妈妈也坐下来吃饭吧。

木妈妈微笑着说，你们吃吧，我不吃，你们吃。

李雨阳说，妈妈不在这里吃，她待会儿还要赶回她自己家，那边都等着她。我们先把晚饭吃完，然后我再慢慢地给你讲故事。

8

夕阳余晖衬托着农庄西边的小山和树林，远看像一幅木刻画似的，明亮的天空衬着灰黑的山林，树木的枝丫伸向空中，还有一些飞鸟在树林上空盘旋。

我和李雨阳沿着庄园里的小路和田埂散步，朝西边的小山上走去。李雨阳一会儿蹲下来看花，一会儿对着田埂上的野草发愣，还不时地发出赞叹声，有时还提一些幼稚的疑问。她蹲下来，抚摸着一棵小草说，昨天这棵草还只有两片叶子，今天两片叶子中间就长出了一根草蕊，是什么催生了它啊？真是太神奇了！再往前走一段，李雨阳又蹲下来，抚摸着一朵花说，这朵花昨天还是六个花瓣，今天为什么就只剩下四个了？另外两个花瓣呢？怎么一夜就凋落了？是什么在摧残它呢？唉！你们快长吧，长出新的来。

旁边另一个花圃边上，农庄里的另外两家租户，柳家和王家，他们也在散步，两家的小女儿都趴在草地上，仔细观察着花和草，也在跟花和草说话。李雨阳的方式，跟那两个小女孩一样，如果不是看在她曾经生病的份儿上，我可能会嘲笑她。此时此刻，我也只能耐心地跟着她，听她对花草喃喃自语。

我发现，李雨阳对农庄里的一花一草、一树一木都了如指掌，而且把那些花草树木，当自己的亲人一样对待，跟它们共生共处，跟自然和美共生共处，是一件幸福的事情。我这僵化而麻木的心，也被李雨阳的敏感和慈善所感染。想想前些年，自己都在干些什么！每天起床就是计算成本和利润，算计自己的员工，偷偷降低五险一金额度，制定各种规则克扣他们的报酬。实在卑琐！晚上还要去傍着京城的资本大佬，傍着其他各种大佬，跟他们一起喝酒鬼混，离开酒桌，又要请他们洗脚、搓背、K歌。整天跟丑陋和邪恶为伍。这样看来，我不是破产，而是新生。想到这里，我独自微笑起来。

李雨阳回头看我一眼说，弟弟在嘲笑我？

我说不是不是，我是在嘲笑自己从前的生活，那么可笑！

我们走上小山坡，在树林里的长椅上坐下。李雨阳说，所有迷途的人，从前的生活都是可笑的，弟弟，等你听完我的故事，你会觉得更可笑。李雨阳说，为了让我更充分了解她的“生死故事”，需要有个较长的铺垫，并希望我耐心点。

李雨阳1971年出生，家乡是湖北省东部长江边上的一个水乡，鄂豫皖赣四省交界之处的一个小镇，属黄梅所辖，那里是禅宗四祖和五祖的故乡，是一个钟灵毓秀之地。正如现代文学家、黄梅人氏废名先生所说，故乡人多少都有些“佛性”。聪明颖悟，心有悲智。

李雨阳一家四口，父亲、母亲、自己和弟弟。有癫痫病史的父亲，在长江边挖沙船上工作的时候，旧病发作，掉进长江里淹死了。父亲原本是长江航运局的船员，后辞职去私营企业开挖沙船，工资比国企要高一些。那时候也没有签订劳务合同这一说，老板只是给了他们家800元抚恤金，算是交了差。突然失去了父亲，家里的天塌了。8岁的李雨阳和3岁的弟弟李雨梵，跟着妈妈艰难度日。妈妈忙于生计，李雨阳很小就开始帮着带弟弟，李雨梵几乎就是姐姐带大的。李雨阳既是姐姐又像妈妈。

李雨阳自幼酷爱画画，美术老师说她有绘画天赋，就单独给她辅导绘画。高考时她报了美术学院，第一年考试失利，原因是专业考试不过关。第二年再考，录了第二志愿，北京的一所服装学院，进入工艺美术系的艺术设计专业。妈妈为了让她多带一点钱去北京，每天做两份工作，上午在农贸市场上卖菜，下午到长江边上去挑沙，就是把江边沙滩上的沙，挑到驳船上，运往南京和上海的建筑公司，挑一担沙才挣两毛钱。看着妈妈佝偻的背影和被江风吹乱的头发，李雨阳暗暗地发誓，一定要帮助弟弟考上北京的学校，带弟弟到北京生活。一定要挣很多很多钱，把妈妈接到北京去。

1989年9月，李雨阳离开家乡去北京读书。她告别从小带大的刚上初中的弟弟，还有生病的妈妈。她对妈妈和弟弟说，你们等着我，我会接你们去北京的。妈妈流着眼泪说，乖女儿啊，你自己好好读书，注意身体，不用管妈妈，到时候把弟弟带走就行。读大学的那几年，李雨阳生活清苦，但学习刻苦。她一边上学一边兼职挣钱，不但能自给自足，还每月给妈妈寄点零花钱。

弟弟李雨梵，从小在两个女人的呵护下，显得有些娇生惯养，学习成绩一直不佳，所以高考失利。后来考上了父亲的老单位长江航运集团总公司的职工大学，学习船舶驾驶专业，算是子承父业。对弟弟李雨梵的学业和职业，李雨阳不大满意，这让她想起去世的父亲的命运。但一时也没有更好的办法，她让弟弟先去读着，到时候她再想办法。

大学毕业的时候，李雨阳放弃了读研究生的计划，被分配到轻工业局服装设计研究所工作。李雨阳凭着自己的颖悟和艺术天分，加上从小锻炼出来的吃苦耐劳精神，使得她短时间便在服装设计界崭露头角，并获得了全国服装设计大奖。跟同龄人相比，李雨阳已经算是佼佼者。但离她要把母亲和弟弟接到北京来生活的愿望相比，还有很大的差距。李雨阳除了拼命地工作，她没有别的办法。李雨阳的实干精神也是她的同龄人中罕见的，工作之余，她接过私活儿，当过服装模特，甚至亲自动手剪裁和制作服装。

李雨阳成立了自己的设计工作室，有了自己的广告公司，还有自己的模特儿队。她频繁出席国内外大大小小的时装展和研讨会，同时还开设了自己的服装厂，并在国内外建立了自己的品牌连锁店。她的奋斗目标是，要打造中国的顶级时装品牌，就像日本的三宅一生、高田贤三、川久保玲、山本耀司那样，把自己的民族服装品牌，推到巴黎、伦敦、米兰、纽约的时装秀上去。李雨阳的理想，就是要把中国的文化元素融入时装，通过时尚把中国文化国际化。她在积极筹备自己的品牌“阳梵”，是自己和弟弟名字最后一个字的组合，打算在合适的时候召开新闻发布会，向业界和社会公布。她的这些想法和实践，得到了有关部门的大力支持，妇联还把她列为劳动标兵。一时间，她要同时应付学术研究、时装设计、企业生产等各个方面的事务，忙得恨不得有分身术。

说到这里，李雨阳站起来，走到长椅前面的一颗小银杏树底下，双手抱住树干，脖子和身子用力往后仰，接着用双手做杠杆，腰臀向左和右双向使劲儿。她扭动着腰肢说，我可是在T台上走过秀的啊，唉，这两年腰也老化，变得僵硬了。弟弟，我的腰是不是很粗啊？我说不啊，哪里会粗啊？你的腰不能再细了，再细容易折。李雨阳听了很高兴，她又活动了一阵，然后回来坐下，接着跟我聊她的故事。

李雨阳前面说，她是“死过一次的人”，我并不懂得这句话。她接着说，自己又“重新活过来了”，我更听不懂。不了解内情的人，会觉得莫名其妙。现在我终于明白，李雨阳这些年的经历和遭遇，的确可以用死去活来形容。

李雨阳抬起头来看看天空，说时候也不早了，她说她要先把故事的结局告诉我，至于其中的细节，以后再慢慢地补充。我心想，李雨阳看上去举止优雅，说起话来慢吞吞的不着急，其实也是个急性子。

按照李雨阳的说法，在遇见木妈妈和我孔一梵之前，她在这个世界上是孤单一人。了无牵挂，所以生死都无所谓。8岁时亲生父亲突然去世。后来在她事业走向巅峰的时候，亲弟弟李雨梵和生身母亲，两个亲人，一年之内突然抛弃她而离世。说到她的丈夫黄春丙，李雨阳可以用义愤填膺来形容，说他是一个没有责任心、满脑子“鸡贼”的浪荡型艺术家，真的就是人渣一个，就别提他了，……黄春丙在她心里毫无疑问也死了。所以李雨阳说自己孤单一人了无牵挂。作为一位艺术型的文化企业家，一位身价过亿的老板，一夜之间一无所有：亲人、生命、情感、信念，全部都灰飞烟灭。李雨阳说，她曾经大声呼喊：我愿意把所有的资产，全部交出去，换取我最珍贵的东西，亲情、友情、爱情，然而却毫无用处。我这才知道，什么是“叫天天不应，呼地地不灵”。李雨阳说，她原以为自己是一位强大无比、无所不能的人。到了关键的时候才发现，自己是一个无能的人，是一个废物。李雨阳说，她觉得命运不公平，自己既不作恶，也不欺骗，为什么这样？为什么？她曾经准备给自己一个了断，她多次用自杀来表示对命运的抗议，可是自己至今还活在这个世上。

李雨阳流着眼泪对我说：木妈妈叮嘱我，不要胡思乱想，一定要好好活着。弟弟，你知道吗，我觉得冥冥之中一定有神明在挽留我，是太阳和月亮，是花草和树木，是露珠和霜雪，是生长万物，是庄园里的牛羊和鸡鸭，还有我的妈妈，木妈妈，以及世上所有的爱，全部都来安抚我、治愈我、召唤我、鼓励我活了下来。弟弟，我提前向你透露了我的“生死故事”的结局，你不会扫兴吧？你要是有兴趣的话，我还会把其中的故事详细讲给你听。我特别想讲给你听的，是我怎么活过来的。

树梢上空的余光，映着一大群盘旋的乌鸦，它们似乎不愿意入巢，不愿意睡去，趁着最后的明亮，哇呀哇呀地叫闹个不停。嘈杂的鹊叫和鸟鸣，打断了李雨阳诉说的声音。李雨阳停下来，突然咳嗽起来。我这才注意到，晚风带有一丝寒意。

我说，我很愿意听姐姐的故事，姐姐不用着急，慢慢地讲。不过风有些凉了，要不姐姐回去加一件衣服吧，说了这么久，也没有喝水。

我一只手牵着李雨阳，一只手打开手机上的“手电筒”，照着田间小道往回走。李雨阳说谢谢弟弟，此刻我很幸福。弟弟把手电筒灭掉吧，其实用不着看我都能走回去，我熟悉这条路的每一个细节，我能够闻得出草的气息和花的馨香，还有它们生长的动静。我甚至觉得，不需要用鼻子闻，直接用心去感受，都能够获得它们生长的消息。

9

回到“普莲居”。李雨阳发现，乱糟糟的家已经收拾过。晾晒在阳台上的衣服收进来叠得整整齐齐，厨房也清洗打扫过，茶室里的茶具洗得干干净净。李雨阳说，妈妈来过的。桌上有一张纸条，上面画着几个图案。李雨阳说那是简单的东巴象形文，提示锅里有吃的。李雨阳从厨房端出一碗热羹汤，是冰糖木耳莲子羹。我说，妈妈真是细心的人。李雨阳说，是啊，她整天都把我挂在心上。我现在是一天也不愿意离开妈妈！

李雨阳说，要说起来，妈妈也很苦，她丈夫去世早，留下一个生病的老娘，还有三个儿女，两女一男，让她一人照料。木妈妈说过，那时候她什么也不想，一心一意按照丈夫临死前的话去做，一是把老娘照顾好，二是把儿女养大。看着三个儿女一天天长大，心里感到踏实。木妈妈多年来伺候生病卧床的婆婆，最后给老人送了终。养大了三个儿女，两个已经出嫁了，嫁给邻村的农民，大女婿是村主任，小女儿夫妻俩都出门打工去了。三个外孙和外孙女都留在妈妈身边。最宠爱的是小儿子，既不出去打工挣钱，也不愿意干农活，在家里游手好闲。木妈妈说，由他去，他健康开心就好，每天睁眼就能见到他在自己身边，我还求什么啊！最让她操心的，是儿子的婚事。木妈妈说，都二十多岁的人了，还没有个女朋友，整天捧着杂志上的女人看。你们都看到了，我们纳西族的女人，都是那种黄里透黑的颜色，到哪里去找杂志上那么白的女人啊？！木妈妈说的那种颜色，叫“茶色”，是近些年来国际模特儿界最流行的颜色，白种人专门要去海滩度假，设法晒成那种颜色呢。

我说，那他们是家有珍宝而不自知啊。我看过一篇研究文章，说人们之所以把长得白视为美，其实是一种古老的偏见，是一种封建等级制的遗存。因为贵族妇女不劳动，因而不会晒黑，所以白就代表着尊贵。而底层的劳动妇女要下地干活，就会晒黑，所以黑就代表着卑贱。《诗经》里形容女人美，就说她的皮肤细腻白嫩得像油脂一样。

李雨阳说，白色人种独占鳌头的时代，早就不存在了。在国际时尚界，T型台上同时走着黑人、白人、黄种人，各色人种平分秋色。有些模特公司，专门喜欢跟黑色人种或棕色人种签约。其实肤色并不重要，关键还是看个人精神气质。

我说，那当然。姐姐就属于那种既白又有气质的。一定有很多男孩子追你吧？

李雨阳说，是有不少，但都被我吓跑了。现在想想，心里也很过意不去呢。

按照李雨阳的说法，她周围的男人都说她长得漂亮。她自己从来都没有欣赏过自己。她甚至不知道自己漂亮与否，因为她沉浸在学业和事业中，也不怎么留意别人的目光。大学期间，她穿着随意，不怎么注意打扮。参加工作之后，更是整天忙得不可开交。当然有男生追她，但她一概拒绝，心里惦记着在乡下生活的妈妈和弟弟。所以，给同学和同事留下一个高冷、拒人于千里之外的印象，大家都不敢惹她。

在一次老乡聚会上，她认识了在理工大学上学的老乡钟立邦，学机械动力专业的，一直追随着李雨阳，坚忍不拔，马力十足。李雨阳觉得，身边有个男生也不错，而且是老乡，知根知底的，人也很安静，不会打搅她。但李雨阳一忙，就把他给忘了，有时候一连两三周都不跟他见面。钟立邦就一个人偷偷地哭。有一次，李雨阳接到一个设计的活儿，必须夜以继日加班加点，整个周末都在忙着。钟立邦后来告诉李雨阳，周六晚上下雨，他在雨里哭着站了一个晚上。李雨阳有点感动，但转念一想，他怎么像我弟弟啊？我不缺弟弟啊。她一直带着钟立邦玩儿，还要哄着他别哭。李雨阳曾经就钟立邦的性格，咨询了心理学老师，心理学老师说，那也是一种“暴力”，叫“软暴力”。男性在结婚之前，只能选择那种“示弱”的方式来控制女方。等到结婚之后，就有可能改成“示强”的方式。所以，“软暴力”随时都有可能转化为“硬暴力”。

后来，钟立邦每哭一次，李雨阳心里就疏远他一点。李雨阳仔细想了想，自己内心深处其实跟钟立邦挺隔膜的，找不到那种不离不弃的感觉。之所以一直跟他保持联系，恐怕还是害怕孤独和寂寞吧。特别是逢年过节，一人在这个茫茫无边的大都市里，举目无亲，有时候觉得挺凄惨的。认识钟立邦之后，随时都可以叫他过来，陪吃饭、陪逛街、陪过节。在这种自私自利的观念支撑下的关系，注定是不长久的。参加工作后不久，李雨阳就疏远他了。钟立邦毕业后也分配在北京工作，而且混得不错，也有了自己的家。有时候在老乡的聚会上也能见到。他念旧情，经常发来问候短信。李雨阳一直想着怎么报答他，特别是发迹之后。但这个愿望一直没有实现。

参加工作之后，李雨阳还跟隔壁办公室的熊景崧处过一段。那个熊景崧，北京人，大老爷们儿一个，说起话来大大咧咧，两人谈了一阵，很快就分手了。熊景崧见李雨阳风格有些冷，就开始用语言发起挑衅。他右手拿着香烟，左手数着手串儿，轻蔑地说，喂，你整天忙活啥呢？四个现代化要靠大家去实现，你一人能行吗？你这叫“个人英雄主义”。李雨阳听了很生气，就说，你行啊！实现四个现代化全靠你这种人啊！整天耍嘴皮子不干活，谁干就讽刺谁。你这叫“封建主义观念”“剥削阶级思想”。熊景崧也不示弱，说整天下地干活的是农民，你一搞艺术的，有灵感你也干，没灵感你也干，把搞艺术弄成种庄稼，像话吗？李雨阳气得大声喊叫：“滚！”事后她大哭一场。熊景崧家境好，又是北京土著，不用努力奋斗也能混日子。李雨阳的所思所想、所作所为，他怎么能理解？他不帮李雨阳排忧解难，还冷嘲热讽。李雨阳决绝地要跟他分手。熊景崧事后也作了检讨，说自己说话不过脑，顺嘴就溜出来了，但没有半点轻视李雨阳的意思，希望李雨阳大人不记小人过。李雨阳不愿意听这种油腔滑调的道歉，她对熊景崧说，什么？轻视我？你有什么资格？请你离我远点，不要玷污了我的耳朵。熊景崧说：您受累了，消消气儿，我就那么一说，得，我这就一边儿去了。李雨阳说：不是一边儿去，是从我眼前消失，从我的记忆之中消失就更好！

李雨阳事后想，男人都什么玩意儿？不是小孩儿就是老爷们儿，不是软暴力，就是硬暴力。更可怕的是，他们脏兮兮的，鼻翼边上、脸上、头发上，全是油腻，不爱洗脚，不爱换袜子，吃了大蒜不漱口刷牙，一个字儿，脏！他们还得意扬扬。平时心硬如铁，等到几个脏爷们儿凑到一起喝了几杯，便又是拥抱又是哭的。从那以后，李雨阳开始厌恶男人。更没有心思去琢磨跟他们之间发生的那些破事儿，索性一心扑在工作上去。就这样，等到李雨阳开始注意自己的容颜时，都已经三十多岁了。

有一天，李雨阳对镜叹息，说自己老了。总经理助理心腹助手胡玢芳说，雨阳姐啊，你就喜欢瞎说，什么老啊，什么憔悴啊。你又年轻又漂亮，事业型的知性美，这世上少有配得上姐姐你的。

李雨阳开始心里高兴。嘴上却说，喂喂喂，又开始拍马屁瞎说了。

胡玢芳是李雨阳的校友，也是李雨阳的崇拜者，承德人氏，艺术或设计才能并不高，但为人忠厚，性格也好，整天热情洋溢。李雨阳刚在服装设计界崭露头角的时候，胡玢芳即将毕业，到李雨阳的工作室实习。毕业后找工作并不顺利，就自己创办了一个作坊，也替李雨阳加工制作时装样品。后来李雨阳业务越做越大，收购了胡玢芳的作坊，扩大了规模，在宋庄租了厂房，成了李雨阳公司附设的服装厂。李雨阳嫌管理实业琐碎麻烦，她一门心思放在艺术设计上，所以厂子依然是交给胡玢芳管理。

胡玢芳说，姐，你每天在公司里忙事业，为中国服装走向世界操碎了心，当然就很少有机会认识男人了。公司里的人，谁敢打姐的主意啊？给他吃两个豹子胆他也不敢。所以姐应该去一些陌生的、不显示身份的地方，才会有邂逅的机会。

李雨阳嗔怪地说，死丫头，越说越放肆了。

胡玢芳知道李雨阳的心思，要不怎么叫心腹助手呢，所以她继续说，雨阳姐，你很久没到宋庄的服装厂去视察了。要不这样，明天我安排厂子那边准备，你去厂子里看看？

李雨阳对胡玢芳说，怎么突然想到让我去厂子里？那边的事你管着就行。

胡玢芳说，那边厂长也说很久没见到你，想跟你汇报一下呢。

李雨阳看一眼墙上的挂历，明天是周六？她疑惑地看着胡玢芳。

胡玢芳说，明天周六，工人不上班，但可以通知厂领导和中层加班。吃完午饭你稍微休息一下，两点来钟出发，一个小时就到了。你在厂子里走一走，看一看，运河边的风景也很好。你再跟管理层见个面，强调一下质量问题。下午四五点，我们在厂里简单地吃一点，然后就离开。重头戏这才开始，也是我们此行的真正目的。我带你去一个很不错的地方玩，去那里玩的全是艺术家。

李雨阳说，那是什么地方啊？我怎么没听说过？你鬼鬼祟祟的啥都知道。

胡玢芳说，我们要去的地方，是一个周末Party，叫"东方运河沙龙"，在文艺界，特别是在美术界，已经很有名了。那里就是一个假面舞会，名家云集，鱼龙混杂，是周末社交的好地方，去了你就知道。

李雨阳把茶杯里凉了的茶倒掉，用开水泡了一下茶杯，然后冲茶给我喝。她接着说，我同意了胡玢芳的建议，第二天去了宋庄的成衣厂视察工作。晚上就跟她一起去了"东方运河沙龙"。那里是我的诱惑，也是我的宿命。就是在那个沙龙上，我认识了黄春丙……

我的手机震了一下，是万舒依的短信："跟谁在一起鬼混啊？得空给我电话。"

记得我们俩分手的时候，万舒依恨不得我立刻变成灰尘，在她的唾骂声中随风飘散。事后，她又不停地骚扰我。我有些烦她，但一时也找不到不理她的借口。此刻，她的短信确实破坏了我的心情。

李雨阳说，弟弟为什么不高兴？有什么不开心的事啊？

我说，是我前女友万舒依，那个见我破产就弃我而去的人。我们分手的时候，像仇人一样，这会儿她又发神经，来招惹我。

李雨阳说，来自最亲近的人的伤害是最深重的。时间长了你就会明白，每个人都有自己的命运，都逃不脱。所以你不用烦恼。

我说，是的，姐姐早点休息吧。什么时候我也要给你讲讲我的故事。

李雨阳说，好的，弟弟你也回去早点休息。她把我送到门前，柔声地对我说晚安。我被她的声音迷住了，转身轻轻地抱住她。她顺势依偎在我怀里，眼泪沾湿了我胸前的衣服。

10

我回到住处就给万舒依打电话，问她找我什么事，是不是又被别的男人抛弃了。

万舒依说，你在哪儿鬼混呢？在喝酒啊？是在洗脚还是桑拿啊？

跟万舒依在一起，过了一段平庸而快乐的生活，挣钱、数钱，吃喝，吵架，睡觉，生活很实在，从不谈空洞务虚的话题。时光流逝飞速，肚腩长速和文化跌速都很惊人。我给她留下不是喝酒就是洗脚或者桑拿的印象，实在是很正常。此刻我不想告诉她我在什么地方，我说，有什么事就快说，不要啰嗦。

万舒依说，她突然想起来，她跟我分手的时候，我几乎是一无所有。她说她昨天晚上做了一个梦，梦见我在沿街乞讨，而且双腿也断了，在地上拖着往前爬。她说，她走过来想把我扶起，扶不动，好不容易到了一堵墙的拐角处，我突然站起来，双脚一点问题也没有，还把她举起来摔在地上。她说她醒过来的时候还在生气，但想到我拖着腿乞讨的样子，心里觉得有些愧疚，所以才联系我的。

我心想，她这种寄生虫型的人，竟然也有恻隐之心！她在我最风光的时候与我相识，在我最落魄的时候离我而去。我觉得她就是个没心没肺的冷血动物。我说，谢谢你的关心，也谢谢你的诅咒，我很好，既不会饿死，双腿也没有断，而且很健康，会有东山再起的时候，再见了。说着就要挂电话。但我突然想起来，我的书都在她那里，就补了一句说，谢谢你帮我保管书籍，回头我要去取的。她说，还惦记着你那些破书呢？早就被我扔了。我换了个小一点的房子，搬家的时候，除了我的衣服，所有的东西都扔了，读什么书啊，想想自己怎么活下去吧。我不想搭理她，把电话掐了。

“万舒依”是她成网红后取的艺名，她身份证上的名字叫万淑娇，安徽淮北人，高中毕业没考上大学，就到北京来打工。开始在动物园服装批发市场当售货员。市场搬迁之后一度失业，不知跟什么人鬼混在一起。租住在没有暖气的地下室，白天就到国家图书馆和大学教室里去取暖。她父母赶到北京，四处寻访，在海淀的一个防空洞里找到了她，要把她带回家去，她坚决不干，说不想回那个又脏又破的乡下，既没有暖气，又没有大学，更没有吃喝玩一条龙的国家图书馆，人也长得不漂亮，全是些眼鼻歪斜、手脚哆嗦的人。万淑娇有一个远房表叔，在市里一所大学的后勤处工作，帮她在校园里租了一间门面很小的店面，开一家“娇嫩奶茶店”。校园里的生意好做，年轻学生既不关心质量，也不关心价格，只要有人卖他们就买，只要能入口他们就吃。关键是不收税。所以，“娇嫩奶茶店”的生意也不错。万淑娇读书不行，其他方面还是蛮聪明的。她不甘寂寞，一边卖奶茶，一边做直播，加上旁边不停地有女大学生入镜，她很快就成了一家网站的网红。

我那时候也正处于迷惘时期，掂量着自己的写作，成功的可能性很小，所以打算改弦易辙，但又于心不甘。我有一个不愿告人的秘密，我读的不是正儿八经的师范大学，而是师范大学分校，属三本独立学院，校园不在北京，在南方的海滨。我学的是中文，但老师并不关心文学创作，整天讲些考据啊、资料啊、文献啊。在学校里的时候，我加入了“校园文学兴趣小组”，得过一个“商业银行杯大学生文学奖”，从此我就赖上了文学创作。毕业后找工作不顺，所以决定在北京漂着，职业也不大固定，东一榔头西一棒槌。我父亲就说，毕业了就得自立，不再提供资助。那些年，要不是母亲偷偷地转点钱来，我恐怕早就断炊了。至于我跟我家里人的恩怨情仇，那真是说来话长啊，在这里我就不多说了。我一直过着朝不保夕的日子，双脚走在求职路上，心里想着文学事业。“文章憎命达”啊，古往今来的文人骚客，中国的外国的，哪个过得顺心？托尔斯泰算是最顺的吧？到头来怎么样？这很可怕吗？我不认为。“衣带渐宽终不悔”，为了文学的梦想，我觉得值！

我到处蹭吃蹭喝蹭住，把朋友都得罪光了，弄得没人愿见我。常言道，穷则思变，人穷志短，我琢磨着，为了我的文学事业有保障，有什么办法能先挣点儿快钱，挣点儿脏钱也未尝不可。我在高人指点下，到一家专门卖旧书的网站，买了一本台湾作家的鸡汤文集，凑了一笔本钱，把那本书印了。没想到卖得特别好，年轻人看多了硬邦邦的语言，就特别喜欢这种鼻涕虫一样的软绵绵的语言，写文章都模仿他。我预支给住同一小区的张教授两千块钱稿费，让他写文章骂那本鸡汤文集，再请另一学校的孙教授写文章反驳张教授，夸那本鸡汤文集。一时间，网上便分成两派，张派和孙派，口水四溅，热闹非凡。

我同时采用了新式的“打榜”法，就是每天租一辆小卡车，给西单和王府井图书大厦送那本鸡汤文集，后面跟着另一辆小卡车，把送去的书全部买走。所以，那本书就一直占据着图书大厦的销售榜，上了周榜上月榜，上个月榜上半年榜，销售业绩十分可观。我真的是惊呆了，没想到印个盗版书这么挣钱。就在我正沾沾自喜的时候，我“微博”里就出现了一条私信，留私信的人自称是鸡汤文作家的后人，说我胆敢自作主张出版“家父”的书，侵犯了著作权，作为版权代理人，他打算到法院告我，而且人已经到了北京，如果方便的话，可以见个面，并把他落脚的宾馆和房号告诉了我。

我哆嗦着走进海淀北七家的一家快捷酒店，敲开了202室的门，一位六十多岁的酒糟鼻男子，把我让了进去。我一进门就“咚”的一声跪下，嘴里吐出一堆路上现编的词儿。我说我不懂法律，必将遭到法律的制裁，请原谅我的无知。我说自己出身贫困农家，大西北乡下，挨着西海固那边，缺水缺到一生只洗三次澡的那个地方，老父老母卧病在床。只因一心想挣几个快钱，不小心侵害了您的权益，请高抬贵手，放我一条生路。酒糟鼻叫我别这样，赶紧起来，商量一下怎么处理。我说书是卖了一些，除掉书号费、纸张费、编务费、管理费、广告费、劳务费，其实也没挣几个钱。

酒糟鼻捏着鼻子说，我念你家境贫困，不过再贫困也不能不洗澡啊。我可以不追究你的法律责任，但你必须把出售家父书稿挣到的利润全部交出来。我说，全部交出来？我不白干了吗？酒糟鼻说，你可以继续卖书啊，后面挣的钱全归你，你拿去给你父母治病。我说，您真是我的大恩人，太谢谢您了，我手头还剩五万元现钱，全部给你，只要您不起诉就成。酒糟鼻闻言，眉毛往上一竖，厉声道，什么？五万元？你玩儿我是不是？我哭丧着脸说，真的只有这些。酒糟鼻说，甭跟我耍滑头，惹急了我跟你公堂上见。我说，别别别，我的确瞒报了一万，但您也得让我吃口饭啊，父母那边还没个交代。他说，吃饭要吃一万块？你吃什么呢？再交八千，留二千吃饭。看来酒糟鼻是个狠角儿，最后我们达成协议，我再交五千，一共给了作者后代兼版权继承人酒糟鼻五万五千元，了结这件事。

我很得意，觉得自己谈判能力不错，骗人能力也得到了锻炼，印了一本畅销书，才交出了五万五千元，就把版权继承人搞定了，他竟然还让我继续卖书。我的菩萨啊，我哪里是什么西部农村的哟？当天晚上，我约了几位文学界和出版界的朋友吃饭，吹嘘自己的业绩。其中一位中文系毕业的研究生说，别自作聪明了，那个作家既不是大陆的，也不是台湾的，是南洋的。他要是活着，那得多大年纪啊？他都去世超过五十年了，哪有什么版权啊？你傻不傻啊？再说了，他有儿子吗？即使有，那也七老八十了吧？没文化就是吃亏，还吹呢。

算我倒霉。好吧，破财消灾。就算我被那人骗了，但我依然挣了钱，那是真的。我决定不在自己不熟悉的领域瞎混，而是准备开拓新的业务。我瞅准了互联网领域，开始做“绿橄榄”直播网站，而且出手不凡。为了扩张，我整天在那为数不多的几家直播网站上转悠。有一次，我随手点进了一家直播网站，看到一位正在卖奶茶的姑娘，手脚麻利、精神干练、风情万种，一脑多用，一边做奶茶一边跟粉丝互动，还不忘记感谢打赏的人，不停地腾出手来飞吻。我一下子就看中了她，就是万舒依（万淑娇）。我拼命给她打赏。她邀请我进了她的“小包间”。我们臭味相投、一拍即合。

万舒依转会到了“绿橄榄”，成为本站大牌网红。万舒依的到来，对我的网站来说，是锦上添花。她加盟之后，“绿橄榄”的人气暴涨，合同量也暴涨，其他网红也纷纷朝我们这边聚集，那些规模太小的直播网站难以维持，有的干脆关门大吉。我的“绿橄榄”的员工一度达到了三十多人，绝对数量的确不多，但影响力不可小觑，这就是互联网跟传统企业不同之处。趁着我得意忘形，万舒依提出要做合伙人的要求，我很爽快就答应了，给她49%的股份，心里想，什么合伙人，都快要成“绿橄榄”老板娘了。

我经常出席官方的新兴产业代表座谈会。我在各种社交场所，认识了一大批新兴的资本大佬。他们尽管有些瞧不上我，但他们也需要我这样的人啊，红花还需绿叶扶嘛，不可能全都是顶级大佬，所以，有一些我这样级别的人出现在他们面前，能使他们更加愉快，更有成就感。所以我也混得如鱼得水、人模狗样。渐渐地，我财大气粗，口出狂言，不可一世，乜斜着眼瞧人，有点俯视的感觉。

我把网站的内部事务交给万舒依打理，自己主要在外面交际，其实就是鬼混。万舒依也不赖，关键时很有点王熙凤的架势。做事那叫一个大手笔，大大咧咧、大刀阔斧，什么都敢想、什么都敢干。她为了增加网站流量，不顾一切，不怕触碰底线。其实什么叫底线，她根本就不知道。她弄来一批当年一起混江湖的姑娘，在镜头面前搔首弄姿，在“小包间”穿着内衣，做各种不雅的动作，如果有人多打赏，她们就做下流动作。每一种下流动作都有特别的名字，并且明码标价。当时你把人家的网站挤垮了，现在人家也不会忘记你的。有人就向有关管理部门举报，于是“绿橄榄”网站很快就遭到了查处，不但开出了天价罚单，还要求停业整顿。我被约谈，实际上就是要求关闭。

我责怪万舒依，说她做事不靠谱，把我的网站搞垮了。她却说是因为我的命太衰，没有享受富贵的命。她说跟我这种衰人在一起，把她的好运都赶跑了，她还打算索赔呢，所以她要赶紧离开我，同时也不会那么便宜我。我叫她能滚多远就滚多远，不要出现在我眼前，她于是就提出要分成。我说发完员工的遣散费，交完罚款，还有什么钱？万舒依就叫来她当年一起混过防空洞的男孩，拿着棍棒来谈判。我只好把剩下的钱二一添作五了。

我觉得自己就是从垃圾堆里、大粪坑里滚了一圈出来，没有挣到什么钱，还惹了浑身的骚臭。我决计要回到人生的正轨上来，穷一点没有关系，像从前那样，每天都在奋斗、在打拼，有目标、有理想，过得辛苦而充实。我打算先休养生息，积蓄力量，等待再度出发的机遇。我收拾行装就离开了北京，来到了丽江。尽管跟万舒依在一起的日子，深深地印在我的记忆中，但我还是不想再跟她黏糊。我想到了李雨阳，感叹世上的女子千差万别，有万舒依那样幼稚粗俗活泼型的，也有李雨阳这种成熟清绮孤寂型的。李雨阳优雅的身姿出现在我的脑海，我在想，她是怎么爱上那个黄春丙的呢？

11

第二天一大早，梅萧华给我电话，说王子得约她进城，问我有没有兴趣跟她一起去。她说她跟王子得提起过我，王子得说如果我愿意的话，他想跟我认识一下。

这些天我心情有些沉郁，估计跟长时间离开人群与花草树木相处有关。我正好需要出去散散心，到人多的地方去凑凑热闹，听听噪音，沉郁的心情就会漂浮起来。这符合中医“阴阳平衡”的理念。据说，国外有一种治疗抑郁症的方法，就是到嘈杂的市中心去晃悠，特别是要经常到自由市场去，跟那些吵闹的人在一起。网上还有开玩笑的人说，美国的抑郁症患者去看医生，得到的治疗方案，就是到中国去旅行。

我来到“普莲居”，李雨阳已经准备好了早餐，有牛奶和咖啡，煎鸡蛋和烤培根，全麦面包，果汁和水果。她说弟弟多吃点。但她自己胃口不好，只想喝点白粥。我说姐姐生活太安静了，要多动一动。活动太少就没有胃口，吃得越少就越不愿动，越不活动就越没胃口。李雨阳笑起来了，说我在绕口令。我说，我要搭梅萧华的车进城一趟，顺便买点东西，问她要买什么。李雨阳说，本来她也想进城去一趟，可是这几天身体不大好，人有点疲乏，等过一阵身体好一些再说。

我和梅萧华来到“茶马汉子”客栈的时候，王子得备好了茶在等着我们。王子得大约四十多岁，看上去比实际年龄要年轻一些。衣着打扮也很时髦，穿一件黑色G-STAR牛仔夹克衫，黄色高帮登山皮靴，上唇留着小胡子，后脑勺拖一个小辫儿，搞美术的人喜欢这样。皮肤也是深茶色，标准的丽江色，笑起来露出天真的表情，给人容易亲近之感。

王子得握着我的手说，早就听梅萧华说到我，本想去农庄看我，但客栈琐事太多，再说也不想惊动李雨阳，怕会刺激她，所以就请我过来一趟。他说他要特别感谢我，抽出那么多的时间在陪李雨阳聊天。听梅萧华说，农庄那边有个木妈妈，也在陪着李雨阳，照顾她的生活，但木妈妈不会聊天，无法缓释李雨阳积压在内心的情感能量。

我说，李雨阳认我做弟弟，我觉得很好，陪陪她也是应该的。

王子得对我说，李雨阳是黄春丙的妻子，而黄春丙又是他的老乡、老同学、老朋友。当年他北漂的时候，黄春丙没少帮忙。作为老同学，他尽管地位变了，助人为乐的精神却丝毫没有变。……不管怎么说吧，他们俩至少目前还是夫妻。帮助李雨阳，就是帮助黄春丙，就是帮助他王子得。

王子得转过脸对梅萧华说，刚从北京回来，见到了黄春丙。黄春丙遇到了麻烦。

梅萧华说，他不是说要去巴黎一个什么大学访学吗？怎么还在北京？

王子得说，出国手续还没办完就出事了。

梅萧华说，黄春丙脑子活，鬼点子多，他不是骗你吧？

王子得说，我去了他在昌平那边的别墅，他一个人孤零零地住在一幢三层的楼房里，目前靠卖画为生。但他的名气还不够，画的价格很低，加上他懒散，所以有些落魄。

梅萧华说，不是好好的吗？怎么突然这样？

王子得说，学校劝黄春丙辞职，说不辞职就开除。黄春丙只好辞了。

梅萧华说，凭什么？这简直是祸从天降啊。黄春丙犯了什么事？

王子得便开始介绍这件事的前因后果。就在黄春丙正办理出国访学手续的时候，一天下午，油画系突然通知他不要办，出国计划被取消。接着是晚上系主任找他谈话，说有学生实名举报他性侵，并要求学校处分他，否则就要捅到网上去。系主任说，按照上级教育管理部门前不久刚下达的文件精神，黄春丙触碰了教师职业道德的“红线”，没有讨论的余地，就是除名。黄春丙正打算申辩，系主任说，你不用申辩，举报信外加录音资料，一式多份，分送到了不同部门。过两天上面就会来问责的。所以，我们决定提前通知你，你必须赶在上面来追问之前辞职，将档案放到人才交流中心。等到上面追问这件事的时候，我们就说你已经辞职了。就这样，第二天一大早他就到系里递交了辞职报告，还欠了系主任一个人情。事后才知道，举报黄春丙的就是那个潘修岚。黄春丙找潘修岚理论，潘修岚避而不见，说自己也是无可奈何。听口气潘修岚好像真的有难言之隐。黄春丙想起系主任跟他谈话时鬼鬼祟祟的样子，猜测这件事这可能是一个阴谋。刚好就有同事提醒黄春丙，说事情的因果关系可能更复杂。潘修岚也许是果而不是因。说有人举报黄春丙在课堂上言论不当。

梅萧华听到潘修岚的名字，气就不打一处来，她把脸一沉，冲王子得说，怎么又是那个女人？他们俩怎么混到一起去了？……你们男人都是畜生，不管是猪还是狗，只要她们一抬屁股，你们就扑上去。……梅萧华正打算继续骂，看看我坐在边上，旁边还有一些客人，有些不好意思，便忍住了，转过脸用后脑勺对着王子得。

李雨阳好像也说过类似的话。在她们眼里，男人就是低等动物，在爱和欲之间，男人更着迷于欲，他们会对下贱的举动着迷。可是，当你远离他们的时候，他们又变得那么具有精神性，无比纯情。女人认为男人就是魔鬼。

我不能同意梅萧华的观点，但又不敢跟她辩解，我心里想：人就是一种特殊动物，男人中有低等动物，女人中也有啊。舒依就比较低等，她活力四射，欲壑难填，情绪无常，难以琢磨。她更是魔鬼。

王子得被梅萧华怼得有些尴尬。停了一会儿，他继续介绍说，黄春丙和潘修岚本来是师兄妹。潘修岚的博士生指导老师，也是黄春丙的导师。老先生这些年身体一直不好，打算退休，不想带学生，系主任不同意，拼命挽留，还破格让黄春丙评上了教授，好让他担任老先生的助手，于是黄春丙就成了潘修岚的副导师。潘修岚博士读了三四年，论文题都还没有开，不断地延期，同时又跟黄春丙鬼混在一起。潘修岚是个雁过拔毛的人，她也不会轻易放过黄春丙的。黄春丙的财务危机，也跟她有关。正是她，致使黄春丙偷偷地动用李雨阳的资金，被李雨阳发现，两人闹得不可开交。李雨阳生病来到丽江之后，黄春丙有些愧疚，同时越来越不能忍受潘修岚的贪婪，便设法要摆脱她。黄春丙弄到一个去国外访学的机会，准备溜之大吉。就在这个节骨眼上，他被潘修岚举报了。黄春丙想到了自己的导师，作为系乃至学校的元老，他说话应该有一定的作用。没想到老头子突然拉下脸说，我这里只谈艺术和生活，不谈国事和是非。

黄春丙现在是后悔莫及，同时也觉得愧对李雨阳。但黄春丙是那种典型的“逃避型鸵鸟人格”，而且还是个标准的“天秤座”。这决定了他不可能主动地面对矛盾，更不能勇敢地承认错误，改正错误那就更不可能了。他第一个念头就是躲避，设法逃跑。他说他准备筹集一些钱，自己去欧洲做流浪艺术家。

王子得说着，拿出一只文件包，从中抽出一张纸，是李雨阳当时写给黄春丙的离婚协议书。黄春丙一直没有签，因为李雨阳突然病了。现在黄春丙签好了名，并托王子得带给李雨阳，说等李雨阳病好了就交给她，什么时候适合办手续，由她定夺。王子得找我们来，就是商量，这份离婚协议书要不要交给李雨阳，不交的话由谁保管。

梅萧华说，谁来保管？除了你还有谁？先放你这儿吧，看李雨阳的身体情况再定，等合适的时候就交给她。就这样吧，我要回农庄。

王子得见梅萧华的脸色缓和了一些，就拼命献殷勤，希望梅萧华不要那么快离开。王子得说，跟我是初次见面，一定要请我吃饭。我为了成全王子得，就答应了。早就过了午餐时间，梅萧华见我要留下来吃饭，也只好跟着留下来。

王子得给丽江最著名餐馆“阿姆依”的老板打电话，让他留一个包间。我说能不能把我的导游和孔莉也叫上。梅萧华说，是和庄主的侄女儿，大家跟她都很熟，赶快把她叫上。王子得说人多一些更好，他喜欢人多热闹。我们约好在“阿姆依”的“冬樱花”包间见面。和孔莉跟她的男朋友徐泽晨一起过来的。她一见面就问我，怎么样啊，孔作家，住在庄园里是不是很有灵感啊？我说很好，特别要谢谢她为我牵线。

说话间，王子得已经点好了菜。丽江马帮菜是主打菜，可惜用的不是烧柴火或木炭的火塘，而是电磁炉，缺少烟火熏烤的感觉，但菜的味道独特，特别是海菜花和马卡叶等当地的野菜，还有老板自己制作的腊排骨，风味十足。三位男士喝的是一种本地的高度白酒，青稞酿造的，52度清香型。两位女士喝的也是本地的酒，一种低度酿造甜酒，叫“窨酒”。

喝着喝着，王子得兴奋了，接着就唱起来。开始他用汉语哼了几支纳西族情歌。和孔莉提议王子得唱《东巴吉日经》，还要求用纳西语唱。王子得说，纳西语没问题，只是那个调子很难唱，他说他还专门向本地纳西族的民间艺人拜过师。老师批评他的声音有些乱，不像擅长“吉日经”的“宝山派”，倒是像擅长情歌的“白沙派”。和孔莉说，我们不需要那么专业，你能唱就好了。王子得站起来酝酿了一下情绪，接着发出一种类似蒙古“呼麦”的悠长叫喊：哎——，然后是纳西语的诉说式演唱：嗬汗，姆图，库兹，欧，库欧，哈欧，呢哇，哈咋，欧……。抒情和叙事交织在一起。和孔莉一边给我翻译。歌词大意是：

天空碧蓝岁月好
土地金黄岁月好
人好羊好庄稼好
北方藏族同胞好
南方白族同胞好
中间纳西族也好
人寿年丰岁月好
孩子健康老人好

歌词是欢乐的，全是“好”没有“了”，是一支“好好歌”不是“好了歌”。曲调悠扬而深沉的，声音苍凉而悲伤的，大起大落，大喜大悲。据说这就是纳西人的精神，将笑意和欢乐挂在脸上，内心深藏着对生活和人事的悲伤情感。那个徐泽晨一直很少说话，只是闷头喝酒，还随着王子得的歌声摇摆着身躯。和孔莉和梅萧华听着都流下了眼泪。就像王子得唱的，好好好，我内心充满了祝福，祝福和孔莉，祝福梅萧华。

12

那顿饭吃到太阳快要偏西才散。我不胜酒力，一上车就睡着了，回到农庄里还是头晕目眩，便直奔我的“普济居”，倒头便睡，一直睡到第二天凌晨四五点钟才醒来。大地和鸟儿都在沉睡，凌晨的农庄特别安静。我起身来到阳台，坐在一把藤椅上，看着东方微明天际衬出的远山轮廓，看着农庄里安静的桦树林和银杏树林的轮廓，等候着花草树木醒来，等候着鸟儿和虫豸醒来。空气里的寂静在耳旁嗡嗡作响，四周弥漫着青草腐烂和生长的气息，还有轻声露珠清凉的气息。我静静地坐了一个时辰，便看到“普莲居”亮起了灯。

天大亮了，李雨阳发短信让我去吃早餐。我一走进“普莲居”，便把头一天丽江的事情讲给李雨阳听，主要是想把欢乐的情绪传递给她。但我没有到提黄春丙。很难想象，李雨阳要是听到黄春丙的名字，知道了黄春丙的现状，会有什么反应。我更难预料，她要是知道黄春丙的歉意和忏悔，她会不会原谅他。所有这些，仅仅是我心里的一些想法而已，它没有变成声音。我只是提到了跟王子得一起喝酒的事，还特别提到了王子得的歌声，如何动听。李雨阳说，嗯，王子得，黄春丙的大学同学，是个热心肠，刚到丽江的时候，全靠他照顾。我们原来并不相识，名字是早就知道的，几个月前到丽江，才第一次见到。在北京的时候，我曾经去过一次他创办的那个“东方运河沙龙”，但没注意到他。当时在沙龙上出风头的是黄春丙。李雨阳便接着开始讲上次中断了的故事：

那天黄昏，在工厂小餐厅用过便餐，我和胡玢芳，去了那个被她吹得神乎其神的“东方运河沙龙”。我们走进一幢湖边的三层小楼，大厅已经聚集了不少人，看样子都是文艺界的人。大厅正中摆着一张巨大而奢华的原木整板长桌，上面摆满酒水、糕点、水果和鲜花，端着酒杯的人影子一样来回走动。左右两面靠墙边，摆着一排小圆桌，每张小圆桌边，都坐着三四人、四五人在聊天。我的第一印象就是，高谈阔论、高朋满座、高端大气。正对着大门的那面墙前，有一个略高出地面的方形小台，有人在那里在弹钢琴。台的左角竖着一个立式麦克风。

一位长发男子正在演说。他的言论吸引了我，因为他的艺术观，跟我的美术史教授的说法背道而驰。他捋了一下长发说：马塞尔·杜尚，他，与其说是个艺术家，不如说是个骗子，小便器无论放在厕所里还是卢浮宫里，都是小便器，不可能变成熏香炉，让杜尚的小便器见鬼去吧。还有，毕加索，他是艺术家吗？不！他是疯子。只有疯子眼里的世界和事物，才呈现出那个样子，扭曲、丑陋、不知所云，精力过剩，无处发泄，就跟画布和颜料过意不去。更可笑的是，他们自己病了，就以为全世界都病了，他们自己生病，就以为全世界都要吃药。这就是现代主义艺术的绝地！现代主义艺术，怎么说呢？就是我们时代艺术脸面上的粉刺，阴天发紫，晴天泛红。

我很震惊。这种疑问我在大学里就有，但我不敢说。因为我的艺术史老师鲁冰川，大赞现代艺术，狠批古典艺术。作为中国当代艺术批评的天才，鲁冰川毕业于法国里昂艺术学院。他主讲西方艺术史，讲得最投入的是现代主义艺术，可以用咳珠唾玉、魅力四射来形容。但我发现，他的言辞跟他投影到PPT上面的作品不是很吻合。跟文艺复兴时期的作品相比，我不是很喜欢现代主义的作品。当时我怪自己没有悟性，艺术感受力不够。但我也不服气，我考到北京来，在这么专业的大学读书，已经很精英了，我都不懂，那么精英的艺术给谁看呢？这就是我一直没有解决的疑问。

长发男子正说得起劲，一个留小平头的女子站了起来。她叼着香烟，右鼻翼边有一颗像小花瓣一样的鼻钉在闪闪发亮。她用略带挑衅的语气说：杜尚的小便器怎么了？碍着你了？小便器为什么就不能高雅一回呢？神圣的马丁·路德，早晨起床坐在三楼厕所里的马桶上，往一楼粪坑“扔”屎的时候，还跟上帝相遇了呢。鼻钉女子话音一落，就有几个人鼓掌吆喝：好！让没有屎尿的圣人见鬼去！

长发男子停下来，安静地站在那里，等待声音平息下来，然后重新接着被打断的话头继续说：绘画，艺术，不是“搅屎棍”，也不是火与剑。它是在历史和现实终结之处起飞的精灵，是无中生有的伟大想象，是大音希声的审美创造。艺术史上最让我崇敬的还是文艺复兴三杰。中国的顾恺之、吴道子、张择端，也创造了另一种美。今天我要在这里提出一个倡议，就是重新向古典艺术致敬。

大厅里想起了热烈的掌声，长发男子的倡议，得到了大家的响应。鼻钉女子不服，再次站起来发难。她把烟头往左手端着的一个金属小烟灰缸里一摁说：老人美学，往后看的美学，历史崇拜或权力崇拜的美学，腐朽的审美趣味。我不会向那种东西致敬的，让米开朗基罗见鬼去。我本人主张冒险的美学，未来的美学。

长发男子端起一杯红酒，从小台上走下来。他路过鼻钉女子身边的时候，朝她点了点头，举起酒杯跟她碰了一下，还说了一声谢谢。鼻钉女子说，对不起，冒犯了。两人便站着聊了起来，长发男子跟鼻钉女子离得很近，像一见如故的老友，很亲切的样子，说话时嘴巴都快要靠到她的头发。

我发现，长发男子很有风度，面对质疑处变不惊，有礼有节地处理问题，同时也没有放弃自己的立场和观点。我决定跟他认识一下。当他路过我身边的时候，我主动地端着酒杯跟他碰杯。我说我叫李雨阳，你刚才说得非常好，我也主张向古典艺术大师致敬。长发男子说他叫黄春丙。我说，作为一位服装设计师，如果将现代派审美风格，直接搬到人的身上，我不能想象她或他会是什么样子，我担心那会给人一种堕落的、不道德的感觉，甚至会被人视之为风尘中人的错觉。

黄春丙接下来的观点出乎我的预料。他先是对我的职业表示赞许和羡慕，然后说，巴黎和米兰等地的T台，是我们这个世界的审美前沿。时装设计跟纯艺术创作还不一样，它要把各种美呈现在街道上和人的身体上。它不但要把古典的和浪漫的美呈现出来，比如圣罗兰。它还要把被现代文化扭曲了的美，再扭转过来，比如麦昆和加利亚诺。

我说，哇，你竟然喜欢麦昆，我太意外，其实我也很喜欢，只是心里有些犹豫不决，特别是在中国这种审美语境中。

黄春丙见到我赞许的目光，便愈加开放。他说，其实他更喜欢D&G的风格，相反的元素并置在一起，打乱了淑女与荡妇、绅士与嬉皮、柔美与阳刚、素朴与奢华的界限，体现出一种雌雄同体的美学，通过Model走秀，把一种新的美学风格活生生地呈现出来了。我经常到他网站去浏览，那种性感的迷彩服走秀，那种将意大利田园风的古典浪漫美，加上兽皮和鸟毛，改造为现代美学风格的实践，都给了我创作灵感。

黄春丙的观点，大大出乎我的意料。在我的服装设计遭遇瓶颈时遇到他，真是一件幸事。我当即决定要聘他为我的服装设计工作室的艺术顾问。我留下他的联系方式，约他周末到我工作室来参观，同时谈妥了合作。此后一段时间，黄春丙的艺术灵感和我的设计灵感同步喷发。我在国外拿的那个“时装设计师大奖”，跟黄春丙有关。我的性格中务实的成分多，相反，黄春丙性格中务虚的成分更多。没有他的艺术灵感，我的设计可能会走进死胡同。没有我的实施精神，他的艺术灵感只能在天上飞。

那些年我忙于事业，疏忽了自己个人的事。母亲每次在电话里都要提起，说这是她的一桩心病，说雨梵本来要结婚的，但他说要让姐姐先结婚，再考虑自己的事。听到妈妈这些话，我觉得压力蛮大。黄春丙在我脑子里跳出来，我反复思量，觉得他不错。但凭着女人的直觉，我对黄春丙身上那种无处不在的虚头巴脑的劲儿，心存疑虑，并隐约产生某种不安全感。有一次，胡玢芳跟我闲聊，说我跟黄春丙是天作之合，劝我不要犹豫。刚好那一年，我得了一个“设计师大奖”。黄春丙陪我一起到国外去领奖。回来后我们两个大龄青年就结婚了。

婚后我们依然是各自忙自己的事。我的设计师品牌越来越有名，全国各地都有加盟连锁店，因此，工厂业务也很繁忙。黄春丙破格评上了教授，开始带硕士生和博士生，又要帮助他那80岁的导师指导学生，还得出席各种艺术界的学术交流、研讨会、画展。黄春丙在学校里有自己的宿舍和画室，我们只有周末才能见面。

有一个周末，在放他的衣服到洗衣机里去的时候，我闻到了女人化妆品的气息，那是一种廉价而平庸的香味。我问怎么回事，他说：是吗？不知道啊，让我闻闻。他真的走过来，拿起衣服闻了闻，一脸无辜地继续说不知道，还说在电梯里，在地铁上，各种公共场所，都有可能跟女性挨在一起嘛。既然这样，我也不好继续追问。但我心里不舒服，有疙瘩，还隐隐约约地产生了不安感。我最担心的是，我曾经的直觉会得到印证。黄春丙给我带来的不安全感，一直在威胁着我、折磨着我。胡玢芳曾经问我说，姐啊，你最近为什么不高兴？我想跟她说，但我难以启齿。我只能自己承担自己的选择，及这种选择带来的后果。我只能独自承担这种情感风险。我只能在想象中折磨自己。除了心存疑虑和焦虑不安之外，我能做什么呢？我不知道。我当时唯一正确的抉择，就是拒绝怀孕，并且是以工作和事业为借口。黄春丙竟然默许了，并没有在这件事上为难我。现在仔细想想，那才是不幸中的万幸。……

这时候，李雨阳的电话响了。她对我说，是胡玢芳的电话，接着就按了免提键。我听到了李雨阳的助手胡玢芳的声音：

胡玢芳：李总，你好吗？很想你啊。

李雨阳：什么“李总”？不认我这个姐了？那好，我不叫你阿芳，我叫你胡经理。

胡玢芳：别别别，……我宁愿什么都不要，也不能没你这个姐。

李雨阳突然眼泪哗啦啦地流下来，哽咽着说：我很好，我一切都好，阿芳……

胡玢芳：你一定要安心疗养，这边的事你就只管放心吧。只恨我的能力有限，不能跟你比，但我会竭尽全力的。不过我实在是忙得分身无术，我想找一个人来帮忙，分管品牌加盟店这一块业务……

李雨阳：这个不用跟我商量，都由你决定，我不再管具体的事了。……你自己也要注意身体。等放长假的时候过来一趟。

胡玢芳：好啊，我很想你呢，恨不得现在就飞过去看你。

李雨阳抽了几张纸巾擦了擦眼泪说：我也很想你。这边是另一个世界。你来吧，我要介绍另外一些新朋友给你认识，我妈妈，我弟弟。……

我知道李雨阳是说木妈妈和我。那边的胡玢芳当然不知道，她听到这些话，吓得惊慌失措，连忙问：你没事吧？你不要胡思乱想啊！等我把公司里和那边工厂里的事情安排好，就抽空去看你。

李雨阳收起电话，既像是自言自语，又像是对我说：胡玢芳真是个好姑娘！可是，年纪轻轻的她，却要管那么多事，没有充分享受青春和生活，整天在打拼、打拼、打拼，哪里像个年轻人？她是在重蹈我的覆辙啊！

13

快到中午了，还不见木妈妈过来。按照李雨阳的说法，木妈妈的生活平静如水，有条不紊，很少有什么变化，除非家里有什么急事。李雨阳看了看手表说，妈妈还没过来，那她一定是有事，我先去做饭给弟弟吃。说着，起身到厨房去了。李雨阳在厨房里高声说，开电视吧，你不是喜欢看动物世界吗？看体育频道也行，跟动物世界差不多。

李雨阳出语犀利，说明她精神状态很好。我打开一家地方台的竞技频道，几个男人正在搏击。一位高大强壮的中国选手，把一位花钱请来挨打的矮小瘦弱的外国选手打趴在地，裁判抓住中国选手的一只手高高举起，紧接着，一位袒胸露背丰乳肥臀的女孩，端着奖杯扭着屁股上了场。拳击台四周，掌声、唿哨声、怪叫声，响成一片。

王子得突然来电话，说他现在就在农庄门口，让我出去一下。我来到农庄门口，只见王子得正靠着自己的车子门边抽烟。我很突然，问他怎么有空过来。他说梅萧华那天从丽江回到农庄之后，就一直没理过他，发微信、发短信都不回复，打电话也不接，不知道她在生什么气，情急之下，就开着车过来了。

我说：见到梅萧华没有？要不要我去把她叫过来？

王子得说：见到了。她说她忙，让我先找你玩。反正也到了吃中饭的时候，我们先到附近的一个农家乐去吃饭，我还想跟你喝几杯，咱兄弟俩好好聊聊。

我说：何必到外面去吃饭呢，李雨阳正在做饭，一起到李雨阳那儿去吧。到了这里不去看李雨阳，合适吗？还是去李雨阳那里吧，我把梅萧华也叫过来。

王子得说：是要去看李雨阳，可是一见到兄弟你，就记起了我们上次一起喝酒唱歌的场景，便临时改变主意，想先去喝酒唱歌。那个农家乐非常好，我和梅萧华去过那里，也是马帮菜，但烧的不是电磁炉，是真正的木柴火塘，烟火气十足。我们可以喝一个下午的酒，还可以唱歌。

我说：要不这样，我们晚上再去你说的那个地方吃马帮菜，中午还是去李雨阳那里吃个便餐，怎么样？

王子得说：那也行，你先跟李雨阳打个招呼吧，不要太冒昧。

我拨通李雨阳的电话，让她多准备一点饭菜，说有客人要过来。

我让她先别问是谁，见了面就知道了，我们马上就到。

我领王子得来到“普莲居”。一见李雨阳，王子得就恭敬地喊嫂子，说没有常来看望嫂子，很是失礼，今天见到嫂子气色不错，精神状态这么好，他也就放心了。李雨阳见到王子得，先是愣了一下，接着有礼貌地招呼王子得就座，并让我陪王子得喝茶，说完，就朝厨房走去。李雨阳的表情变化很微妙，但还是能看出来。女人的脸就像春天的天气变幻莫测，弄得我有些尴尬。我跟进厨房，靠近李雨阳小声说，王子得是来找梅萧华的，你把梅萧华叫过来吧。李雨阳说，梅萧华刚发来信息，马上就过来。

我对李雨阳的态度表示不解，她刚到丽江的时候全靠王子得照顾，她也曾经表示过对王子得这个人的好评，见了面为什么这么冷淡呢？李雨阳说，自己一直记得王子得的好，心里也蛮感激。可是一见他的面，就让我想起了黄春丙，心里不痛快。我说，你不高兴，我心里也不舒服呢。李雨阳说，弟弟放心，我自己会调整的，你先去客厅陪他吧。

我回到客厅，对王子得说，梅萧华马上就到。话音刚落，就听到梅萧华的声音，她喊着雨阳姐的时候，人已经进了屋。

梅萧华对王子得说：哟，你真会找地方，跑到这里打搅雨阳姐来了。

王子得不知说什么好。我赶紧为他打圆场说：子得大哥正要去找你到外面去吃饭呢，是我把他拉到这里来的。

说话间，梅萧华急匆匆地朝厨房走去，好像有什么急事，我紧随其后跟了进去。

梅萧华走近李雨阳小声说：雨阳姐，木妈妈生病了。

李雨阳说：什么？妈妈病了？你怎么不早点告诉我？怪不得妈妈没来呢！

梅萧华说：一大早就听说木妈妈生病了，我赶紧去请医生，陪着到村里去看木妈妈。不过没有大碍，木妈妈是感冒发烧，吃过药睡下了。我已经给木姐姐打了电话。木妈妈怕你着急，让我不要把她生病的事告诉你，就说她家有事抽不出身，让我给你送午餐来。我怕你吃不惯食堂的菜，打算过来帮你做菜呢。

李雨阳说：我这就去看妈妈。

梅萧华说：不着急，吃完饭再过去吧，木妈妈没事的。

李雨阳就像没听见似的，脸色都变了，她取下围裙就朝外面走去，一边吩咐梅萧华在这里张罗，陪两个男人吃饭。梅萧华对我说，让我陪王子得吃饭。我和王子得都说，我们还不饿，要求跟她们一起去看望木妈妈。

我们四个人一起朝木妈妈的“吉的果嘎”村走去。村庄不大，坐落在离农庄不远处的一个小山坳里。木妈妈的家就在村口，一幢青砖小屋坐落在一棵香樟树下，墙壁上长满爬墙虎和青苔。门前有几位小孩蹲在地上玩耍。李雨阳抱起一位小女孩说：小月，婆婆呢？快带我去看婆婆。进门是一方天井，卵石铺就的地面上摆满种着花草的盆景。左右两边有回廊和四间厢房，正对着的是客厅。我们跟着李雨阳进了右后方的厢房，李雨阳扑过去抱住木妈妈哭起来，一边喊着妈妈、妈妈，把睡着了的木妈妈都惊醒了。

木妈妈微笑着说：你怎么来了，我没事，刚吃过药，有些头昏，就睡着了。

李雨阳哭着说：妈妈的脸这么烫，还说没事呢！妈妈再难受都会说自己没事的。

梅萧华说：刚吃药不久，退烧没那么快，放心吧。

李雨阳说：妈妈没事就好，妈妈要是有事，我也不活了。

木妈妈从被子里伸出手来，抚摸着李雨阳的头发说：你又在说傻话了，要死要活的，妈妈不会死的，妈妈有七条命。

李雨阳说，妈妈一直躺着也不舒服，不如靠着床头坐一会儿吧。李雨阳扶着木妈妈坐起来，靠在床头，给她披上衣服。木妈妈半闭着眼睛听李雨阳说话。

外面传来嚷嚷声，是木妈妈的大女儿木姐姐的声音。她刚从邻村赶过来，正在骂自己的弟弟，说妈妈都病倒了，你不好好照顾妈妈，还在打游戏。弟弟辩护说，一会儿这个来，一会儿那个来，我怎么插得上手哟！

说话间，木大姐已经进了卧室，木妈妈说，弟弟不懂这些，不要骂他。木姐姐说，妈妈好好休息，不用管外面的事情。只见木姐姐手提一只装满食物的竹篮，身后带着两位老婆婆，年纪足以当木妈妈的妈妈。木姐姐一边跟李雨阳和梅萧华打招呼，一边将肉食瓜果馒头等食物，供在靠墙的长几上。木姐姐拉上窗帘，点亮了两盏酥油灯，接着就请两位老婆婆开始“招魂”仪式。

一位长得精瘦矮小的严肃的老婆婆，双手拿着一个木托盘，上面放着一碗米饭，一盘鸡蛋，一盏酥油灯，在昏暗的房间里走来走去，一边走一边用纳西语歌唱。另一位胖乎乎、两边脸蛋儿往鼻子中间蹙拢的喜庆老婆婆，把手按在木妈妈的头顶上，也用纳西语唱着低几度的和声，每一句后面都加一个“哦冷鲁”。两位老婆婆的歌声，一声高亢一声低吟，一声尖锐一声平和，天然地构成了和声，动听而肃穆。

王子得小声地把它翻译给我，大致的意思是：

天卵大地卵大，天地孵出人和万物
天音佳地气佳，佳音佳气滴白露
生出白黑红绿黄五蛋、山川河流树木
生出花草树木蘑菇、鸡鸭牛羊男女
献给天地，献给神灵，献给祖先
…… ……
影在游荡，命在游荡，魂在游荡

你的七魂中有三魂在四处游荡
不要待在高山深谷里，哦冷鲁
不要待在岩石大树下，哦冷鲁
不要待在村头和村尾，哦冷鲁
不要待在房前和屋后，哦冷鲁
不要待在门前和门后，哦冷鲁
快回来吧，从九天九夜的路上回来，哦冷鲁

李雨阳一直紧挨着木妈妈身边。我疑惑地看着梅萧华。梅萧华小声对我说，科学方法和民间方法都用，不碍事的。当时李雨阳被抬到农庄来的时候，也是这样的，不过没有请外面的人，是木妈妈和木姐姐两个人做的。

王子得说：科学的方法安抚身体，民间的方法安抚心情，加在一起就很好。我们这边有两种“招魂”仪式，一种是为失魂落魄的病人招魂，招魂的人要比被招魂者年龄大，小孩子生病都是自己的妈妈或者奶奶做。木妈妈生病，当然就要请两个年纪比木妈妈更长一辈的老婆婆来做。还有一种是为亡灵招魂，防止魂魄跟着死亡一起走失，让灵魂留在世间，那得由专门的“东巴”来做。

招魂仪式刚刚结束，木妈妈就昏昏沉沉地睡着了。大家这才静悄悄地散去。在回农庄的路上，李雨阳一直在流泪。并不是因为木妈妈有什么危险，而是因为木妈妈生病，让她记起了自己的生病经历和人生遭遇，特别是被招魂仪式所唤醒的“死亡”记忆。

14

回到“普莲居”，大家的兴致都不高，匆匆用完午餐，梅萧华就领着王子得走了。我让李雨阳休息一会儿。李雨阳说尽管身体有些疲乏，但心里不平静，让我陪她聊天。李雨阳斜躺在沙发上，我帮她用软垫垫好腰和背，坐在她边上，午后的阳光从窗外斜照过来，映在李雨阳的脸上，弟弟听姐姐讲故事的场景，让李雨阳平静下来。李雨阳还是接着上次突然中断了的话题，继续聊她的经历和遭遇。

大学毕业后，李雨阳用了十几年时间奋斗拼搏，成了自己专业领域的佼佼者，同时也实现了财务自由。其中的甘苦和屈辱，她不愿意多说。她只是说，自己从底层开始起步，吃苦是必然的，但辛苦没有白费。多少人半途而废，多少人铩羽而归，多少人白费功夫！她觉得自己的成功，是上天的恩赐，应该感恩。这时候，她想到了含辛茹苦的母亲，还有弟弟，打算接他们到北京来生活。她曾经发誓，要帮助弟弟考到北京读书，留下来，然后再把妈妈接过来。然而，这个梦想一直没有实现。等到她有实力实

现这个梦想的时候，一切都晚了，留下终身遗憾！

母亲偶尔也到北京来住一住，陪陪我。但每次都住不久，吵着要回湖北老家。她说住不习惯，没有人跟她聊天，即使有人愿意跟她聊，也聊不起来，因为听不懂，各说各的家乡话，像聋子聊天。她还有一个理由，就是住在高楼上，踩在地板上，不接地气。我从小生活在水边，光着脚丫子在地上奔跑，就像泥土里长出的一株植物。长大在城里生活，很快就习惯了石头和水泥。妈妈不习惯，这我也能理解，因为妈妈年纪大，适应新环境不容易。但我知道妈妈的心思，她是放心不下雨梵弟弟。尤其是雨梵弟弟成家之后，母亲更是离不开家，帮弟弟守着媳妇儿，天天盼着抱孙子。

雨梵弟弟的妻子陈曼娥，是他高中的同学。高考落榜后，她在镇上开一家服装店。雨梵在长江航运集团总公司职工大学船舶驾驶专业毕业后，就分配到长江航运集团总公司下属的货运公司工作，驾驶着货轮，往来于重庆和上海之间。每次回家都是大包小包，全是从上游重庆和武汉，下游南京和上海，给陈曼娥批发来的服装。

陈曼娥的父母反对这桩婚事，劝女儿不要嫁给“船老大”。尽管雨梵弟弟成了工程师级的机动船驾驶员，在当地人眼中也还是“船老大”，开机器船的“船老大”，还是我父亲那个职业，只不过不用人力去扯帆，不用臂膀去摇橹，不用肩膀去拉纤而已。

回家过春节的时候，我看着雨梵弟弟心疼不已。小时候趴在我背上睡觉的弟弟，长得白净清秀漂亮的弟弟，整天跟着我娇声喊着“姐姐”的弟弟，如今却变成了一位五大三粗的、黑乎乎的、沉默寡言的汉子。长年驾着船风里来雨里去，让他的脸庞和臂膀变成了深褐色，皱纹过早地爬上他的眼角。看着他年纪轻轻却饱经沧桑的样子，我的心在流泪。

陈曼娥顶住家庭压力，坚决要跟雨梵恋爱，这让雨梵感动不已，所以他特别看重陈曼娥。后来他们便结婚了，把家安在了镇上，把自己和母亲的根扎在了长江边上。我每次回家，提到让弟弟和妈妈到北京安家的事，雨梵弟弟就对我说：姐姐不必为我和妈妈的事情操心，姐姐在北京好好发展事业。我自己不争气，不能拖累姐姐，何况我们的生活已经过得很不错，加上姐姐的资助，更是锦上添花，别人都羡慕得不行。姐姐不必牵挂，有空回家看看妈妈就好。

尽管他们生活无忧，但我心里依然愧疚，因为弟弟雨梵的生活，不是我想象的那个样子，我觉得这个比我漂亮比我聪明的弟弟，应该去当艺术家，去当学者。可是我没有尽到做姐姐的培养责任。当我听说他要去承包一条千吨级货轮的时候，心里感到特别不安。我联想到父亲死于轮船上的事，我坚决反对弟弟去搞承包。我甚至主张弟弟辞职回家跟陈曼娥一起开店。但弟弟不听我的，坚决要去当那条千吨级大货船的“船老大”。弟弟还说，这也是他的事业，尽管不能跟姐姐的事业相比。弟弟这样说了，我还能说什么呢？这是真的是宿命啊！都怨我，都怨我行动迟缓，要是雨梵刚毕业的时候，趁他尚未扎根，我就把他和妈妈弄到北京就好了！都怨我！

雨梵高考的时候，我刚参加工作，住在出租屋里，地下室，没有暖气那种，除了上班就在国图阅览室。在那种自顾不暇的生活里，除了惦记我能做什么？雨梵高考落榜，跟我有关系，这让我终生愧疚。弟弟在职工大学读书，直到毕业分配，这段时间也正是我创业的起步阶段，除了给他一点经济上的资助，也很少关心他。等到我开始把注意力转到他身上的时候，他已经开始谈恋爱了。等到我有实力把弟弟和妈妈安顿在北京的时候，弟弟已经要结婚了。等我决计要把他们带到北京的时候，他们已经扎根了。都怨我，自以为是，野心太大，目标太高。

弟弟的病是突发的，肺动脉肿瘤，一种罕见的恶性肿瘤，没有办法开刀，只能放疗和化疗。那年九月，我正跟随市轻工业局代表团，在米兰参加国际时装周。陈曼娥突然给我电话，说雨梵病得蛮重，住进了同济医院。等我从国外赶回来时，弟弟已经面目全非，头发脱落，骨瘦如柴。雨梵弟弟说，姐姐，我害怕。我说，弟弟不怕，姐姐在这里。我抱着他痛哭。我觉得雨梵弟弟是因为过得不开心，常年在船上过着寂寞而孤独的生活，才抑郁成疾的。我却不能让弟弟开心，我有什么用？医生说北京有一位患者，性格开朗，生活优裕，也得了这个病。我跟医生商量转院去北京。医生说，你可以转院，但这里也是三甲医院，而且以肿瘤科见长，我们已经跟北京和上海的专家做了远程会诊，相关材料都传到了网上。妈妈说，既然这样，还不如在离家近的地方。

我让陈曼娥陪着雨梵，自己跟妈妈回家去了一趟。妈妈带我去了五祖寺，我小时候常去的地方，安静、肃穆、神圣、灵验。我给寺庙捐了一大笔钱，还专门为弟弟做了一场法事。我默默地祷告：救灾救难的菩萨啊，我从此改悔，我从此皈依，我愿意把所有的资产财富全部捐出来，我愿意把我的命交出去，菩萨啊，救救我的弟弟李雨梵。菩萨露出永恒的微笑，寺庙外的松柏在风中呼呼作响。

我亲爱的弟弟雨梵，跟我的父亲一样狠心，丢下了我和妈妈，两个苦命女人。妈妈的哭声凄凉："黄叶树上摇啊，绿叶土里埋啊，阎王爷，把我也召去吧。……"白发人送黑发人，妈妈真的是一夜白了头。我要把妈妈接回北京，妈妈坚决不肯，她说都走了，雨梵回家找不到人怎么办？妈妈身体越来越虚弱，从此一病不起，我陪妈妈在家里待着。有一次妈妈说：雨阳啊，我要去看看雨梵和你爸爸。我哭着抱住她说：妈妈，我陪着你呢，你不要乱走，你们都走了，丢下我一人啊？

妈妈在一个寒冷的冬天走了，一个家就这样空了。我的眼泪也哭干了，卧病在床不能行动。陈曼娥开始还来照顾我，时间长了就有一搭没一搭。雨梵走了之后，妈妈曾经告诉我，说雨梵出船一走就是一两个月，陈曼娥在家里耐不住寂寞，跟人勾三搭四，有一次雨梵跟她闹得要离婚，所以妈妈在北京总是住得不踏实，匆忙往回赶。陈曼娥懊悔在她跟雨梵弟弟没有孩子。我知道陈曼娥靠不住，让胡玢芳过来把我接回北京。

我躺在床上，都是胡玢芳照顾。黄春丙带着他的研究生到南方写生未归。我家里出了这么大的变故，他竟然没有露脸！我让他赶紧回京，同时开始查账，发现我的一个不常用的账户，莫名其妙地少了两千万，对方账户就是黄春丙。我气疯了，给黄春丙打电话，说你要是不赶紧回来，我立马就死在这里。黄春丙吓得赶了回来。我追问钱的去向，他说在昌平那边买了一幢别墅。我说，你是怎么偷到我的卡和密码的？你买别墅为什么不跟我商量？黄春丙支支吾吾说不清。我说，走，这就带我去看那幢别墅。我让胡玢芳派车，陪着我和黄春丙，一起去查看那幢在小汤山附近的别墅。我在别墅里发现了有人刚刚住过的痕迹，发现盥洗室里有女性用品，卧室柜子里全是女人的衣裙。黄春丙竟然用我的钱买别墅养小三。我拿起一把菜刀，架在自己的脖子上逼问他：这个女人是谁？叫什么名字？黄春丙交代说，是美院的博士生潘修岚。我整个人都崩溃了，当场晕倒在地。胡玢芳是怎么把我弄回家的，我都不记得了。

我躺倒在床上，日夜不眠。我想，金钱有什么用？名利有什么用？我李雨阳真的很强大吗？我无所不能吗？我救不了弟弟，救不了妈妈，管不了男人，我在这个世界上是多余的，我他妈的就是一个废物！

然而，我不能接受！我想不通！为什么？为什么？为什么？老天爷啊！菩萨啊！你们太不公正了，为什么把这么多的灾难，降临在我一个弱女子身上？我孝敬父母，我爱抚弟弟，我跟同学同事同行友爱相处，我勤奋努力工作，我为事业呕心沥血，我遵纪守法，我敬畏神明，你们为什么不放过我？我不要金钱名利，我不要虚假的事业，我不要那个无耻的男人。还我妈妈！还我弟弟！

李雨阳激动得坐了起来，紧握拳头在空中挥舞，一边激烈地咳嗽起来。我赶紧给她倒了一杯水过来。她说，弟弟，对不起，把你吓着了吧？不过你放心，我能这么清楚地把事情的来龙去脉讲清楚，说明我没问题。

15

我终于明白李雨阳当时为什么要自杀。我说，姐姐爱心太切，心太软，难以承受现实的打击，这种心情我能理解。不过姐姐说过，我们要敬畏神明。我觉得，珍惜生命就是敬畏神明吧。李雨阳接着说：

弟弟说得好，的确是神明的力量让我活了过来。我多次自杀未遂，胡玢芳和黄春丙带着公司里的一些人，轮番值班，守候在我身边。后来，黄春丙就把我送到丽江来了。我在王子得的客栈里躺了两个月，天天啼哭，怨恨命运不公，我不想活在这个世上，我拒绝吃喝，弄得王子得束手无策。后来他就让梅萧华把我接到普仁农庄里来了。

在这里，我遇见了木妈妈。她就是神明派来的使者，是我的救星，是我的亲妈。木妈妈把我紧紧地抱在怀里，喂水，喂粥，抚摸着我的头发，用脸贴近我的脸。在我紧咬牙齿拒绝吃喝的时候，木妈妈流着眼泪说，女儿啊，不吃怎么行啊？不吃会死的。我想，我就是不想活，就是想死。有一天，我在蒙眬中听到呼喊：回来吧，回家吧，女儿啊。我觉得这是我妈妈的声音。我睁开眼睛，见到我眼睛上方有一双泪眼，那就是我妈妈哭雨梵时的眼睛啊。我想，妈妈怎么来了？妈妈怎么找到我的？我紧紧地抱住清瘦的妈妈，喊着妈妈大哭起来。妈妈也紧抱着我，拍着我的背。等我睁眼清醒过来的时候，才发现是木妈妈和木姐姐，在为我“招魂”。木妈妈惊喜地说，好了好了，回来了。从那时候开始，我就把木妈妈当自己的亲妈妈。

那些日子，木妈妈把木姐姐从婆家叫回娘家来照顾孩子，她自己一直陪伴着我，照顾我的起居，给我梳头，做饭，收拾屋子，陪我聊天。我喜欢听木妈妈说话，尽管她平时话少，但跟我在一起她就说特别多，有时候还唱歌给我听：

身巧不如心巧，心巧不如面美，面美不如眼俏

拐来竖眼美貌的青天女，二人做一家，两个在造化

产出松胎与栗胎，猴胎与鸡胎，熊胎与猪胎，蛇胎与蛙胎

把松儿栗儿驱逐到山上去，猴儿鸡儿驱逐到岩间去

把熊儿猪儿驱逐到林中去，蛇儿蛙儿驱逐到河边洞里去

木妈妈有点羞涩地说，她用汉语唱不好，用纳西话唱

会更顺当一些。我说，妈妈就用纳西话唱吧。木妈妈又用纳西话唱了一段。我说妈妈唱得太好听了，以后经常唱给我听好不好？木妈妈说，你喜欢就好，这是《东巴经·创世纪》里的一小段，经文太长，记不全，要拿经书来对着唱才行，等下次拿经文过来再唱。

木妈妈每天都陪着我在农庄的田埂上、树林里散步，告诉我各种花草树木的名字。我的情绪慢慢开始恢复平静，身体也在慢慢地恢复。每天早晨，我在小鸟的鸣叫中醒来，看着它们欢快的样子，在树梢与地面之间来回雀跃，我的身体也渐渐有了活力。我看到太阳照射在树木花草上的露珠发出的光，看到树枝长出的嫩芽，看到树叶渐渐变绿，看到枯黄的小草伸展肢体变成绿叶，看到藤蔓长出细芽，生出花蕾，开出花瓣。晚上我还听见泥土中的小虫在鸣叫和唱。万物充满生机，一切都在生生不息。这么美好的世界，我一直没有发现。它唤醒了我，让我的身躯重焕生机。

有时候我又在发愣，我想，这么美好的世界，这么生机勃勃、生生不息的世界，这么完美的世界，我却不能跟雨梵弟弟和妈妈分享，我一人在这里独享。想起这些，我泪眼婆娑，我心如刀绞，我小声说，妈妈啊，弟弟啊，你们在那里好吗？你们那边的世界也这么美妙吗？我也来陪你们吧。

木妈妈说，傻女儿，又想到歪路上去了吧？不能再想死的事情啊！你们汉人说，人有三魂七魄。我们纳西人说，女子有七魂，男子有九魂。你要是老想死，那些去了那边的亲人的魂，就不会来这边的。你要是不想死，在这边活得很快乐，那边亲人的魂，就会过来找你。他们的魂，会跟在你身边，陪伴着你，他们还会跟你捉迷藏，躲在树上，停在草叶上，睡在花瓣里。所以，你一定要好好地活着，让你的亲人的魂，都跟在你的身边，你每天都能跟他们在一起，天天见面。你如果爱他们，他们就一直跟你在一起。他们如果也爱你，他们也会一直跟你在一起。你只要仔细地看，就能看到他们。

我照着木妈妈所说的去做，发现真如她所说的那样。我每天早在起床，在农庄的树林里、田埂上、花丛边观察，盯住那些在阳光下闪闪发光的花草、树叶、藤蔓，我看见每一张树叶上，都有雨梵弟弟的笑脸，白净皮肤，双眼皮儿，笑的时候左边有一只小酒窝。我看到花瓣上有妈妈的眼睛，朝着我微笑。真的，我每天都觉得弟弟和妈妈跟我在一起，陪伴着我。我高兴极了，心都化了。

我想起了第一次陪李雨阳在农庄的田埂上散步时的情景。当时我见到她跟路旁的小草小花和树木说话，还感到吃惊和不解。她能够发现一株小草多了一片叶子，能够发现一朵小花掉了一个花瓣。她为一片叶子的新生而欣喜不已，为一个花瓣的衰落而悲伤落泪。当时我还以为，她或者是矫情，或者是神经过敏，总之是有些病态。现在我才知道，事情不是我想象的那样。其实恰恰相反，是我这个“病人”，面对着自然无动于衷，不能发现造化的神奇力量，也不懂得生命的奥秘。对李雨阳而言，她的所见、所闻、所感，是千真万确的。她在木妈妈的怀抱里复活了。她在自然的怀抱里复活了。

此后在普仁农庄的日子，我每天的主要工作，就是陪李雨阳在农庄里散步聊天，看花开花落，看草的生长和枯萎，听树叶沙沙唱歌，看小鸟在树上树下嬉戏。每当我看到李雨阳那么健康的身姿，那么自足的表情，我感到庆幸，我心里充满了祝福。同时，内心也难免有些心酸。我甚至觉得，这是一个凄美姐姐和一个凄美故事。

李雨阳的身体状态和精神状态，都恢复得不错。她在北京那边公司的事情，都交给了胡玢芳打理，她也不想有更大发展，维持现状就行。梅萧华委婉地把黄春丙的现状和想法，告诉了李雨阳，李雨阳不为所动，只是说恩怨已了，人各有命，好自为之。我也拐弯抹角地试探过她，发现她根本就不想回北京，她打算就在这里定居，跟这里的山水白云相伴，跟木妈妈相伴，跟树木花草相伴，跟想象中的亲人相伴。

快接近年底的时候，我告诉李雨阳，我打算回北京去。李雨阳说：嗯，弟弟的世界应该在北京，这也是姐姐我的心愿，只管去吧，姐姐还像从前一样支持你。

她依然混淆了“雨梵”和“一梵”的界限。我说：姐姐一定要多保重啊！

李雨阳说：弟弟放心走吧。我相信弟弟会时刻陪伴着我。

我说：我一有空就会过来看姐姐。

李雨阳说：我会在花瓣上、树枝上、草叶上看到你，在风中、在梦里见到你。

后记：幻想故事诞生记

我翻开多年前写的一组短篇小说的原始手稿。每页300字发黄的方格稿纸，右下角印着“广东省文艺创作室”几个小字。第一篇手稿《身世》，落款是“1995年4月21日深夜写于广州北郊”，最后一篇手稿《遗产》，落款是“1995年5月11日夜”。2018年8月初的一天，我让研究生把几个短篇输入电脑。她一边输入，一边给我微信，说她很喜欢这些小说，问为什么不发表，还给它取名叫《幻想故事集》。既然一位90后文学系在读研究生喜欢它，说明它还有些价值。我把小说重新修订了一遍，投给了《花城》杂志。

其实这并不是我第一篇小说，就像很多人并不是他妈妈的大儿子，在他诞生之前已经有一个“流产哥哥”一样。《幻想故事集》也有一个“流产哥哥”，叫《竹笛》，时间是1992年，写一位小镇（就是罗镇吧）少年，15岁，因父亲重病而外出谋生的故事，小说有自传色彩，那是我少年的梦幻和内心的悲伤。可惜手稿遗失了。后来，我把那些梦幻和悲伤拆散，悄悄地藏进我另一个系列短篇“罗镇轶事”之中。

写小说《竹笛》的时候，我刚离开工作了10年的野外地质队，在华东师大中文系，跟俄罗斯文学专家倪蕊琴读研究生。导师希望我成为学者，我心里想着写小说。当时的华东师大，是成名或有待成名的文学青年的圣地，那些小有名气的先锋作家，在校园里穿梭而过，身后留下一阵风，夹杂着浮华的气息。我跟那股气息保持了适当的距离。

那时候，余华刚刚发表《活着》。格非正准备写长篇《欲望的旗帜》。马原下海了。北村皈依了。助教进修班的李荣飞（李洱）正在写《导师死了》。校园青年批评家开始对“先锋小说”表达不满，八十年代末那种写法，已经到了寿终正寝的时刻。对“先锋小说”的批评，在我们的对话《旷野上的废墟：文学与人文精神的危机》中已现端倪。“怎么写”依然是个问题，甚至连“写什么”也成了问题。总之，摆脱“先锋小说”的写法，成了文学创作的新起点。

1994年6月30日早晨，阳光很好。我放弃了华中科技大学中文系外国文学教研室的职位，带着十几纸箱书籍，登上了南下的火车。36小时后到达广州，我直奔暨南大学殷国明家。他是钱谷融先生诸多怪弟子中的一位，长得有点“桃谷六仙”的气派。瘦小的在新疆长大的无锡人，身上有股子边疆少数民族的豪气，令人错愕。他把房门钥匙丢给我，去新疆过暑假去了。接下来的两个月，我遍访广州的高校和文化单位，吃光了殷国明家所有能吃的东西，结果还不错，落实的工作单位是广东省作家协会。

当时，广东省作家协会的领导是陈国凯和蔡运桂。1994年9月5日上午，蔡书记担任面试官，他用潮汕普通话提了三个重大问题。第一个问题：“我是中国人民大学1963年‘文研班’的，你们黄世瑜老师是我的同学，你认识她吗？”我说认识，她没给我上过课。第二个问题：“你是学俄罗斯文学的呵。我很喜欢托尔斯泰，你喜欢吗？”我说连声说喜欢喜欢。第三个问题：“你对时下流行的‘先锋小说’怎么评价？”我想起了在学校时对“先锋小说”日趋保守的叙事姿态的批评，于是脱口而出：“先锋小说”气数已尽，它有待脱胎换骨，浴火重生，否则没有希望。蔡书记又追问了一句：“那你是不喜欢它啰？”我想了一下说，是的。他说：“很好，到对面人事处去盖章。”我拿着盖了章的接收函，一路狂奔到广卫路邮局，用挂号信将接收函寄回学校，又拍电报到研究生院，让他们不要将我的档案遣返原籍。就这样，我成了广东省作家协会创作研究室的一名研究人员。

这里还要插叙一段。我在作家协会工作了几年之后，蔡书记突然开始自我否定，说他看错了人，说那个张柠面试的时候骗他，假装不喜欢先锋小说，其实是嫌先锋小说还不够先锋呢！还有一次，我们在单位食堂相遇，蔡书记笑问："看了昨天的《羊城晚报》吗？有我批评你的文章啊。"我说："没有看到啊，回头我找来看看。谢谢你的批评。"其实我已经看了他那篇文章，两三千字，主要观点是说我不尊重传统文化。对蔡书记的那个观点，我不敢苟同。我的确说过这样的话："今天如果谁还再去写'床前明月光，疑是地上霜'那样的诗句，他就是个白痴。"这明明是在关注传统文化"继承与创新"的问题嘛，怎么能说我不尊重传统文化呢？那一阵我还迷上了传统文化呢。又过了几年，我即将调往北京师范大学，办调动手续时遇到了蔡书记，他恢复了最初对我的看法，他说他是不会看错人的。我握着蔡书记的手久久不松。他是个偶尔犯晕的大好人。

言归正传。刚入职的时候，我的具体工作有四，一是办内部刊号的《岭南文报》，号称省作协机关报（偷笑）。二是办文学沙龙，团结广州的青年文学评论家，程文超、文能、单世联等人，都是我在文德北路75号10楼文学沙龙的常客。三是担任广东文学院首届签约作家（余华、韩东、东西等八人）的联络员，每个月给他们寄1 200元工资。四是给广东作家写评论。我都答应了，但写小说的打算始终在心头。

还有比写小说更重要的事情，那就是生存。身无分文，突然来到改革的最前线，开放的桥头堡，那是一种什么感觉啊？！我有一种强烈的不适感，觉得整个广州就像一只巨大的吊篮，挂在高耸入云的立交桥上，整天都在摇晃不停。它摇晃的目的，就是要把我这种在思考和行动之间没有平衡能力的人甩出去，留下那些平衡术超强的人，那些人能一边小跑，一边食嘢，一边揾银纸，一边想鬼点子，既不头晕，也不摔倒（哈哈哈哈）。

经历十几年改革开放的广州人，观念超前，跟内地省份甚至跟上海相比，至少相差十年。他们早就超越了带“中世纪”色彩的沉思默想的生活，超越了那种炼金术士般的书斋生活，过着积极而活跃的世俗生活，大街上走路的人都迈着佣人式的小碎步，连一个踱着方步遛鸟遛狗的大爷都见不到。他们不关心“说什么”和“怎么说”的问题，更不关心“写什么”和“怎么写”的问题。他们关心更重要问题：“吃什么”和“怎么吃”，与此相关的问题是：“挣什么”和“怎么挣”。这些问题，都是感官和肢体动作，而不是大脑或心理动作。大脑和心理，只能做“假动作”，它并不指向实践，也不满足感官。

我们在学校里接受的，主要是思维训练，而不是肢体训练，行动能力有限。我本能地抵抗了一阵，但慢慢地就投降了。先是眼睛和嘴巴投降，接着是肠胃和四肢投降。到处都是感官的诱惑。到处都是妖艳的秀场。有人把“发财、发财、发财”谱成歌曲。大街边和商场里，到处都能听见香港歌星刘德华在唱“money、money、money”，循环往复，日夜不停。眼耳鼻舌身，色声香味触，五蕴不空，任何一个感觉器官都要充分满足。这是文艺复兴运动的重要目标啊！这是现代生活的伟大追求啊！它意味着解放，世俗生活的解放，感官的解放。倘若将它视之为“五蕴皆空”，那就不是解放了，那是禁忌和压抑，是“中世纪”的命题。于是，我开始练习平衡术，寻找沉思默想与积极行动之间的平衡点。

问题的根基发生了变化，书斋里沉思默想的问题，转变为现实生活中的行为问题。欲望的满足和对待欲望的态度，成了新的焦点。欲望，不再是一些虚构的符号游戏，也不再是间接的经验，而是直接作用于感官和四肢的、切实又具体的东西，是直截了当的现实感受。当它变成叙事，或者由叙事变成了情节和动作的时候，它是什么样子？面对欲望或者在欲望之中，超越和升华的可能性在哪里？除了吃喝、睡觉、数钱、玩耍，人还需要做什么？他能做什么?

这不仅是理论问题，也是实践问题。匮乏或满足，堕落或升华，不仅是大脑和心理问题，更是身体动作或者实践的边界和尺度问题。当时，格非的长篇小说《欲望的旗帜》刚刚发表出来，我写了一篇评论，表达了我对“欲望”及其诗学问题的思考。与此同时，我开始写《幻想故事集》这个系列小说。我把欲望满足及其对待欲望的态度变成故事，并在欲望故事展开过程之中，重新审视那个在八十年代风靡一时的“自我”概念。

我在另一篇创作谈《倒行逆施日未晚》中写道:“《幻想故事集》，采用的是现代主义文学的基本手法，注重幻想、变形、象征、潜意识这些现代病症，是对城市病的关注，叙事成了治疗手法，主要病根，是现代欲望和人心。”从叙事角度看，童年回忆中的乡村和小镇经验，无论它温馨还是残酷，都了如指掌，都可控可握。而现实中作用于身体感官的城市经验，是一种“不适感”，是一个“疑问”，是一种有待诊断的“症候”。叙事与“治疗”有了关联。城市与“症候”有了关联。写作与“救赎”有了关联。

《幻想故事集》中的几个故事，是对我在广州生活的一种“叙述”和艺术呈现。它直面新兴的现代城市文化和欲望的诱惑。它在欲望展开和叙事抑制的边缘上，既有欲望叙事的快感，又有对欲望的疑问和逃避。其中的《身世》，与其说是“自我意识”的觉醒，不如说是对“自我意识”的怀疑和重塑。《鸟语》是对一种犹豫不决的行动，还有与众不同的身体姿态，及其后果的想象。《蓝眼睛》则试图以东方文化精神和方式，重新面对现代都市的欲望故事，以及肉身行动的疑惑，其中有小乘佛教和道教的肉身理想。《故事》则是对刚刚觉醒的“语言”意识或者“叙述自足性”信念的再度质疑。《修梦法》则是对欲望在想象中得以满足的方式的展开和解构。最后是《遗产》，一个与“父亲”和“罗镇”相关的故事，那是在现代城市中对传统的回望和缅怀。

另一个系列短篇《罗镇轶事》，以“第一人称叙事”的形式出现，笔调和语调都带有一定的“现实主义”色彩，看上去好像是见闻录，其实我更愿意把它看成是另一种类型的“幻想故事”。“童年的回忆”，是文学创作的一种最基础的原始动力。作为“反刍者故事”，它跟“年长者故事”和“远行者故事”一起，构成故事最基本的三种时间形态。它就像部落酋长讲述部族的史前故事一样，都具有一定的梦幻色彩，前者是个体潜意识，后者是集体潜意识。其中有成长，有伤害，有悲伤，有温情，有幻觉，有梦想。

还有一点值得交代，就是这些小说中有很多少年形象和女性形象。少年形象主要出现在“罗镇轶事”序列中，作为“叙述者”和“主人公”重叠的形象出现。女性形象则是这些小说中着重塑造的一类形象。她们中有生活在农村的女性，如《农妇刘玉珍》中的刘玉珍，《妇产科医生杨红》中的谭丽华，《嚎叫》中患病的农妇们，《唿哨与平珍》中的平珍，《流动马戏团》中的程瑛、“我妹妹”和小黑痣。还有进城打工族中的女性，如蓝眼睛、朵娃、杨柳和舒拉。如果说这些小说中的“少年形象”中有我自己的影子，那么“女性形象”则更多是我的“艺术创造”。我觉得，男性小说家笔下的女性形象，可以说是检验一位男性作家的试金石，我试图努力将她们塑造得更好。

在最近几年创作的中短篇小说中，我依然在塑造女性形象，比如《黄菊花的米兔》中的黄菊花，《六祖寺边的树皮》中的麦春娟。还有中篇小说《普仁农庄里的女人》中的梅萧华以及和孔莉，特别是女主人公李雨阳的形象，更具有当下性，乃至前瞻性。她们是“虚幻”的，又是“实在”的，是我想象出来的，也是我经常见到的。她们既是“实然的”活生生的人物，更是“应然的”艺术形象。甚至可以说，“少年形象”和“女性形象”，特别是生活在基层社会的“女性想象”是最能够让我魂牵梦绕的对象。

关于叙事虚构和生活实践之间的关系，我曾经写过一些文章，比如《十年读书记》《诗与生活，一段回忆》等，就是在交代我的读书和写作，与当时的生活实践之间的奇异转换关系。动作压倒沉思的现代文化和城市经验，积极而活跃的生活实践，生存压力和选择的痛苦，梦中的抉择和逃亡，至今历历在目。值得庆幸的是，那种四处奔逸找吃找喝贪图玩耍的麻雀生活，并没有扼杀我的沉思默想和词语运动。沉思默想看上去是静态的，其实是将运动转移到身心内部。记得2011年，我在长篇童话《神脚镇的秘密》初版“后记”中曾经写道:“词语手拉手结伴朝我涌来，让我惊喜不已。想象安上了翅膀飞离尘埃，那是可遇不可求的美妙时刻。神奇情节的出现，仿佛天上的恩赐。”

上面是跟“幻想故事集”的诞生多少有些关联的往事。我把这些陈年旧事和心路历程写下来，以志纪念。生活着的人有福了！还能写的人也有福了！长篇小说《三城记》刚出版，中短篇小说集《幻想故事集》也即将出版。这是上天和生活的恩赐，我愿意用继续努力写作来回报。

最后是本书的名字，需要做一点说明。“幻想故事集”首先是这本小说集中的一组小说。其次，我将整部小说都视为“幻想故事”。按照博尔赫斯的逻辑，梦魇是梦的一部分，那么，梦就是幻想的一部分，进而，幻想是写作的一部分。于是，“幻想故事”就成了小说的一种类型。